假如全国学校悉如南开，
则诚中国之大幸。

——梁启超

从家园到家园

南开往事

黄桂元 —— 著

天津出版传媒集团
天津人民出版社 南开大学 出版社

图书在版编目(CIP)数据

从家国到家园 : 南开往事 / 黄桂元著. -- 天津 :
天津人民出版社 : 南开大学出版社, 2024.6
ISBN 978-7-201-20312-6

Ⅰ.①从… Ⅱ.①黄… Ⅲ.①纪实文学－中国－当代
Ⅳ.①I25

中国国家版本馆 CIP 数据核字(2024)第 068342 号

从家国到家园 ： 南开往事
CONG JIAGUO DAO JIAYUAN:NANKAI WANGSHI

出　　版	天津人民出版社
出 版 人	刘锦泉
地　　址	天津市和平区西康路35号康岳大厦
邮政编码	300051
邮购电话	(022)23332469
电子信箱	reader@tjrmcbs.com

策划编辑	纪秀荣　王　康
责任编辑	武建臣　李　骏
特约编辑	郑　玥　王佳欢　林　雨
	佐　拉　郭雨莹
封面题签	刘运峰
装帧设计	李　一

印　　刷	天津新华印务有限公司
经　　销	新华书店
开　　本	710毫米×1000毫米　1/16
印　　张	23
插　　页	2
字　　数	268千字
版次印次	2024年6月第1版　2024年6月第1次印刷
定　　价	88.00元

目录

序章

校殤刻骨

家国从来不是一个简单的地理概念。

家国的称谓源于《逸周书·皇门》，后逐渐纳入"家庭—家族—家国"的意涵，象征同构、同质的社会政治理想模式，循此而"修身、齐家、治国、平天下"。

家国的维度由主权、领土、尊严和血性构成。

在家国视域中，有长河落日、高天厚土、苍翠根脉、岁月红尘，更有生生不息的骨肉族群，孕育于斯，歌哭于斯，繁衍于斯。

在民族存亡的关头，血浓于水的家国意识，会凝聚一切不愿做奴隶的人们，同仇敌忾，生死相依。

南开人的家国意识，在1937年的7月显得更为强烈。

那个夏季，似乎格外漫长、难熬。

7月7日，日本军队在夜幕的掩护下向驻守卢沟桥的中国军队发动突袭，炮口指向宛平城。瞬时，震耳欲聋的炮声划破北平的沉沉夜色。此举相当于向中国政府掀桌子，亮底牌。世界震惊。一时间，平津地区生活秩序大乱，民心惶惶，传言纷飞。

此时的南开大学已安排暑期放假。校园空寂而清冷。热浪铺天盖地，无孔不入。声声蝉鸣，阵阵蛙语，惹人心烦意躁。依然是朗朗晴空，楼宇挺拔，绿树参天，荷花飘香，却失去往日特有的勃勃生气，隐隐约约显露出浓浓的不祥迹象。

之前，校长张伯苓接到通知匆匆赶赴江西庐山，与清华大学校长梅贻琦、北京大学校长蒋梦麟，以及胡适、罗家伦、傅斯年等一干教育界要人共聚牯岭，出席蒋介石火速召集的国防参议会。日本人粗黑的魔爪越伸越长，得陇望蜀，欲壑难填，大家深感形势凶险，华北或将大难临头。中国何去何从，命似悬丝。会议氛围被一片悲情笼罩，张伯苓、梅贻琦、蒋梦麟三位校长更是眉头紧锁，神色凝重。他们一再恳求中央政府早日决断，挽救势如累卵的平津与华北，确保名校与大师、名师不被殃及。

张伯苓是参会的唯一一位私立大学校长。天津形势危在旦夕，他的失眠日益加重，心事重重，眼睛布满了血丝。会后，张伯苓从庐山飞抵南京稍留，在焦虑中本欲返津，却被友人劝住，说日本人早已对南开怀有敌意，一旦回津，难免树大招风，极不安全，于是作罢。

赴庐山前，张伯苓把看家的任务托付给南开大学秘书长黄钰生、理学院院长杨石先，他们是深得其信任的两位助手。黄、杨本是年富力强、术有专攻的专家、教授，在非常时期，也只能尽书生的绵薄之力，风雨同舟，坚守这方圣土。大家深知责任重大，却无奈"树欲静而风不止"，北平已经扛不住，天津也在告急，时局动荡，前景莫测。

九一八事变以来，一直对中国领土虎视眈眈的日本军国主义，信奉"军刀既已拔出，焉能不见血而入鞘"的强盗逻辑，不断寻找各种"碰瓷"理由，得寸进尺，变本加厉，如今更是撕下伪装，龇着獠牙，明火执仗，有恃无恐，把中国人的克制与忍耐逼到了极限。蒋介石终于被日本人激怒了，分别紧急召集军方和各界要人商讨对策，决意不再忍让，摆出一副强硬的全力抗战的架势。

而此时，驻在北平的二十九军军长宋哲元，与三十八师师长兼天津市市长张自忠，抱着"不愿演出大流血的惨剧"的善良想法还在与日寇周旋，摇摆于"战"与"和"之间举棋不定，心存侥幸。

九一八事变刚爆发时，主战与主和的争论就没有停息过。北京大学校长蒋梦麟和北京大学文学院院长胡适就曾公开亮明观点，认为现今中国的军事力量远非日本的对手，应当尽量避战，忍痛求和，就两国之间的悬案谈判拖延，谋求10年的喘息与和平，以图发展军事工业，达到阻止日本吞并中国的目的。这种观点在国内有一定市场。宋哲元、张自忠作为军方最初对此也是认同的。他们把蒋介石发来的拒绝退缩、共赴国难的指令搁置一边，幻想用"和谈"妥善处理"卢沟桥"一案的遗留问题，宋哲元甚至下令拆除多年劳民伤财修筑于通衢路口的防御工事，试图用"诚意"换取日军的信任，表达己方放弃警戒，不与之殊死一战的"和善"姿态。殊不知，这种矛盾心理正落入日本人早已设计的陷阱，致使北平完全陷落，天津危在旦夕。

终于，宋哲元、张自忠两位将军意识到此路不通，在醒悟、痛悔之余，坚定了抗战决心。特别是毕业于天津北洋法政学堂的山东汉子张自忠，主动请缨，冲到一线，视死如归，率部与日军鏖战七个昼夜，取得名垂史册的台儿庄大捷，尽显铁血将军本色。1940年5月16日，张自忠在与日军惨烈激战中身先士卒，血染疆场，捐躯殉国，成为一代感天动地、名垂史册的抗日名将。

7月25日，日军按照既定部署，由北平继续派兵，先是利用绝对的空中优势攻下廊坊，继而状如恶虎下山，直扑天津。

日本人视天津为囊中之物，谋划已久。这次入侵行为，在他们看来天经地义、顺理成章，甚至还在东马路至日租界地段举行了气派十足的"入城式"。依照国际公法，天津属于"和平"占领的城市，无辜平民手无寸铁，不应被加害于武力，但不可一世的日军哪里会管这些，硬是把黑洞洞的枪口炮膛，对准了这座不设防的中国北方名城。

29日凌晨，天津街头开始有枪声响起。拂晓时分，驻扎在海光寺的日军突然动用大炮，茫茫夜空中传来炸裂声声，恐怖的火光闪个不停。日军本以为占领天津可以不费吹灰之力，却不曾想，这种荷枪实弹如入无人之境的野蛮行径，激起了中国军人奋勇抵抗的男儿血性。二十九军三十八师约5000名官兵，忍不下这口闷气，在副师长李文田的率领下，倾其火力向驻守在天津飞机场、火车站、塘沽码头及海光寺兵营的日军发起攻击，大长志气，史称"天津保卫战"。日寇恼羞成怒，迅速调来一批战机轮番轰炸，中国军队伤亡惨重，被迫撤离天津。

同一天，南开大学也成为日本战机疯狂轰炸的对象。

日军这一切疯狂举动是有兆头的。在一段不算短的时间里，日军对南开系列学校的刻意冒犯，早已成为寻常事。日本兵营驻扎在海光寺，位置靠近南开大学和南开中学，很便于寻衅滋事。他们把校园当作练兵场，演习队列，口号

被日军占领的南开大学校园中日本记者在炸后废墟上

阵阵，还在体育场内构筑机枪阵地，训练科目，实地打靶，致使楼内教室无法正常上课。平时，校园里时见一些神头鬼脸、形迹可疑的日本人诡异出没，其中有官吏，有商人，甚至还有和尚、娼妓模样的人，四处游荡，借故捣乱，让人防不胜防。校方管理者疲于应付，不堪其扰。张伯苓不打算忍气吞声，多次向地方当局反映情况，表达学校安全必须得到保障的正当诉求，皆无下文。他只得硬着头皮，直接出面与日本驻津领事梅津美治郎交涉，却不见日方有丝毫收敛。

一天下午，一辆挂着"太阳旗"的军车突然耀武扬威地驶来，"咣当当"地停在南开大学门前。几个"哇啦哇啦"叫嚷着的日本兵跳下车，挥动军刀，三下五除二地砍落校门口几处爱国

标语。还往校门里扔进一支步枪，表达赤裸裸的威胁之意。然后一番狞笑，跳上军车，扬长而去。

黄钰生、杨石先闻讯色变，意识到这绝非日军一般的骚扰滋事，里面暗含着颇不寻常的森森杀气。很明显，南开已置身险地，黄钰生、杨石先立即通知，尚在校内的师生及眷属迅速搬离。

果然在29日凌晨，日机就发动了对南开大学的狂轰滥炸。为了提高轰炸的命中率和杀伤力，日机特意降至1200米低空投掷炸弹，昔日的美丽校园瞬间成为一片火海。首当其冲的是设有"东北研究会"的木斋图书馆，那个标志性的圆顶建筑，显然是日军必欲摧毁的目标。在巨大的爆炸声中，造型各异的秀山堂、思源堂、芝琴楼，还有数座教师与学生宿舍楼，无一幸免，皆成废墟。

被炸毁的木斋图书馆远景

更无人性的是，日机的野蛮轰炸，还扩至南开中学、南开女中，就连南开小学都不放过。

当时，旅居天津的美国女士格蕾丝·狄凡大胆爬上屋顶，立即被眼前的景象惊住。她在日后的回忆录中记下了这光天化日之下的骇人一幕：

> 日本空军那天下午在中国这座城市投下雨点般的炸弹……当燃烧弹击中政府大楼和南开大学的时候，浓烟夹着火苗冲

天而起。林爱德（她的友人——引者注）望着曾备受保护的校园被毁坏的情形，倚在格蕾丝的肩头痛苦地抽泣起来。这个离城只有几英里远，有着莲花池、林荫道的舒适校园，因为有藏书众多的图书馆、大型的学术楼与研究设施而享誉国际。①

炮轰、抢劫，再炮轰、再抢劫，这不算完，日军还专门用军车拉来大量煤油和纵火材料，一一倾泻在南开校园里所能看到的建筑物上，顿时火光冲天，浓烟滚滚，残骸遍地，满目焦土。有一位名叫岸田国士的日本人，怀着好奇心亲临现场转悠，并在《津门纪行录》中记下了还算客观真实的感受：

> 南开大学具有大学的庄重和豪华，但是随着抗日的噩梦而烟消云散。钢铁构架被折弯，钢筋和混凝土地面犹如旧军阀一样崩塌，连个下脚的地方都没有。悬挂着"思源堂"匾额的礼堂还在，但也只剩下红色砖柱。……在思源堂对面，我们进入左边一个大建筑物参观。玻璃上散落着木片、瓦碎片。任人踩踏的笔记本和教科书类的东西（坠落的文化）露出痛苦之态。在被硝烟熏得漆黑的墙壁黑板上面，攻入这里的士兵们刻上了充满感慨的日记以及部队的名字，洁白地浮现在眼前。每一个房间和楼梯，都好像在诉说着所经历的惨烈战斗，此情此景，令人叹息不已。②

---

① [美]爱丽诺·麦考利·库伯、刘维汉：《格蕾丝——一个美国女人在中国（1934—1974）》，傅志爱译，生活·读书·新知三联书店，2006年。
② 万鲁建编译：《津沽漫记：日本人笔下的天津》，天津古籍出版社，2015年，第154页。

黄昏时分，八里台附近的村民发现，一辆辆装着满满当当"战利品"的日本卡车，在夕阳中鱼贯而出，晃晃悠悠驶离南开大学门口，消失在海光寺的日本兵营方向。

中国抗战以来，南开大学是被日军破坏最严重的中国高等学府。据统计，在"七二八"轰炸中，南开大学有37栋建筑变成废墟，中文书籍超过10万册，西文图书4.5万册灰飞烟灭，各种仪器设施的损毁数不胜数，珍贵的标本藏品亦不复存在。其中，校内思源堂西侧，濒临河畔的地方，一口曾与南开师生的每日作息朝夕相伴的铜制大钟（重达9000千克），也在那一天的日军洗劫中神秘失踪，至今下落不明。

南开的初中部、女中部和小学部同时受难，损失同样惨重，共有30余栋楼房被夷为平地，被损毁的中西文图书达5万余册。据时任南开中学部主任的喻传鉴回忆，当时有4架日机在学校上空逞威，轮番轰炸竟达十数次，"在这天晚上，女中部、小学部、初中部及教职员宿舍几座楼房全被焚。何人放的火，怎样放的，情况不明。但是敌人有计划的焚毁，是可断言的"[1]。

南开本是读书育人的园地，不是军校，更非兵营，何以被日本军视为"心腹之患"？日本人给出的答案，倒是没有藏着掖着，且大言不惭，气壮如牛。当日轰炸前夕，美国记者爱泼斯坦参加了日军新闻发布会，真实记录下一位日军上尉，也就是发言人的原话，道出日本侵略者实施暴行的背后动机：

那位在英国受过训练的、衣冠楚楚的日军上尉说："今

---

[1] 梁吉生撰著：《张伯苓年谱长篇·中卷》，人民教育出版社，2009年，第470页。

天，我们要轰炸南开大学。"然而一天前，他还谈到他不会威胁谁呢。

"为什么？"外国记者异口同声地问。

"先生们，这是因为暴乱的中国人在那里保持着军队。"所谓"暴乱的中国人"，并非用词不当。这是日本新闻发言人惯用的一个词，用来指中国军队。

"不，"一位记者说，"今天早上我曾在那里，并没有看到任何军队。"

"但那里的建筑很坚固，非常适于防守，中国人将利用他们。"

"你怎么知道？"记者冒失无礼地问。

"如果我是中国司令官，我会利用他们。"日本上尉满不在乎地说。

"先生们，南开大学是一个抗日基地。凡是抗日基地，我们就要一律摧毁。"

"你这是什么意思？"

"南开大学抗日拥共，他们老是给我们制造麻烦。"

"但是，上尉，现在校园内并没有学生，目前正放暑假，空无一人。"

上尉真的发怒了。他说："先生们，我是一个军人。我告诉各位，今天我们要炸南开大学，因为它是一个抗日基地……"①

事后，日本驻屯军司令香月清司为日军的野蛮行径作了辩解，称其之所以轰炸南开，是因为"在被敌兵占据的南开大学、

---

① [美]伊斯雷尔·爱泼斯坦：《人民之战》，贾宗谊译，新星出版社，2015年，第40~41页。

市政府、北宁铁路局等地，仍未停止所谓的抗日主义的情绪"①，这与新闻发布会上那位日军上尉的腔调，如出一辙。

日本自"明治维新"以来，对外扩张的野心日益膨胀，与其邻近的中国和朝鲜，正是被日本觊觎多年的对象。他们先是于1874年悍然出兵台湾，于1879年侵占本属于中国领土的琉球，继而在1894—1895年通过甲午海战，强迫清政府签订丧权辱国的《马关条约》，狠狠捞了一票又一票。

到了1900年八国联军大举入侵中国，日本出兵最多、气势最凶。第二年，日本强行通过《辛丑条约》，从而拥有了在北京和天津的驻兵权。此前还有个很能反映日本霸道嘴脸的桥段：1897年，德国以两名传教士在山东被中国士兵所杀为借口，出兵强占胶州湾，并逼迫清廷签订《胶澳租界条约》，这番弱肉强食的操作，令日本垂涎不已。借着一战爆发，日本趁火打劫，于1914年8月向德国宣战，派兵登陆并占领胶州湾，收获了梦想已久的结果，硬生生将中德之间的山东问题变成中日之间的山东问题。

尝到甜头后，日本正式向时任中华民国大总统的袁世凯提出殖民野心爆棚的"二十一条"，尽管因遭到中国从上到下的一致反对而搁浅，却并未死心，一直耿耿于怀。

1927年6月，日本外务省在东京召开东方会议，宣布通过《对华政策纲要》，内阁首相兼外相田中义一根据会议内容起草了《田中奏折》，明目张胆地表示：惟欲征服支那，必先征服满蒙；如欲征服世界，必先征服支那。

1931年，日本公然制造九一八事变，并从天津静园秘密接走爱新觉罗·溥仪至长春，这位自认为"随便给我一把椅子，我都

---

① 梁吉生撰著：《张伯苓年谱长篇·中卷》，人民教育出版社，2009年，第468页。

能坐出龙椅的气势"的中国末代皇帝，在日本人的扶植下，摇摇晃晃在"伪满洲国"再次坐上"皇帝宝座"。

1933年1月3日，日本关东军攻占山海关，接下来的如意算盘是，尽快向建昌附近至其以南一线挺进，并应不失时机以确保界岭口、冷口、喜峰口等长城重要关口，掩护日军主力的侧翼，而后以主力占领承德及古北口。然而却遇到二十九军冯治安师的官兵在喜峰口英勇抵抗，让日本人领教了中国军民的抗战意志。"大刀向鬼子们的头上砍去"，这首慷慨激昂的《大刀进行曲》，就是音乐家麦新日后为二十九军大刀队而专门谱写的。

是年5月31日，中华民国被迫与日本签订了《塘沽协定》。

根据日本1936年的侵华计划，下一步他们将实施、策动"华北自治"，同时开始打天津的主意。从1932—1936年，日本侵略者曾策划过三次"津变"，打算条件一旦成熟，就把天津打造成控制中国华北的桥头堡。

天津被日本纠缠不休，自然事出有因。在近代中国，天津是一系列不平等条约最直接也是最大的受害者，仅日本一国，不仅在天津辟有租界地，还堂而皇之地驻扎兵营。让日本人意外的是，天津是一座历尽列强欺凌却从不屈服的城市，以南开大学为代表的反抗声势，更是从没有风平浪静。

当年的南开师生还记得，九一八事变第三天，熟悉东北地理并对其怀有感情的张伯苓就召集全校人员开会，并发表了题为"东北事件与吾人应持之态度"的演讲，慷慨激昂、义愤填膺，力陈他和南开的爱国立场，并对天津社会尚在醉生梦死的种种表现提出尖锐批评："国家之弱，民族之懦，内政之腐，人民之庸，种种使余烦闷忧愁之事甚多。……余之忧国疾世之心，当为君所共谅。"同时他指出："设中国之痛因此种刺激而疗,反为好事。"[1]
他还承诺,资助流亡关内无家可归的东北籍学生在南开完成学业,
以报效祖国。此后,他主动出任天津抗日救国会、天津中等以上
学校抗日联合会的负责人,带头捐款捐物,一时成为焦点人物。

　　1934年,第十八届华北运动会在天津举行。10多个省市和地
区的运动员齐聚在场,在30000多名观众的瞩目下,400余位南开
学校啦啦队突然"显形",步调一致地用黑白手旗亮出"毋忘国
耻"的字样,赢得观众暴风雨般的掌声。这还没完,啦啦队手势
一变,又魔术般变出"收复失地"几个字,令现场沸腾,震耳欲
聋。同时,另有些南开学生深入各个看台,向周围散发抗日传单。
南开啦啦队长严仁颖,是南开校父严修的孙子,外号"海怪",当
时22岁,是南开的风云人物。他组织了由南开大学、南开中学和
南开女中900名学生组成的啦啦队,提前一个月就反复排练,决
心在开幕式鼓舞全场军民的抗日热情,与侵略者作斗争。排练人
数众多、任务繁重、时间紧张,但队员们却没有一个人请假。

　　开幕式时,提前排练好的南开啦啦队员手持白、黑两色手
旗,排列方阵,举起旗帜,变换各种大字标语,并且齐声高喊口
号,表达抗日爱国的热情。全场观众报以雷鸣般的掌声和欢呼
声,30000多名观众和运动员群情激昂。

　　随着各省运动员陆续入场,南开啦啦队学生又结合各地的不
同情势,编写了各具特色的鼓励唱词,发出铿锵有力的呼喊。当
东北代表队穿着白上衣、黑裤子的"丧服"出现在赛场时,啦啦
队学生一齐高呼:"练习勤,功夫真,东北选手全有根!功夫深,
资格深,收复失地靠咱们!""察哈尔,有长城,城里城外学英

---

① 梁吉生撰著:《张伯苓年谱长篇·中卷》,人民教育出版社,2009年,第177页。

雄，要守长城一万里，全凭你们众英雄！"

全场观众爆发出长时间的热烈掌声，很多人热泪盈眶。不论是流亡内地、无家可归的东北学生，还是其他地区的运动员、观众，大家都同仇敌忾，抗日激情空前高涨。

坐在主席台上的日军驻津最高长官梅津美治郎，顿时脸色铁青，当即向同在主席台上的张伯苓提出抗议。张伯苓据理力争："中国人在自己的国土上进行爱国活动，这是学生们的自由，外国人无权干涉。"梅津美治郎碰了钉子，便通过日本驻华使馆向天津地方政府施压。

南开的掌门人张伯苓不得不做些"姿态"。他把学生领袖严修之孙严仁颖等学生叫来，故意板着面孔，操着纯正的天津口音说："你们讨厌。"学生自知给校方带来麻烦，低头不语。谁知张伯苓又悠悠道："你们讨厌得好！"没等学生回过神儿，他以惯有的幽默口吻接着说："下回还要这么讨厌，但要更巧妙地讨厌。"[1]学生看到张伯苓脸上熟悉的狡黠笑容，明白了校长的良苦用心。把对学生的批评变成鼓励，张伯苓导演了一场办学治校的拿手好戏。

7月29日，南开遭难的凶讯传到南京，张伯苓这个身高1.84米的魁梧汉子，乍一听说，竟眼前一黑，当场昏厥，在场者无不为之动容。南开学校是他与严修先生一同开创的，含辛茹苦，亲手养大，视若己出，骨肉孩子遭此大难，身为校长，怎能不悲愤欲绝。

当日，黄钰生、杨石先各率一批留守人员，分乘两条小船，从思源堂后面的河向青龙潭方向划去，然后分手，各自暂避。

杨石先穿着一套仅有的破旧单衣，拎一架随身携带的相机，

---

① 侯杰、秦方：《张伯苓家族》，新星出版社，2018年，第311页。

经墙子河进入佟楼一带，潜入英租界暂时避难。

黄钰生则悄悄回到校内查看，又溜进自家倒塌的废墟，捡出未烧着的被褥和一件衬衣，算是全部家当，然后从天津风尘仆仆一路奔波，跌跌撞撞赶到南京。在中央饭店，他满脸愧疚，对这几天迟迟难以入睡的校长喃喃道："我未能保护好南开大学……"张伯苓已是满眼泪光，黄钰生接着说："校长，我能做的，就是把学校各楼和办公室的钥匙给您带来了！"话没说完，张伯苓已是泪水纵横，与黄钰生紧紧拥抱，连连说："子坚，你辛苦了！"

张伯苓悲情如山，却面容坚毅，向外界展示了不会被轻易击垮的硬汉姿态。7月30日，他向《中央日报》记者发表讲话：

> 敌人此次轰炸南开，被毁者为南开之物质，而南开之精神，将因此挫折而愈益奋励。故本人对于此次南开物质上所遭受之损失，绝不挂怀，更当本创校一贯精神，而重新为南开树一新生命。本人惟有凭此精神，绝不稍馁，深信于短期内，不难建立一新的规模。[1]

7月31日中午，蒋介石约见张伯苓、胡适、梅贻琦、陶希圣等人，张伯苓愤而表示："此刻南开的校舍被毁的烟火未熄，只要委员长决策抗战，南开的牺牲有无限的代价，无上的光荣。我拥护委员长决策抗战。"[2]蒋介石郑重承诺："南开为中国而牺牲，有中国即有南开。"[3]对于张伯苓与南开同人，蒋介石的表态，无

---

[1]《中央日报》，1937年7月31日。
[2] 南开大学校史研究室编：《魏巍我南开大校长——纪念张伯苓先生》，南开大学出版社，2016年，第139页。
[3] 梁吉生撰著：《张伯苓年谱长篇·中卷》，人民教育出版社，2009年，第473页。

疑具有安抚和激励作用。

8月2日，身为空军飞行员的张伯苓四子张锡祜正在江西吉安训练，得知校难消息，立即致函父亲："昨见报载南开大中两部已均被日人轰炸焚毁，惨哉！大人数十年来心血之所积，一旦为人作无意识之消灾！然此亦可证明大人教育之成绩！因大人平日既不亲日，又不附日，而所造成之校友又均为国家之良才！此遭恨敌人之最大原因！而有如此之毁灭！然此又可谓大人教育成功之庆也。"①

"七二八"之后，南开学子有如无家可归的罹难孤儿，开始各寻出路。大学部一些学生热血激荡，义无反顾，投笔从戎，奔赴延安。中学部大部分师生则历尽艰险，辗转来到重庆山城，在张伯苓创办的南渝中学（后为重庆南开中学）继续求学，为救亡图存积蓄能量。

被炸后的南开大学，日军并没有让它"闲置"。他们对部分校区和道路做了简单修建，用作由北京返津的部分日本驻屯军营地。思源堂旧址被改造为"天津日本中学"，还挂上了醒目的牌子。一个时期内，校门口的大中路，竟出现了日本男女中学生骑车穿梭嬉笑的身影，让人恍惚有隔世之感。

及至此时，以往中国人对日本侵略者的种种善良幻想统统破灭。闻一多在给妻子的信中写道，七七事变意味着中国的全面抗战必须爆发了，那种苟延的可耻局面从此结束，是生还是死，已不容再回避。②

8月17日上午，国民政府国防最高会议在南京召开。议题重点，除了立即宣示中国的军事立场，坚决应战之外，如何安顿平

---

① 梁吉生撰著：《张伯苓年谱长篇·中卷》，人民教育出版社，2009年，第475页。
② 张曼菱：《西南联大行思录》，生活·读书·新知三联书店，2019年，第1页。

津高校，也被提到国家战略高度予以统筹考虑。很快教育部就出台应对措施，宣布由国立北京大学、清华大学、私立南开大学组成长沙临时大学，迅速筹备，尽快成行，组织师生转赴南方新校区开课。

87年前的"七二八"，那个"黑色星期三"，是校殇，更是国难。

滔滔逝水东去，却没有冲淡岁月记忆。

一位当年的南开教员，每到这天都要在家中设祭坛，并着一身重孝，赫然走在南开校园，以此警示后人，勿忘国耻，永爱家国。

第一章
暗夜炬火

城市根脉的旧疤新伤

水有源，树有根，果有因，万物有本。

老子曰："上善若水。"此四字箴言，道出了水惠及于人类的最高境界。水是明净、闪亮、包容的。水善于帮助万物，而又从不与万物争奇斗艳，因之永恒。

南开之诞生，得益于由水孕育和滋润而成的津沽大地。

天津是一座与水有着不解之缘的年轻城市。久远的洪荒年代，这方圆数百里厚土原是退海之地，大片的水洼和盐碱滩，为渔村、盐乡的先民带来了人间烟火。

天津东边临海，大运河贯通南北。作为大运河的口岸，催生了漕运经济的发达，逐渐形成南北市场的巨大纽带，带来百姓生计的红火。清末，漕运被海运的风光取代，盐业主宰了商机。天津的商业稳定繁荣，成于水、固于水、亦兴旺于水。水旱码头的移民环境——"地当九河津要，路通七省舟车"，其地理优势，堪称中国北方为最，因而曾有"赛江南""小扬州"之誉。

九河下梢，海纳百川，五方杂处，直接影响了天津人文化性格的塑成：军人遗风，码头意识，务实平等，行侠仗义，乐观幽默，开放包容。中庸却豪爽，达观兼倔强，知进退又懂时尚。

明代之前，天津没有官名，只有一个约定俗成的史称——"直沽寨"。至明永乐二年，即1404年12月23日，由明成祖朱棣赐其名为"天津"（取"天子津渡"之意），从而名正言顺，成为中国古代历史中唯一有确切建城时间记录的城市。同时，因其无可替代的特殊军事位置，天津从诞生之日起，"卫"的门户意义就被朝廷锁定了，"津门"的俗称由此而来。

晚清以前，中国的处境还不至于如此悲凉凄惨。

彼时，清廷的对外关系虽不能说是铁板一块，但多限于与近邻往来，围绕"剿夷与抚夷"，定位于二元对立思维模式。对于相距太过遥远和认知完全陌生的西方诸国，中国很少与其打交道，倒不是刻意闭关锁国，也非惧怕那些鹰鼻鹞眼黄头发的西洋人。西方国家来华一趟很不容易，需要鼓帆驾船，越洋跨海，而且只有绕行好望角一条航路可以选择，不仅大海茫茫，路途遥远，时日难熬，还常有意外发生。

此外还有一个更重要的原因，中国经济处于自给自足状态，对于国际贸易没有太大需求，中西邦交近乎可有可无，因此不知天外有天。这也给了清廷自以为是、唯我至上的理由。当年英国使节马嘎尔尼来华，乾隆帝把他当作藩属的贡使，规定见面时必须行跪拜礼，洋人哪里见过这种场面，但这是大清朝廷的天条，虽百般不肯，也只能就范。马嘎尔尼出于尊严，提出对等要求，若中国使节到英国，也须向英王行跪拜礼，却被拒绝。1816年英国使臣阿美士德来华，嘉庆帝高高端坐上方，众大臣垂手侧列两旁，怀着耍猴般的心理，观看洋人如何行三拜九叩大礼。这一幕，骄横惯了的大英帝国怎会轻易忘记。

曾在南开大学讲授中国近代史学的蒋廷黻谈到，近代中国与西方的来往很迟，更谈不上邦交，原因自然有很多，有一条不应忽视，"在鸦片战争以前，我们不肯给外国平等待遇；在以后，他们不肯给我们平等待遇"[1]。此看法，并非没有事实依据。

对东方充满好奇心的西洋人，通过一次次不辞辛苦万里迢迢地来中国打探，所获不菲，好奇心也随之变成贪心。那时候，广州是唯一的通商口岸，他们落岸广州，又在其他若干城市转悠，古老中国的神秘面纱被一点点掀开。此后苏伊士运河通航，大大缩短了船坚炮利的西方列强与西太平洋诸国的距离，也为此后一系列奇耻大辱的中国近代历史事件埋下深深的伏笔。

说来难以置信，大英帝国对中国的兴趣，最初起因于茶叶。

早在17世纪，英王查尔斯二世第一次见到味道奇特的中国茶叶，经热水冲泡，竟迅速伸展肥大，继而清香飘浮，饮过余味不散，提神醒脑，不禁啧啧称道。随之，中国茶叶开始风靡于王室贵族圈与上流社会交际场合。那个遥远、古老的东方大国，在洋人心里也逐渐变得无比诱人。他们萌生出不断膨胀的征服欲望，随着获利剧增，将中国据为己有的野心也在一步步化为行动。

事实上，早在18世纪末，西方就表现出对天津独特区位价值的浓厚兴趣。1793年，一个英国使团访问中国，提出开放天津为通商口岸的要求，清政府看出其背后心思的不端，自然没有答应。外交渠道行不通，英国人就开始动用武力。

面对西方列强的蛮横无理，清政府权力内部出现了持不同立场的两派，即剿夷派与抚夷派，两派的代表人物分别为林则徐和琦善。

道光十八年（1838年），林则徐受命钦差大臣，入广州查处禁烟。他先是派人明察暗访，掌握了广州受鸦片毒害的大量证据，命外国鸦片贩子限期缴烟，共收缴全部鸦片近20000箱，约237万斤，并于1839年6月3日在虎门海滩当众销毁，成为后人称

---

[1] 蒋廷黻：《中国近代史》，武汉出版社，2012年，第7页。

颂的一代民族英雄。此举致中英关系陷入谷底，也为英国入侵中国找到了借口，噩梦随之而至。英国外相致书清政府，前段历数林则徐如何残暴武断，必须治罪，后部分提出强硬要求，清廷赔款，还要变更通商制度。清廷只得折中让步，林则徐被革职，由琦善取而代之。

英国人为发动鸦片战争做了精心谋划。在广州，英军遇到当地士兵和渔民的抵抗，他们手握被英国人耻笑的弓箭、长矛和火绳枪，由定海知县姚怀祥亲自统领，声言："尽管你们很强大，为了保卫疆土，我将血战到底！"①两天后，英军攻下定海，姚县令果然践行诺言，以身殉国。

接下来，英军开始变本加厉，不仅把打击目标锁定在广州，更瞄准了位于中国北方的最大沿海城市，同时是清廷门户的天津。在广州当过英国驻华商务监督的义律，曾非常露骨地向英国政府提议，必须使用武力，如果派一只舰队开往白河口（即天津的北运河，因岸上多有白沙，少生草木，故称白河），一定能让中国皇帝屈服于军事压力，并做出让步，以获得更大利益。这一提议被采纳认可。

1840年8月3日，道光帝接到林则徐上报，说英军有可能入海北上。

8月7日，天津大沽口的远处果然出现了几个形迹可疑的黑点。岸上的清兵很快发现，这几个黑点并非普通船只，而是挂着米字旗的英国战舰。它们是由8艘"威里士厘号"战列舰组成的海军编队，经过8天航行，从舟山群岛过山东半岛，悍然驶入天津海域。

来者不善。朝野上下一片慌乱。

---

① 吕舒怀：《幻灭——晚清洋务运动兴衰记》，安徽文艺出版社，2012年，第197~198页。

　　此时，奉道光帝旨意坐镇天津的直隶总督琦善，更是深感震慑。事实上，天津设卫200多年里，一直被当作京师的军事防御要塞，在明朝时兵力曾达到20000余人。然而到了相对安定的清初，天津海防已是形同虚设，有"水"而无"师"。到晚清，更是有名无实，大沽口仅有800余名士兵，能够打仗的不过600人，而驻扎在葛沽、大沽海口的三营士兵，加起来也不过200余人。鉴于天津没有水师军舰，难以御敌，形势日渐紧迫，毫无准备的琦善只能仓促、潦草地把大沽、北塘炮台修修补补，临时从外地调些兵力和火炮，做做样子，也只是为了应付皇帝旨意。

　　当道光帝询问琦善，是否应该恢复天津水师时，琦善在奏折中却给出误导，认为天津有辽东半岛和山东半岛的拱卫，且在渤海水域中有多处拦江沙（半暗礁），可以作为大沽海口的天然屏障，若不熟悉航道，大型军舰根本无法航行，更何谈登陆。故此，天津的守军只需在岸上设防即可。同时，琦善在奏折中称，英国军舰非常厉害，船坚炮多体形巨大，其船舱分成三层，每层都配备有100多门火炮。这番忽悠，直接影响了清廷做出正确判断。道光帝意识到天津守军不是英军的对手，权衡之下，还是打消了与英军直接交战的想法。

　　8月30日，琦善和义律在大沽口岸会面，谈判求和条件。琦善屈身低首，承认林则徐在广州抵抗英军是有过错的，将会被清政府严惩，希望英国人在天津不要开战。谈判期间，英海军的水情测量、浮标安设皆已完毕，武装进攻的准备全部就绪，完全可按计划继续施压，然而进入9月中旬，季节变化明显，舰上的英国水手发生流行疾病，鉴于清廷已做出巨大妥协，英军提出的要求皆有满意答复，在大沽口海域盘踞了近40天的英国舰队，这才离开天津。

　　1858年，相似的一幕再次上演。不同的是，这次出现在天津海域的是英、法、美、俄四国联军舰队。他们的舰船直抵白河口，虎视眈眈，把大炮直接对准了大沽口炮台，全然一副汹汹之相。

　　5月20日，英法联军发出最后通牒，限中方6小时内让出大沽炮台，如若不从，武力解决。这区区一点时间，请示咸丰帝远远不够，明摆着就是借口。英法联军开始行动了，6艘炮艇掩护近千名陆战队士兵，从炮台侧面悍然登陆。这一举动惹恼清军，被迫发炮反击，杀伤敌近百，但终因孤立无援，300多名清兵英勇战死，炮台终被摧毁。

　　1858年5月26日，英法联军溯白河而上，占据天津城郊，并扬言要进攻北京。6月13日，清政府派大学士桂良、吏部尚书花沙纳赶往天津议和，签订城下之盟。议和也仅仅是一纸空文，1860年英法联军从天津攻入京师，咸丰帝携后妃仓皇逃往热河，竟在避暑山庄意外驾崩。清廷不得已与英国再签《中英续增条约》，辟天津为通商口岸，其他列强跟着沾光，依"最惠国待遇"享受同等权利，致使天津的困境雪上加霜。

　　同治十三年（1874年）岁末，朝廷召集各事务衙门举办了一次高层讨论，议题是筹建海防的重要性和迫切性。会上，注重"海防"的李鸿章，与注重"塞防"的左宗棠分歧极大，互不相让，但初衷可嘉，都是为大清国的自身安全着想。最终还是以皇帝"和稀泥"了事，"海防"与"塞防"并举。由此，建立北洋海军被提到了议事日程。

　　随着第二次鸦片战争的节节败退，西方列强把中国视为可以任意宰割的羔羊，一时间群狼环伺，争相猎食。1901年，清政府全权代表奕劻、李鸿章，按照光绪帝"全行照允，足适诸国之意妥办"的旨意，与英、美、俄、日、奥、法、德、意、西、荷、比 11 国代表，签订了臭名昭著的《辛丑条约》。此条约共 12 款，附件 19 件，其赔款数目之巨、主权丧失之多、尊严蒙辱之深、精神创痛之甚，为中国近代史之最。

留给天津这座城市最为悲痛的记忆是，1858 年以来，中国逐步全面沦为半殖民地半封建的国破家亡境地。在这个苦难深重、不堪回首的过程中，首当其冲的承受者就是天津。

中日甲午战争战败，日本进入中国的突破口，在天津。

八国联军大举侵华的引火处，在天津。

诸如《中俄天津条约》《中美天津条约》《中英天津条约》《中法天津条约》《中英通商章程》，以及同治元年（1862 年）《中葡天津条约》、同治二年（1863 年）《中丹天津条约》、同治三年（1864 年）《中西天津条约》《中比天津条约》、光绪七年（1881年）《中巴天津条约》，字字句句、桩桩件件，罄竹难书，令人发指，无一不是在天津签订生效的。

1860 年，英、法、俄迫使清政府签下《北京条约》，由此天津在劫难逃，彻底沦为外国列强在中国倾销商品、掠夺原料、输出资本的集散地。开埠的大门敞开，虎狼涌入，有恃无恐，吃相丑陋，计有英、法、美、德、日、奥、意、俄和比 9 国殖民者堂皇出现，招摇现身，前前后后竟达 85 年之久。这些国家各建领事馆，通过彼此间的讨价还价，占据 15 平方千米为租界地，相当于天津旧城的 8 倍，其殖民国家数量之多、分割管辖面积之大，遍观整个中国乃至世界，可谓独一无二。

大批外国冒险家、传教士、富豪随之蜂拥而至。警察、武装部队、洋行、银号、仓储、公司、医院、学校、商店、教会、墓场、花园、娱乐场，各种名号铺天盖地，应有尽有。租界比之津沽老城厢的原生态，完全就是两个世界。"千姿百态"与"千疮百孔"，互为表里，光怪陆离，"国中之国"的殖民怪胎，在天津竟成为司空见惯的寻常风景。

列强挥刀分食着天津，近代文明也在冲击着天津。在内忧外患、民不聊生的纷纷扰扰中，扭曲的天津居然被打磨成中西合璧、土洋兼容、古今融汇的商业码头和独特城市，也是一道世所罕见的奇观。

在这个过程中，中国科学技术方面的软肋暴露无遗，但究其根由，起决定性作用的还是人。在一些西方人眼里，近代中国之所以一蹶不振，乃至积贫积弱，与其国民的劣根性有关。在中国从事经商和传教活动的英裔美国人斯密士（中文名为明恩溥）认为，中国人是一大捆矛盾，根本无法解决。我们无法找到确切的理由，来解释为何我们与中国人交往了几百年，却无法像解释其他复杂的事物那样，来理解中国人的特性。①

此之前，一些有识之士已经有所感觉，中国百病缠身、任人欺辱的症结，是因为西洋科学和机械优势不可阻挡，在困难重重的历史关头，决定民族自救、国家图强的根本前提，最终还得靠人的觉醒。

跌宕的启蒙暗潮

经历两次鸦片战争的重创，以及太平天国起义给清政府带来

---

① [美]明恩溥：《中国人的特性》，戴欢、代诗圆译，长江文艺出版社，2011年。

的苦头，部分朝廷官僚开始反思，从病体缠身的自身机制中寻找根源和教训。他们意识到，与西方坚船利炮的硬实力相比，中国太过落后，弱不禁风，难堪一击，以致自身宁肯赔钱也不敢动武，在这个弱肉强食的世界成了人人可捏的"软柿子"。为解除内忧外患，维护清朝统治，有必要学习、借鉴西方的军事装备、机器生产和科学技术。由是，"师夷制夷"和"中体西用"的提法应运而生。持这类主张者，史称"洋务派"。

　　兴衰于19世纪60年代到90年代的洋务运动，又称"自强运动"，称其具有划时代意义，并不为过。其倡导者，既有恭亲王奕䜣、显贵文祥，又有曾国藩、李鸿章、左宗棠、张之洞等地方大员，一时间内外策应，推波助澜，演为时代风尚。洋务派深知，仅凭唬人的刀矛土炮、简陋的机帆蓬船去抵御大清军队落后的武寇，纯属笑谈。因而一开始，他们就把重心放在如何解决大清军队落后的武器装备的问题上，首要的便是机械制造业的振兴。通过曾国藩、李鸿章、左宗棠等人的运作，江南制造总局、金陵机器局、天津机器局、福州船政局等纷纷建立，且初具规模，带动了兰州、广州、山东、湖南、四川多地相关军工行业的跟进，形成了南北呼应的兴盛局面。

　　而天津能够成为洋务运动的发源地之一，绝非偶然。天津机器局属于直隶地盘，自然会被时任总督李鸿章格外重视和大力扶植。据记载，至1888年，东、西两局的工匠就已达2000余人。

　　1880年，李鸿章还雄心勃勃地在天津创办了北洋水师学堂，属于中国最早的军事科技学校。地址设在机器局东局内（俗称"东局子"），并请到曾就读于英国格林尼茨海军大学的严复任总教习，专门培养海军作战骨干和技术人才。水师学堂为五年学制，包括四年课程和一年上船实习。除基础课程，还增加了英文、天文、地舆、算学、化学、推步、测量、驾驶诸法等与科技相关的学科，对于学生的军事操练，更是标准严格，尽量与列强接轨。其中，黎元洪、郑汝成、王劭廉、张伯苓、伍建光、温世霖、谢葆璋等一干怀揣军事救国理想的年轻人，均为此学堂在册毕业生。

北洋水师的建立，可称为洋务运动在军事领域的最高成果之一，一度大大提振了清朝军方的士气。但随着其在甲午战争中全军覆没，绵延近代中国30余年的洋务运动也宣告破产。若把历史镜头拉回来再度审视，北洋水师的倾覆之状，称得上是中国近代海战史中最为悲壮的一幕惨景。

日本在挑起甲午战争之前，就已在周密布局，精心策划海陆军统筹兼顾的协同作战"大方针"。其战略目标，是通过在中国直隶平原与清军进行主力决战，压迫清政府屈服，以攫取最大利益。达此目标，当然是取决于两国的海军战力。日本人很清楚这场海战的重要性，一旦掌握了对黄海的制海权，陆军便可由渤海湾登陆天津，实施直隶平原决战，自信能形成碾压中国的态势。不能不说，日本在发动海战之前，就已表现出了远远超出清廷预想的某种"先见之明"。而他们何以看重天津，是因为占领天津，就占据了与清廷近距离对话以至于要挟的有利位置。在这个意义上，天津比中国国内任何靠海的港口都重要许多。

关于这场海战，蒋廷黻的研究结论是："那一次的海军战争是中华民族在这次全面抗战以前最要紧的一个战争。如胜了，高丽可保，东北不致发生问题，而在远东，中国要居上日本居下了。所以甲午八月十八日的海军之战是个划时代的战争，值得我们研究。"①因此，若说清政府对此毫无准备，显然也不是事实。

自 1874 年日本侵犯台湾后，付出惨重代价的清政府变得聪明了。朝廷经过判断分析，决定以京师门户北洋为设防重点，用以防御日本海军从渤海湾进犯中国。1888 年，北洋海军正式编队，有舰艇 25 艘，官兵 4000 人，部署在威海卫、旅顺和大沽口三大基地。中日海军甲午交战，就在山东半岛东端的威海卫。

军港威海卫，有三处炮台，成犄角状，围绕刘公岛北洋海军基地形成拱卫之势。舰队根据李鸿章此前制定的"水陆相依"的防御方针，驻守于威海卫港内严阵以待。威海炮台本来装备有当时最先进的岸防地阱炮，但由于困守在刘公岛的北洋舰队兵员有限，训练欠缺，不善野战，战幕刚一拉开，即遭到日军陆地和海上的双重夹击，防线松动，很快失守，最终全军覆灭。

这个灾难性的溃败过程，也并非全无可歌可泣的血性画面。提督丁汝昌、镇远舰管带杨用霖、守台护军统领副将张文宣殊死抵抗，拒绝投降，最终舍生取义。据此，《纽约时报》曾有洋人发文感慨：

> 不管这些军官在他们实际生活中是否像他们离开时表现得那样，但至少他们在展现一个清国人的爱国精神方面作出了贡献，他们在向世人展示出：在四万万清国人中，至少有三人认为世界上还有一些别的东西比生命更宝贵。这种表现难能可贵，也是清国人非常需要的。……的确，这三位军官自杀殉国的消息首次表明，"光荣"与"耻辱"这两个词，

---

① 蒋廷黻：《中国近代史》，武汉出版社，2012 年，第 86 页。

对于大清帝国的高级官员来说，毕竟还是有不同含义的。大清国官员中的大多数在让自己的国家成为世人鄙视的对象时，似乎也让世人不再关心任何清国人。这次三名清国军官由于祖国的战败而自杀，这个小小的迹象表明，这个民族并不是整个都是可鄙的……他们身上表现出的任何一点可敬的品行和做人的尊严，对人类都是一种意想不到的鼓舞。[①]

文中用了不少限制性词汇，诸如"不管""是否""至少""首次""毕竟""小小的迹象"等，含有西方人对于晚清中国的固有成见。这种成见，随着以割地赔款为内容的《马关条约》的落地生效，进一步成为西方世界的共识。

甲午战争得势，日本侵略者的贪婪嘴脸暴露无遗，同时也引起其他列强的嫉妒和不满。俄、英、法、德为了各自利益，纷纷向日本施压，争相染指中国这块"肥肉"。英帝国更是打起威海卫的主意，以武力胁迫日本交出对威海卫控制权得逞后，又强行与清政府签订了《中英订租威海卫专条》，要求把威海卫、刘公岛及附近岛屿与陆岸方圆10英里土地统统租让与英国，公然恃强凌弱，清政府也只能乖乖就范。

日英"换主"，必须经过一个国际公认的"仪式"才能生效。刚入5月，春风冷硬，挂着日本国旗的中国海军"通济"实习舰，头顶蓝天白云，劈开破碎的海浪，鸣着呜咽的汽笛声，无精打采地开往威海卫。威海卫已经被日方占据，从日本人手中拿回，转手再交给英国人，这个"交接"也只是个形式，走走过场，无非就是换了个"主人"。

---

① 吕舒怀：《幻灭——晚清洋务运动兴衰记》，安徽文艺出版社，2012年，第197~198页。

一位中国海军的青年见习军官，此时正在残存的"通济舰"上实习，现场目睹了日、中、英三方的交接仪式：头一天，"通济"舰上的日本太阳旗被降下，清朝的黄龙旗升起；翌日，黄龙旗被降下，再升起英帝国的米字旗……目睹这一幕，这位青年实习军官痛彻

张伯苓（左1）与严氏家馆私塾的学生

心扉，深受刺激，终生不忘。他就是日后成为南开校长的张伯苓，时年22岁。

几十年后，张伯苓回忆"国帜三易"的屈辱场景，仍悲愤交加，难以释怀：

> 那英兵身体魁伟，穿戴得很庄严，面上露着轻看中国人的样儿。但是我们中国兵则大不然。他穿的衣服还不是现在的灰衣服，乃是一件很破的衣服，胸前有一个"勇"，面色憔悴，两肩高耸。这两个兵若是一比较，实有天地的分别。我当时觉得羞耻和痛心，所以我自受这次极大地刺激，直到现在还在我脑海里很清楚的。①

---

① 张伯苓：《基督教与爱国》，《南开周刊》（第1卷），第5、6号。

那一天，激荡在青年张伯苓心头的军事救国激情，已降到冰点。自威海卫归津，他便打定主意，此生投身教育，救治贫弱的国家。

胡适后来撰文，特意提到青年张伯苓在经历"国帜三易"后的思想变化，认为"张氏此种觉悟，此种决心，足以反映当时普及全国的革新运动。可惜这种新运动不敌慈禧太后的反动势力而失败了"[1]。胡适说的"革新运动"，是指发生在光绪二十四年（1898年）的维新变法运动，史称"戊戌变法"。

第一次鸦片战争以来，幕幕旧戏重演，无外乎割地赔款，山河破碎，国难加剧，致使清帝国晚期乱如麻团。随之洋务运动无疾而终，江山版图体无完肤，经济破败，民不聊生，可谓紫禁城内忧心忡忡，大江南北民愤滔滔。那么病入膏肓的大清国有没有起死回生的灵丹妙药？如果有，良方何在？

这时候，有两个怀有宏大政治抱负的广东举人出现了，即康有为和梁启超。他们必将在伤痕累累的中国近代史中留下惊魂一页。

还是在签订《马关条约》的1895年，康有为、梁启超就曾组织发动在北京应试的1300多名举人联名上书皇帝，痛陈民族存亡危在旦夕、刻不容缓，请求光绪帝下诏鼓舞士气，迁都固本，练兵图强，变法励志，史称"公车上书"。新主张经一而再、再而三地上书，深入各界民心，朝野为之一振，得到光绪帝首肯。皇帝决意一试，背着守旧的慈禧太后，以强硬手腕排除障碍，意欲推行"维新变法"。

风声传到天津，刚升为直隶总督兼通商大臣的荣禄焦急万

---

[1] 沈卫星主编：《重读张伯苓》，光明日报出版社，2006年，第363页。

分，状如热锅上的蚂蚁。他很怕被光绪帝罢免，于是深夜进京，与几位慈禧太后器重的心腹密谋，决定向"老佛爷"献计，废掉推行变法的皇帝，挽救大清天下。这个企图无异于宫廷政变，却与慈禧太后的心思一拍即合。专横惯了的"老佛爷"怎会允许光绪帝心存异想，目中无她，擅自做主，冒天下之大不韪？

于是帝、后摊牌，必然是鱼死网破。然而年轻、单纯的光绪帝，又怎是内斗行家慈禧的对手？

在这生死存亡关头，变法派把赌注压在了兵权在握的袁世凯身上。

袁世凯（1859—1916年）河南项城人，故人称"袁项城"。他早年发迹于朝鲜，到1895年，在天津小站训练新军，方式独特，因而声名鹊起，此新军后来壮大为清廷陆军主力。光绪帝不惜屈尊，几次面召袁世凯，以示信任，言语间也多少夹杂了些许恳求味道。在命悬一线之际，谭嗣同拿着密诏冒险找到袁世凯，希望其义薄云天，挽救危局，走出新路。决定帝、后双方力量天平的袁世凯，并非昏聩无脑的等闲之辈，他清楚此时的清王朝已是前景暗淡、穷途末路，他的内心倾向于变法，也曾极力探索路径，但经过一番很现实、很复杂的利弊得失权衡，最终他向荣禄告密，投靠了更有权势的"老佛爷"。

双方力量的天平即刻倾斜，结局由此揭晓。

1898年9月21日凌晨，慈禧太后带人突然从颐和园赶回紫禁城，直入光绪帝寝宫，黑着脸将其囚禁于中南海瀛台。康有为、梁启超等闻讯外逃，躲避追杀。谭嗣同本有逃离险境的机会，却选择了坦然坐等兵士捉拿，以颈血换取民众觉醒。在苍茫血光中，百日维新就此夭折。

鼓舞世人的晚清"戊戌变法"迅速成为落花流水。对其是非曲直、历史功过，至今国内外学者仍各说各理。这次百日维新被形容为始于复苏而终于凋落的春梦，被比喻为极具刺激却短如昙花的幻梦，或许皆有道理，但就历史因果关系而言，绝非仅仅用诸如"惨烈""绝望"就可以简单定位，更不能纯粹视其为空空荡荡的一场噩梦。这一具有风向标和全方位意义的变法运动，背后动因源于以爱国救亡为主旨的改革启蒙大潮，其划时代的重要性难以估量。由此冲击，还是寻找到了清朝政权坍塌的缺口，从而为13年后的帝制结束敲响丧钟。

天津的私学渊源

得思想启蒙的风气之先，津沽大地的人文生态出现了别样景观。

洋务运动的历史大剧，能在天津这个土洋兼容、中西并存的舞台上演得如此有声有色、有滋有味，李鸿章的作用举足轻重。他和同僚非常精明，之所以看重位于九河下梢的这块宝地，完全因为天津的位置与功能实在特殊，无可取代。天津被北京倚重，或者说天津之于北京的存在价值：经济上是其依靠，军事上是其屏障，政治上则是其进退有据的"后花园"。顺理成章，天津得以成为中国近代教育的源头之一，其孕育、萌发与生长，也是种种天时地利人和的机缘使然。

天津率先出现了引进西学、广开言路的报刊，为领先全国的教育文化提供传媒助力。这时期，中国范围内已有20种自办报刊，如《申报》《万国公报》《西国近事汇编》《循环日报》等，分布在福州、厦门、上海、香港、广州、汉口等城市。最初是英文、法文、德文、俄文、日文之类的报纸纷纷冒头，各显其能，带动与中国传统文化思想迥然有别的思潮不断涌现。而在中国北方，天津报业很快异军突起，风生水起，日趋繁荣，成了聚焦西方文明的窗口、中西文化碰撞的中心。

一般人理解，报业应以新闻为主，但清末民初的报纸有了新的变化，各种言论占据了显著版面。创刊于1886年的《时报》不仅是天津，也是中国北方的第一张报纸，且为日刊。其因故停刊后，报社被天津印刷公司购买，1894年创办了《京津泰晤士报》，在中国北方影响日增，有"外国人在华北的圣经"之称。同一时期，英文版《中国时报》也是外国人了解京津地区新闻的热门报纸。这些报纸打破了传统文化的坚冰，为中西文化融合注入了勃勃生气。《国闻报》1897年由严复等人在天津创办。

在洋务运动存续的35载春秋中，中国文化出版事业的水平和成就可谓空前。京师同文馆、上海广方言馆与江南制造总局的译书馆，是当时翻译西方书籍的中心。译书由单纯的西方科技著作不断扩展，逐步将社会科学、人文科学与自然科学并重推出，最终后来者居上，风头占先。京师同文馆曾翻译西书36种，其中具代表性的有：中国第一部国际法中译本，惠顿的《万国公法》（1864年）；第一部外交学中译本，马登的《星轺指掌》（1876年）；第一部经济学中译本，福赛特的《富国策》（1860年）。江南制造总局翻译馆则是晚清翻译西方著作数量最多、成绩最显著的机构，荟萃了众多的学者译家和外籍传教士。

在此过程中，在天津，既有严复、梁启超这样的传递启蒙思想，坚持革故鼎新，影响深远、居功至伟的政治家、思想家，也有严修、张伯苓这样的爱国教育家、兴学实干家。多难的津沽大地，为这些思想精英和民族脊梁提供了施展才干的用武之地，同时，他们也为天津文化奠定了独特而深厚的底蕴。

严复（1854—1921年），祖籍福建侯官（今福州），原名宗光，字又陵，后改名复，字几道，曾在天津度过一生中最具价值、最有作为的时光。严复是中国第一批海军留英学生，那时就开始关注西方启蒙思想，下功夫读过卢梭、孟德斯鸠、伏尔泰的书，推崇达尔文《物种起源》的观点，将其引进中国并极力传播。康有为称严复是"中国精通西学的第一人"，鲁迅则称之为"19世纪末年中国感觉敏锐的人"，毛泽东更是把严复与洪秀全、康有为、孙中山列为中国共产党出世以前向西方寻求真理的一派人物。

从1880年到1900年之间，严复不仅亲任北洋水师学堂总教习，还于1895年2月至5月间，在天津《直报》发表了《论世变之亟》《原强》《辟韩》《原强续篇》《救亡决论》等五篇文章，呼吁维新变法，力主武装反抗外来侵略。严复历经北洋水师学堂任职、甲午中日战争、义和团运动所带来的不测和变故，却从未辍译，总是在中与西、古与今之间的冲突中思索、徘徊，为国家图存、走出危境而奔走呼号。

1897年，严复将赫胥黎的《天演论》译成中文发表在《国闻报》，系统介绍西方民主和科学，宣传维新变法精神，主张多办学，建立完整的学校系统普及教育，从德智体三方面入手增强国民素质。值得一书的是，他不停地发表自己写的《拟上皇帝书》，申述变革主张。1898年，他终于被光绪帝召见，俩人谈得还算投机，对话内容即刊载于《国闻报》，却终究生不逢时、一损皆损。

1900年，八国联军入津，严复倾注了20年心血的北洋水师学堂毁于炮火之中，精神深受打击，被迫离开天津，迁居上海。但却对天津牵肠挂肚，情深意长，曾多次回津旧地重游，拜会老友，每每自称为"三十年老天津"。他在天津有许多志同道合的朋友，严修便是其中一位，在晚清民国有津门"二严"的美称。

思想激进的报人英敛之（1867—1926年），满族，正红旗赫舍里氏，自号万松野人，以敢骂酷吏、不避权贵而著称。1902年，他在天津创办《大公报》，以"开风气，牖民智，挹彼欧西学术，启我同胞聪明"为办报宗旨，旗帜鲜明地提倡变法维新，主张君主立宪，反对封建专制，要求民族独立。1894年，美国与清政府订立了一个载明"两国政府愿合力办理，禁止来美华工"的条约，1904年条约到期，美方要求继续保留"禁止华工"内容，可谓蛮横且无耻。消息传开，各地迅速形成一个控诉美国排华罪行、反对美国经济侵略的爱国运动，激荡汹涌，愈演愈烈。《大公报》直接声援，推波助澜，于1905年5月23日，率先登载上海商会发起抵制美货的通电，6月11日，再次刊登"本报不登美商告白"的启事。正在天津的袁世凯读此新闻，勃然大怒，以"有碍邦交，妨害和平"罪名，下令封杀《大公报》。英敛之蔑视强权，持续撰文，奋起反击。1906年7月1日，英敛之与《北洋日报》等联合发起成立中国近代首家新闻团体，即报馆俱乐部。

此后，英敛之历经孙中山辞职、袁世凯被选为中华民国大总统，痛心之余，对政治心灰意冷，转身而去，隐居在香山静宜园，落寞病逝于1926年。然而《大公报》却一直顽强地存活着，抗战期间，该报曾迁址大后方，先后经历了津版、沪版和港版，至今还在香港发行。1925年初，英敛之创办"公教大学"，后改称辅仁大学，英敛之任首任校长。20世纪40年代至21世纪，他的后代，孙子英若诚，曾孙英达、英壮，没有在新闻和教育方面继续发展，而是在戏剧文化和影视表演领域成绩卓著，令人称奇。

梁启超（1873—1929年），字卓如，一字任甫，号任公，又号饮冰室主人，广东新会人。戊戌变法失败，六君子血洒北京菜市口，一众同道四处逃散。作为维新派主将之一的梁启超，取其头颅的悬赏通告遍布中国沿海城市，他备受打击，欲哭无泪。为躲避清政府的追捕，他在天津仓皇乘船，秘密逃往日本。回国后，他把家安顿在天津，在著书立说的同时，任教于南开大学。1912年底，梁启超创办了《庸言》杂志，发行量很快就居国内刊物之冠，出版了两卷30期，几乎期期都有这位学界"快枪手"的文章。梁启超和严复有着相似的经历，一生中其最宝贵的年华与最高光的岁月，共计14年，都是在天津度过的，并以其巨大的社会影响力，最终赢得世人的敬仰和历史的应有定位。

其实天津的办学热早于办报潮流。近代天津私学教育的勃兴，正是得益于洋务运动与维新变法的思想启蒙背景。人类需要教育，这是人的自然属性与社会属性共同决定的。这意味着，人必然是一种"有缺陷"、有局限性的"生物"，同时也是具有自新能力的"文化生物"。人类生命中从懵懂无知到文化自觉，需要一种再生的能力。此能力并非娘胎带来的，也非上天赐予，必须通过授业解惑，借助各种教育实施方式，才能实现人类文明的良性延续。

私学教育并不始于近代。尽管周朝以来，中国就形成了以学、校、庠、序为主要形式的政府官学体制，貌似占据着话语正统位置，但在春秋战国之际，居于中国教育传统主流和轴心位置的，却是绵延不绝的塾师私学形式，其代表人物便是孔子、孟子、老子、庄子，以及墨子、荀子、韩非子等。他们堪称中华文明赓续的思想大师，造就了历史上百家争鸣、群芳吐蕊的私学教育盛景。秦汉以来，大一统的权力秩序规则把传统私学纳入政教合一的文化格局，致使私学发展受阻。

私塾是中国古代开设于家庭、宗族或乡村内部的民间幼儿教育机构，是私人教育的一种形式，以儒家思想为教学中心，是古代私学的重要组成部分。此后历朝历代，私学教育逐渐被边缘化，疏离于大雅之堂。

晚唐时期，一些书院形式的私学教育悄然出现，也只是个别儒生修建于山林瓦舍的讲学之所，为私人授徒的另一种形式，多受官学控制，服务于科举取士。这类书院在宋代已成寻常风景，约计200所，而南宋就占将近80%。①到了晚清，书院形式已绵延持续了千余年，为中华民族的文脉传承做出了独特贡献。撇开公学私学之别的问题，可以认为，学校教育所表征的，应是历史经纬、世事兴衰的晴雨表效应。

从本质上说，私塾的出现与存在，是以耕读社会为前提，与近代工商社会的需要还有相当差距。在近代工商业兴起后，私学取代私塾，就成了一种时代需要。

到了晚清，鸦片战争加剧了民族危机，中华帝国在内外剧变中摇摇欲坠，随着洋务运动的勃兴，开始反思传统教育症结所在，加之近代商人阶层的崛起、西式教育的渗入，有外国教会背景的学校和本土新式学堂纷纷出现，预示了中国私学传统的回春与振兴。1922年至1923年，仅京师就拥有中等私立学校34所之多。私立大学同样获得蓬勃发展，1912年到1927年，被政府核准立案的已达18所，成为一时风尚。

---

① 华银投资工作室：《思想者的产业》，海南出版社，1999年，第7页。

私立学校需要私人的财物资助，政府在政策和经济层面的支持力度也在加大。曾被启蒙大潮深深卷入的天津，自然是"春江水暖鸭先知"。民族资本主义经济的兴起，为私学教育提供了必要的物质保障。特别是深受洋务运动影响的近代商人，以其思想开明和热心捐助，为天津近代私学教育的蓬勃发展注入了活力。在这个过程中，长芦盐业成为天津私学发展的助推器之一。南开校父严修出身于天津显赫的盐商家族，把盐商办教育的传统发扬光大，起到了历史性的推动作用。

津沽大地，许多历史私学名校由此应运而生。这些新学堂有如雨后春笋般的萌发、生长，无疑得益于无数志士仁人的无私捐助，其中有林墨青创办的"民立第二小学"、卢木斋开办的"卢氏小学"和"木斋中学"、温世霖创办的天津最早民办女校——普育女学堂等。最为人称道的，就是严修、张伯苓从家塾、学堂发展起来的南开学校。作为私立学校，有这样一份清单，可以说明南开的起步，主要来源于自筹，"众人拾柴火焰高"，才有了日后的一幕幕盛景：

南开学校创办之初的校舍借用严宅偏院，校具及改建费由严修捐助。理化仪器及书桌书橱等，由王益孙捐助。1904年，严、王每月捐助日常经费银百两，1905至1911年，严、王每月增捐日常经费银百两。1907年校舍搬迁到新校址后，日常费用增加，严修又向时任东三省总督徐世昌筹措日常经费银200两。1906年起建新校舍，郑菊如捐助南开洼土地十余亩，建筑费由王益孙、严修、徐世昌、卢木斋及严子均诸先生捐助，共计银26000两；学校礼堂由袁世凯捐助5000两、徐世昌捐银1000两建设；为筹办南开大学，严修分别于

1919年和1922年捐赠购书款2000元，地款18000元。1923年、1928年严修又竭尽全力创办了南开女中和南开小学。[1]

之后，更有不同渠道的捐资源源而来。梳理一下，可以看出主要来自两种途径。一是北洋政府与民国时期军政要员的私人捐款，有代表性的是袁世凯、徐世昌、黎元洪、李秀山、张学良、阎锡山、孙子文、梁士诒、颜惠庆、周自齐、袁伯森、蔡虎臣、陈光远、傅作义等。尽管清末民初政局多变，台面人物命运起伏不定，张伯苓以其过人的交往能力，展示智慧与策略，勇于在困境中求生存。二是求得开明绅士和民族资本家的理解和支持，这里面"校父"严修的作用不用多言，此外，吴鼎昌、卢木斋、李组绅、王正廷、章瑞廷等开明人士，都将捐资兴学视为一种功德和义举，乐于把经商获利的一部分投入南开筹建。比较典型的是卢木斋，这位酷爱读书的前清直隶提学使，将自己兴办实业的全部财产用于发展教育事业，先后捐资兴办了卢氏蒙养院、木斋小学、木斋中学。他在出资兴建南开大学木斋图书馆的同时，还捐献出30000余册各类书籍，为南开大学跻身高品质大学注入了浓浓书香。

天津还是庚子赔款之后派出留美学生的发祥地。

多少年后，南开系列学校已成为近代天津乃至现代中国的教育重镇、文化地标，驰名于海内外。

---

[1] 王彦力：《张伯苓与南开——天津历史名校个案研究》，南开大学出版社，2015年，第69页。

第二章

乱世『清流』

严修何以为"校父"

十几年前，国内教育界与出版界曾联手策划、出版了一套《20世纪中国教育家画传》，遴选10位传主，可谓阵容强大。传主依次为王国维、蔡元培、陶行知、张伯苓、胡适、梅贻琦、黄炎培、徐特立、陈鹤琴、晏阳初，名气之大，分量之重，影响之远，自不待言。意外的是，南开"校父"严修未能入列丛书，无论如何，其"二十世纪中国教育家"的成色，多少被打了些折扣。

1927年，正当盛年的王国维，留下"五十之年，只欠一死，经此世变，义无再辱"的遗言。他身着长衫，漫步于颐和园昆明湖畔，悠悠吸了一支纸烟，然后从容一跳，沉于湖中，完成了一位旷世大师为中国传统文化堪称悲壮的殉节仪式。大师投湖，毫无征兆，噩耗传开，学界哀声一片。在入殓仪式上，吊唁者黯然鱼贯送行，透过王国维的遗容，读到一种决绝赴死的孤冷与谜团。也是在这一年，年长王国维17岁的严修，正处于生命的黄昏暮年，却仍在为圆梦教育而呕心沥血，鞠躬尽瘁。也仅仅不足两载春秋，即默然西去。

1929年3月，正在美国学习考察的张伯苓，获悉严修病逝的噩耗，深感震惊，即发表了沉痛悼文："严先生道德学问，万流共仰！个人追随颇久，深受其人格陶冶。南开之有今日，严先生之力尤多，在个人失一同志，在学校失一导师，应尊严先生为校父"①。此尊称在师生中立即产生共鸣，并延续至今。《南大校刊》则有文章写出对严修的特殊敬意："南开之有先生，犹子女之有父母。"②

遍观近现代中国教育界，能被一所著名高等学府尊为"校父"者，严修之外，再无二人。严修创办南开，被尊为"校父"，其实也只是他一生事业中的闪光点之一。他的一生轨迹，穿越了清末至民国北洋政府近70载的政治风云变幻，特别是在近代思想启蒙的大潮中，他的作用虽不光芒刺目，却有满满实效。

严修（1860—1929年），字范孙，号梦扶，别号偍屃生，时称范孙公。其祖籍为浙江慈溪。据说其先祖严光是西汉末年的著

"校父"严修

名隐士，曾为汉光武帝刘秀的同窗要好，刘秀登基后，曾设法找到严光，请其进宫入职，严光坚辞不就。他的处事原则非凡夫俗子可比，且不会轻易改变。与人相处，只做净友，不近仕途，洁身远引，隐居为乐，即使皇帝亦不破例。此为一段历史佳话，后世谢灵运、李白、孟浩然、司马光、王安石、李清照、陆游等历代大文人，都曾不吝赞美之词，写过有关严光的诗文。范仲淹甚至还为严光立祠，并亲作祠堂记。

康熙年间，严氏祖上一支北上，迁居津沽经年。严修的父亲名叫严克宽，习儒进取，屡试不第，遂从商，入盐业，曾被推举

① 侯杰、秦方：《张伯苓家族》，新星出版社，2018年，第141页。
② 陈鑫、郭辉：《南开校父·严修画传》，中华书局，2019年，第270页。

为长芦盐场的总商。长芦盐场地处于渤海岸旁，是我国最大的海盐场，明、清两代皇室唯一御贡盐砖即产于此，至今仍占全国海盐总产量的1/4。严克宽经商有为，除生意头脑过人，其文化积淀和开明见解，也在商家同行中优势明显。

严克宽还具有达则兼济天下的美德，热心公益，曾办过育婴堂、粥厂等。严修深受熏陶，特别是祖上遗训"马行栈道收缰晚，船到江心补漏迟"，对他影响尤深。严修弱冠时即被誉为"神童"，天赋自然了得，但更应称道的是他的勤奋。很小的时候，严修就养成每天早起必诵读经书两小时的习惯，久而久之，儒学经典，烂熟于心。从17岁起，每日晚上9点必写日记，直到去世前一个月还在坚持，也是乃父影响所致。

陈鑫整理的《严修日记（1876—1894）》披露了严修早年奋发求知的读书生涯历程。年少的严修，每日读书、习文，到老师处听讲，去书院"道课""府课"，近20年无一日懈怠。他的日记用格纸，版心有"毋自欺室"字样，每一日内分设"晨起""午前""午后""灯下"四栏，类别有"格致之学、诚意之学、正心之学、修身之学、齐家之学、治平之学"。此后又建"记事""杂识""日知"三栏。其间既有浏览，也有细读，内容涉及"经史子集"，自晨至夜，从无间断。古今中国人通常信奉"学而优则仕"，因"仕"而"学"，"仕"成"学"止，若已入"仕"仍数十年如一日，孜孜不倦于读书悟道，大约非"圣者"难为。更可贵的是，从其日记中可知，严修长期研读中外学者的数学著作，演算代数、几何、三角等各种数学题，在此领域颇具水平。

1882年，年仅22岁的严修参加顺天府乡试，中了举人，结识了年长自己5岁的同乡徐世昌。严修、徐世昌都有写日记的习惯。特别是严修，写日记已经成了每天日程，他从17岁到69岁去世前一个月，跨越50余年，从未间断。在严修日记中，常有"菊哥"出没，这位"菊哥"就是徐世昌。二人皆酷爱读书，满腹经纶，意气相投，同时中举。第二年，严修、徐世昌参加会试，严修中进士，成了翰林院庶吉士。徐世昌名落孙山，继续用功，3年后才上榜，因其才干突出，很快被清廷重用。辛亥革命后，徐世昌在政治旋涡中左右逢源，长袖善舞，进退有据，逐渐成为风云人物，民国七年（1918年）即成为中华民国总统。上任不久，他就下令停止对南方作战，次年召开议和会议。在位仅4年，迫于局势难控，无奈通电辞职，退隐天津租界成为"寓公"，平日以书画自娱，被后人称为"文治总统"。

即使置身于仕途，严修进入的从来就不是纯粹的官场，而始终与自己的教育梦想有关。28岁那年，他被朝廷授翰林院编修，充国史馆协修、会典馆详校官。1894年，朝廷授严修为贵州学政，类似于现在的省教育厅厅长。一个年已而立的北方文人，远离京津，去如此偏远、封闭、落后的地方任职，赴任之旅长达3个多月，山高水长，交通不便，种种艰难，可想而知。他回忆道："余所带书箱在京称验，俱在百斤以外，且有至百二三十斤者，并夹板、竹杠计之，百五十斤不止矣。至此大以为累。"①一路劳顿，对于立志有所作为的严修，倒不算什么，使他痛心疾首是沿路所见所闻。政情现状混乱不堪，民生境况糟糕透顶，他无可奈何，也认定了教育救国的作用，"天下之治乱视乎人才"。

好在天高皇帝远，严修很希望利用手中的"权力"实现自己的一些愿望。他从古书学院入手，尝试教育改革，力倡新学，斗胆奏请朝廷废除科举，开经济特科。同时，双管齐下，着手筹建

①《张伯苓研究》（内刊），2021年第二期夏季号，第40页。

贵州官书局，为解决资金短缺，数次捐出薪银，刻印和购买书籍，自掏腰包设置奖学金，以至于离任回京时，不仅两袖清风，且负债竟达白银4000两。

3年任职，严修留下了极佳口碑，贵州众学子称之为"二百年无此文宗"。送行一路，人们依依不舍，并为他建了"去思碑""誓学碑"，以作永久纪念。徐世昌与他相知甚深，曾为其《蟫香馆使黔日记》作序，感慨连连："余兄弟与范孙同乡里，同膺乡举，又与余同官京朝，以道义相切劘数十年，交谊至笃。昔年视学贵州，事事必与余商榷前后，又时有书牍往还。其之官也，不携眷属，惟偕至交尹月坡孝廉住。振兴文教，培植人才，竭尽心力。清俸所余皆出以济其用。清风满袖，飘然而归。……其德泽入人之深，可想见矣。"[1]

严修很早就有意识地阅读"西学各书"，对先进自然科学知识亦有涉猎，并亲自执教书院的数学课。更令人称奇的是，在贵州职任期间，已是中年的他，竟然开始学习英语，还请曾为留美幼童的祁祖彝教授辅导自己。他很享受这种挑战知识边界的乐趣，在清末"达官贵人"阶层中，此思此为，当属凤毛麟角。

按说严修本是科举时代的成功者，也是获益者，不缺功名，坐享其成，不愁荣华富贵，至少可以不去以身涉险，立于"危墙之下"。偏偏因思想渊源的复杂构成，他不会允许自己饱食终日、无所用心。他是接受完整封建教育的一位知识分子，旧学深厚且以此立身，却主张不学那些旧学也罢。他本人因科举而"扬名立万"，却积极推动废除科举。他从进士起步，国学深厚，却关注西学，主张维新，倾向变法。

① 陈鑫、郭辉：《南开校父·严修画传》，中华书局，2019年，第63页。

　　严修在人生步调上总显得与仕途、正统若即若离，甚至离心离德，这必然会给自己的人生平添诸多困扰。

　　说起来，严修从幼学到青年，可列出名字的老师竟达86位，转益多师，兼收并蓄。他能有后来的作为，与形形色色的老师引导、推助有关，但这些老师对严修持维新思想的态度也不尽相同。

　　1880年，以忧国、直谏著称的清流名士张佩纶，就任家乡的问津书院山长。张佩纶是李鸿章的女婿，民国女作家张爱玲的祖父，博览群书，治学扎实，与张之洞被并称为"二张"，颇受李鸿章赏识。

　　严修对张佩纶印象最深的是他的教学严格。张佩纶曾把考课列入教学日程，定期出题由学生作文，评卷打分，加以指导。他曾对严修的一份作文课卷批语告诫，勿因"征逐"科举而疏于做学问的本业，并要求严修认真研读典籍，再交作业。严修犹如醍醐灌顶，潜心读书，学问果有起色。4年后，已考中进士的严修与老师再次见面，围绕治学，肺腑交心。张佩纶提醒学生，"通经实不足以致用"，表示了对科举的质疑，以及对空洞无用的宋明理学的不满，使得严修再次受教。此时的严修已非青涩少年，其出色的辨别能力，使他懂得如何取其精华，择善而从，又不放弃独立思考，逐渐摸索出适合自己的治学路径。

　　严修更敬重张佩纶的"清流"本色。中法战争初期，张佩纶常立于总理衙门严阵以待，多次在对外交涉中据理力争。英国公使巴夏礼向总署施加压力，不准中国惩办凶手，并拍桌咆哮，张佩纶不吃这一套，当即拍桌"回敬"，促使中国向英国提出正式抗议。1900年，当张佩纶听到八国联军攻陷大沽口的消息，急得"咳血升许"。次年2月，李鸿章请他一起处理和约事宜，张佩纶北上入李鸿章幕僚，但拒绝任命自己任何官衔。和约告成后，李鸿章再次保荐张佩纶，清廷以四品京堂起用，张佩纶仍然坚辞不就。严修日后曾多次婉拒袁世凯的高位相许，深受老师张佩纶"清流"品格的影响。

严修的另一位老师徐桐，曾做过同治帝的老师，也是严修一直念念不忘的学业贵人。在严修的乡试、会试、朝考的几道关口，徐桐都是重要考官，他赏识严修，为其进身之途排除干扰，竭力相助。徐桐又是晚清时立场强硬、性格暴躁的著名守旧派，闻"新"则怒，"恶西学而仇"，眼里揉不得沙子，以至于师生二人思想分歧严重，关系僵化。最初严修被派任贵州学政，徐桐还殷殷寄予厚望，然而让他意料不到的是，严修居然推行了种种新政，基本倒向了"新学"，这是徐桐完全不能接受的。严修一度为之黯然神伤。他上任贵州学政届满回京，曾四次拜谒老师，皆吃了闭门羹。徐桐拒绝见他，还在门房贴出字条，上面写有"严修非吾生，嗣后来见不得入报"的字样，摆出一种不无羞辱意味的绝交姿态，将这位"不肖弟子"逐出师门。

义和团大行其道时，徐桐一时颇感振奋，认为中国"自强"大有希望。1900年，八国联军攻入北京，慈禧太后、光绪帝狼狈出逃，时局大乱，徐桐年迈体衰，行动不便，放弃离京，在左右无路的绝境中，黯然自杀身亡。严修闻之，潸然泪下，唏嘘动容，"吾师仁人，为人误耳"[①]。

严修的维新主张意识并非心血来潮，早在其任贵州学政时期便见端倪。贵州任满后，严修自上海乘船去天津，再从天津回北京。在船上，与"戊戌六君子之一"的康广仁（康有为之弟）和

---

①《张伯苓研究》（内刊）2020年第二期夏季号，第21页。

梁启超同路。严修与梁启超对于时局颇多同感，聊得很投机。

此后严修和徐世昌都参与过维新活动，严修更是密切关注维新派动向，一直与康有为、梁启超、谭嗣同保持联系。在天津，他与严复、英敛之交往频繁，常常为教育救国奔走呼号。戊戌变法前，严修力主广开民智、救亡图存，提出可循乾隆年开博学鸿词科之例，开经济特科，授民间实学人才以功名，被同道视为"戊戌变法的先声"，也引起朝廷的一些警觉。

乡里兴教与领军"学部"

戊戌政变流产，有幸躲过一劫的严修潜回天津，埋头致力于乡里兴教。"千里之行，始于足下"，家塾就是他从事教育的最初一站。早在1890年，严修就请同乡陶仲明来家塾（俗称严馆）执教。陶曾在维新大潮中创办不缠足会，还参与组建"知耻学会"，被严修视为同类，其间，陶仲明之子陶孟和随父在严馆就读。

此后，严修又相继创办了严氏女塾、保姆讲习所（相当于幼儿师范）、蒙养院、民力第一小学堂、专门研究教学的普通学社、师范补习所等教育机构，力推新型教育发展。他的所作所为，全然不像一位曾经的晚清举人、仕途要人。后来成为梅贻琦夫人的韩咏华，曾为严氏保姆讲习所学员、蒙养院教师，她对严修女塾编写的一些歌词记忆犹新，其中的《放足歌》[1]，传

---

[1] 陈鑫、郭辉：《南开校父·严修画传》，中华书局，2019年，第175页。

唱一时，反响强烈：

> 五龄女子吞声哭，哭向床前问慈母。
> 母亲爱儿自孩提，如何缚儿如缚鸡。
> 儿足骨折儿心碎，昼不能行夜不寐。
> 邻家有女已放足，走向学堂去读书。（其一）
> 少小学生向母提，儿后不娶缠足妻。
> 先生昨日向儿道，缠足女子何太愚。
> 书不能读字不识，困守闺门难动移。
> 母亲爱儿自孩提，莫给儿娶缠足妻。（其二）

如此通俗易懂、朗朗上口，融说理于童趣的浅白词语，居然从旧学深厚的一位晚清举人笔端涓涓流淌，可以看出严修试图刷新传统、倡扬革新、尊重人性的用心与用力。

严馆塾师陶仲明辞世，严修请来年轻有为的张伯苓继续执教。在张伯苓的打理下，私塾教育不断完善，进而风生水起。以后的路怎么走，严修与张伯苓等几位教育人士多次讨论，共同认为，仅靠书院、私塾的形式还是难以长久，必须拓展内容，改变形式，破茧成蝶，开办新式学堂。

1902年8月10日，严修携长子智崇、次子智怡，由塘沽登"力神丸号"轮船赴日本考察教育。其间他去早稻田大学参观，得知该校有学生3000人，附属中学有学生1000人的规模和容量，不禁发出"呜呼盛矣"的感慨。

严修特别拜访了早稻田大学的创办人，曾任日本内阁总理大臣的大隈重信。严修咨询大隈：有一种观点说，现代教育让人的智力不断提高，道德不断退步，是这样吗？大隈断然答道："是大不然！是固兼进，无退之理。"换成白话文，就是没有这回事，现代教育能让人的智力与道德同时进步，绝无后退的道理。大隈还强调："取之文明，则己之文明自进。"一身书生气的严修对此说深表佩服。若干年后，大隈重信成了日本国内态度强硬的"主战派"，严修若地下有知，相信会别有一番感慨。[1]

1904年，严修与张伯苓再次赴日，回津即达成共识，将严氏家塾与大盐商王奎章、王益孙的家塾合并，成立敬业中学堂。1906年，天津邑绅郑菊如慷慨解囊，捐出位于旧城西南城角的十余亩闲置空地，用于学堂的开发扩大，严修与王益孙、徐世昌、卢木斋诸人共捐银26000两修建新校舍，凭借硬件的支撑，已经上了更大台阶。这块空地位于"南开洼"，学堂也随之更名为"私立南开学堂"。

在新建学堂的东楼里，甬道上立着一面硕大的穿衣镜，镜上方赫然悬挂着严修亲笔手书的《容止格言》[2]：

面必净，发必理，衣必整，钮必结。
头容正，肩容平，胸容宽，背容直。
气象：勿傲，勿暴，勿怠。
颜色：宜和，宜静，宜庄。

字字有声，句句讲究，倡扬文明学生的举止规范，看似都是些细枝末节，效果却使整体面貌焕然一新。

那一年，美国哈佛大学校长伊利奥博士曾到南开学校参观访

---

① 陈鑫、郭辉：《南开校父·严修画传》，中华书局，2019年，第124页。
② 王彦力：《张伯苓与南开——天津历史名校个案研究》，南开大学出版社，2015年，第69页。

问，看到"南开人"的仪态、气质很是特别，便向校长问起缘由。张伯苓哈哈一笑，并不多言，只是把客人领到那面穿衣镜前，用英语一一解释"格言"的内容。伊利奥校长听罢面露惊奇，连连称许，回国后即向本校大力宣扬。

1916年，南开中学学生兼校报编辑周恩来，在《校风》发表一则通讯："我校事务室前所悬之大镜及上列格言，原为资警励全校师生所用。前次美人白崔克博士来校参观时，睹之甚以为善。令格瑞里先生致函校长索斯镜之合影，并请将格言译成英文，同行寄去以为纪念，藉俟归美时，公之彼邦人士。"[①]通过哈佛大学校长及白崔克、格瑞里等人的宣传，引起美国媒体甚至是财团的重视，一些美国记者甚至著名的罗氏基金会都派人前来报道、参访，并把现场采风的照片与文章一并发表于美国或海外英语报刊。一时间，南开的大镜和《容止格言》四方皆知。

《容止格言》起到意义深远的"镜鉴"作用，童蒙中的学子每天几次经过镜子前，时时目睹，日日提醒，逐渐成为常态化习惯，实在意味深长。很快，《容止格言》穿衣镜，先后在南开各校都竖立起来，给学生留下难忘记忆。当年老一辈南开人提及这段往事，无不感叹，称其对于他们一生特定仪容和举止的形成，潜移默化，受益终身。

敬业中学堂以其别具一格的精神面貌和教学方式，引起袁世凯的关注。一次参观学堂后，袁世凯当即捐出5000两白银以示鼓励、扶持，并上奏朝廷，表彰严修的办学义举：

　　　　天津县劝办民立学堂，据在籍绅士、侍讲衔翰林院编修

---

① 《校风》，1916年第26期。

严修，首先倡捐费银三千余两，于是裕富绅民闻风兴起，接踵乐输，数月之间，共立学堂十一处，规矩谨严，课程合度，成效昭然……①

这位军人出身的直隶总督，并非一介莽撞粗鲁的赳赳武夫，他一直对启蒙维新与兴教之事有想法、有兴趣。1902年，袁世凯奏请朝廷将天津西沽武库旧址拨办北洋西学堂，并改名为天津北洋大学堂，即现在的天津大学。他还重用满腹经纶且又眼光独具的教育人才。1904年，袁世凯力邀归隐居家6载的严修出山，主政直隶学务。出于对教育的重视和热爱，严修上任不久就有了一系列行动，包括推动废除科举，派人到各州考察办学情况，创办《直隶教育杂志》，推行相当于早期汉语拼音的官话字母，建立劝学所制度，组织编写《民教相安》《国民必读》等普及类宣传读本及初级教科书，开设教育研究所，兴办各类学校，等等。此后的民国元年，陆军预备大学迁到北京，袁世凯在保定建立了陆军军官学校，培养了一批名将。由此，袁世凯把晚清办学兴教推向了一个全新阶段。

权倾朝野的袁世凯，曾对自己在直隶总督位上做过一番回顾，认为这期间主要做了两件事："曰练兵，曰兴学。"

所谓"练兵"，是指清末"小站练兵"，地点距离天津咸水沽南约10千米。甲午战争之后的1895年，袁世凯接替胡燏棻，在小站督练新建陆军。他在原10营近5000人的"定武军"基础上招兵买马，增募新兵2000多人，以德国陆军军制为蓝本，组建步、马、炮、工、辎等兵种，并制定新的营规营制、饷章、操

---

① 陈鑫、郭辉：《南开校父·严修画传》，中华书局，2019年，第81页。

典。整个过程袁世凯亲力亲为，摒弃了八旗、绿营和湘淮军的旧制，注重武器装备的近代化和标准化，强调实施新法训练的严格性，完成了在中国近代军制史上的一个重大转折。在小站还诞生了中国第一首军歌，即徐世昌创意作词的小站《练兵歌》（原曲为德国军歌）。中国人所熟悉的歌曲《三大纪律八项注意》，就是从当年小站《练兵歌》衍生而来，百年来传唱不衰。张之洞、张作霖、冯玉祥也都曾以这首歌为基础，改编成新的军歌。

所谓"兴学"，则推举并倚重严修完成，在当时社会形成了改革学务的突出亮点。在这方面，袁世凯称自己听严先生指挥，放心大胆，心悦诚服。严修通过这个平台，也赢得了北洋系的"文宗"之誉。

1905 年，朝廷设立学部，成为"第一个统管全国教育事务的专职中央行政部门"。在袁世凯的举荐下，严修成为学部侍郎（后改左侍郎）的不二人选。出于对仕途的警惕，严修最初对于到学部任职本无太大意愿，而更希望能在直隶学务、天津学务的地方具体部门发挥实际作用，但难以抗拒可以放手实施教育改革的"诱惑"，加上对袁世凯的真诚举荐无法推却，便打起精神出山上任了。一旦投入工作，他便以勤政、尽职的形象称誉于学部上下。

严修在被仕途"召唤""接纳"的有限岁月，是一言难尽的。他从来就不是志在仕途、醉心高位的政客官僚，他的所思所想、所作所为，皆与教育的管理与推行的方方面面有关，为能在相对宽松的环境中为兴教有所建树而庆幸。在主政学部期间，严修举荐选拔了一批来自全国的顶级教育人才，其中有张元济、范源廉、严复、罗振玉、王国维、卢靖、陈宝泉，尽管教育理念存有歧义，他们还是能够互为欣赏、彼此包容、相得益彰。

　　曾有人问袁世凯，这些年来辅佐他的人中值得信任、富有才干者都有哪些人？袁世凯毫不隐晦，一一列数，"予最亲信者有九才人、十策士、十五大将"。其中居首的九才人中，徐世昌以"雄才"列第一，严修以"良才"列第三。[1]

　　后来湖广总督张之洞进京为军机大臣，学部也归其管理，严修的处境也因此有了微妙变化。严修早年对张之洞的通变思想敬仰有加，但具体的教育理念仍存异同，张之洞强调存古，严修则倾向趋新，但这并没有影响严修对张之洞的推重。

　　此时的严修，身为朝廷二品大员，其实并不缺"存在感"，他的过人之处，就在于任何时候，总是头脑清醒，洞明世事，格局超凡。志得意满时不会忘乎自我，遭遇逆境亦不会自我沉沦。他一旦认准走一条路，从不瞻前顾后、患得患失，正如他在一首自励诗中所写的，"男儿胆气须磨炼，要向风波险处行"[2]。更值得敬仰的是，严修一生秉持爱才、惜才、育才的教育理念，仕途所为，认真做的每一件事，皆无关乎个人利害得失。

　　曾有一度，袁世凯被朝廷冷落，权势不再，威风扫地。其旧部同党见状装聋作哑，无人出声，只有严修冒死上疏，仗义执言。他在奏折中坦言，"臣与袁世凯诚有私交，感其礼遇，但全局安危所系，断不敢有党同之私，亦不敢因避小嫌举'心所谓危'者不以入告"[3]，坚持不能为避嫌而不尽忠言。朝廷对已是人微言轻的严修奏疏，未予理会。袁世凯寂然出京，在寥寥可数的送行者中，就有严修。后来严修去河南项城看望落寞的袁世凯，得到盛情招待，第二天严修要返回，袁世凯不肯，坚持让其

① 陈鑫、郭辉：《南开校父·严修画传》，中华书局，2019年，第99页。
② 陈鑫、郭辉：《南开校父·严修画传》，中华书局，2019年，第45页。
③ 刘运峰：《严修的人格》，《张伯苓研究》（内刊），2020年第二期夏季号，第24页。

退票，令严修深为感动。

最终导致严修决心远离官场，是他目睹了使其极度失望和屈辱的一幕。1909年9月，在群官赴东陵为慈禧太后和光绪皇帝送葬途中，众多官员马车拥堵，场面混乱，一个颐指气使的大太监对手下小太监们轻蔑道，这些官儿不管有多大，终究只是奴才，满脸鄙夷之色。严修恰巧听到了，如梦初醒。几个月后，他便以生病为由果断辞官归隐，从此永远告别政治舞台。

1910年，严修归返津门，倾家办学。起初他的目标设计定位于私立学堂，而且此学堂与清王朝和北洋军阀的教育体制要有所区别。在这个摸索的过程中，严修遇到了张伯苓，可谓天意。两个人配合默契，珠联璧合。

严修有一辆马车，因驾车的是一匹老马，行走动作老态迟缓，他与张伯苓常常同乘马车，路途不算远，也需一段时间，两位先生因此有了更多时间共商校务。张伯苓戏称此马车为"议事车"，且将两人的关系做了定位，即严修为南开的"创办人"，自己为"承办人"。

严修与张伯苓携手并进，星火燎原一般，从严氏家馆到敬业中学堂，再到南开系列学校，一步一个脚印，一年一个变化。这个过程中，张伯苓表现出超强能力，赢得严修的认可和社会的赞誉。在出身、经历、个性和求学过程的种种差异，也决定了两人在日常行为处事上有诸多不同，具体表现为："严修睿智，张伯苓勇敢；严修清雅，张伯苓豪放；严修审慎，张伯苓热情；严修恬淡，张伯苓倔强。"[1]他们彼此互补，惺惺相惜，齐头并进。

此后，严修逐渐退居幕后，以利于张伯苓放手去干，以自己

---

① 王彦力：《张伯苓与南开——天津历史名校个案研究》，南开大学出版社，2015年，第67页。

的实际行动践行"南开私立非私有"的办学理念。

"旧世纪的一代完人"

1911年10月10日夜晚，武昌起义打响了推翻清廷的第一枪，把清政府的"寿数"强行推入倒计时。在此过程中，军事前线兵戎相见、乱象纷呈，隐居天津的严修不禁忧心忡忡。他认为共和是件大事，很难一蹴而就，倾向于部分革命党人通过和平方式实现共和的主张，用和谈解决困局，于是积极奔走，为和谈牵线搭桥。袁世凯赞同他的主张，基于严修的人望，极力邀请他做南北议和代表，却被婉拒。严修不肯涉足政坛，亦不愿过深介入时局。

1912年2月12日，隆裕太后在袁世凯的压力下，被迫代溥仪颁布了《清帝退位诏书》。懵懂中的幼童溥仪，不仅成了"清废帝"，还是中国封建王朝史上独一无二的"末代皇帝"。中国得以未流血而结束了古老帝制，袁世凯功不可没。

中华民国结束了清廷统治，这一划时代事件的意义在于，这种结束并非几千年封建王朝的简单更迭和帝制轮替，而是彻底的改弦更张，以共和取代专制、总统取代皇帝、公历取代农历、学校取代学堂、男人留发取代辫子、女子天足取代裹脚、鞠躬取代跪拜……凡此种种，牵涉各社会层面的细枝末节，难以尽数。

中华民国走上历史舞台，袁世凯也如愿登上大总统宝座。实施组阁时，他环顾身边四周，觉得不能少了严修，于是再次请这位自己非常信任的老友入阁理政，当度支部长或任教育部长，严修依旧没有答应。严修秉承的是先祖严光的做人原则，老友当政，不攀高位，只做诤友。袁世凯不好强迫，出于对严修人品和学问的信任，又提出把几个儿子托付给严修教育。严修应允，准备亲率袁氏诸子赴欧留学，袁世凯欲赠严修3000元做谢仪，同样被拒，两人推来推去，这笔钱最终成了袁氏子弟赴欧洲的留学费用。

1915年夏，得势的袁世凯利令智昏，开始借助杨度为自己恢复帝制煽风造势。与袁世凯私交甚笃的严修察觉后，寝食难安，认为袁世凯若不称帝，以其作为，完全可以是传世英雄，而一旦称帝，则必然前功尽弃，遗臭万年。他不再犹豫观望，立即写信给袁世凯的部下，托其转呈袁世凯，直言劝谏。在信中严修殷殷劝诫，道出心声："为大总统计，不改国体而亡，尤不失为亘古惟一之伟人；改而亡，则内无以对本心，外无以对国民，上无以对清之列祖列宗，下无以对千秋万世"①，有百害而无一利。未见效果，严修索性亲自进京，面见袁世凯，谈了约一个小时，可谓苦口婆心、忠言逆耳，目的就是劝阻袁世凯称帝，仍未如愿，失望而归。

是年12月，袁世凯果真称帝，天下哗然。新军名将蔡锷立即率部在云南起义，讨袁护国，多方响应，声势浩大。袁世凯瞬间成为天下公敌，"帝位"仅维持三个月就撑不住了，人设崩塌，颜面扫地，局面失控，以至于口碑尽毁、门庭冷落。在政治理念上严修与袁世凯分道扬镳，在私人情谊上却不以成败远故交，严修顶着舆论的风口浪尖，第一时间进京看望四面楚歌、大势已去的袁世凯，两人推心置腹，谈了两小时之多。已是孤

---

① 蔡辉：《严修：追求实学，不务虚文》，《北京晚报》，2019年3月21日。

家寡人的袁世凯经此世事，陷入痛思，唏嘘泫然："吾今日始知淡于功名富贵、官爵利禄者，乃真国士也……严范孙与我交数十年，亦未尝言及官阶升迁……有国士在前，而不能听从其谏劝，吾之耻也。"①

1916年6月6日晚，严修听到袁世凯病亡的消息，一早即赴京吊唁，并坚持送其灵柩回原籍安葬。两年后，袁世凯长子袁克定的生母于氏去世，又是严修，冒着严寒天气，"步行约四里许"，亲自送灵至车站。

此后十多年间，中华民国群龙无首，军阀派系林立，打成一锅粥。政府头面人物多番轮换，有如走马灯一般，令人眼花缭乱。

在一段时间内，黎元洪、段祺瑞等北洋政府当权者数次邀请在天津的严修出山，担任教育总长、参政或国史馆总裁等职，都被严修一一拒绝。他平稳泰然，心如止水，为自己设了一条红线，躬耕于教育园地，绝不涉足官场，但他的影响力有目共睹。傅斯年曾计划为北洋政府历史撰写《民国北府记》，提纲中选定十余人入列传，其中就有严修。

严修一生交游广泛，晚年更是文事繁杂，一批批请其题词、作序的亲朋好友络绎不绝，甚至有友人将文稿托其保管，令他应接不暇，难免手忙脚乱。1918年春天，他不慎将朋友的两部文稿丢失了，情急之下登报寻稿。4月的《大公报》登了一则《严修告白》，悬赏求得"亡友"遗稿，其君子之风，一时成为美谈。

"厚黑学"大行其道的清末民初，被称为"乱世"，也是实情。乱世可滋生恶棍、小人，也可造就逆子、枭雄，像严修那样

---

① 陈鑫、郭辉：《南开校父·严修画传》，中华书局，2019年，第104页。

的置身江湖而不被污染的"乱世清流",寥若晨星。

早在1900年,八国联军入侵中国,天津成了列强肆虐的重灾区。严修毕竟有些声望,洋人不敢过于造次,严宅一度成了亲友们临时避难的场所,其中包括张伯苓一家老小,严修热情相待,悉数收留。那些日子,严宅收留共计48家,30多个姓,男女老少达300人。

严修本质上就不是政客,而是饱学之士、风雅诗人。在晚清士大夫诗集中,笔下多为仕途穷达之叹,极少见到与婚姻相关的内容,严修却是个例外。他在18岁那年,通过科举获得廪生资格,不久依父母之命、媒妁之言,娶李春玖为妻,一生相伴50余年,白头偕老,恩爱有加。西方婚恋自由的观念传入中国,迅速得到许多开明人士的支持,严修对此并无异议,却又并不一律叫好。鉴于离婚新闻一度在报刊屡见不鲜,严修觉得,应该从两个方面看待这个问题,尽管自己经历的是旧式婚姻,却不宜以此为依据,判定婚姻的福祸好坏。他曾赋诗一首:"泰西新语入神州,美满婚姻要自由。系我惟凭父母命,也成佳偶不成仇"[1],表明自己的婚姻观。他还认为,婚姻义务这件事,不能只针对女子,男子也应有道德方面的专一和持守。

身为高官豪门的严修,以其势力与财力,娶上三妻六妾,是轻而易举的事,但他一向反对纳妾,抵制嫖娼等社会陋俗。"终身耻作狭邪游",这在一个封建的男权社会是稀有的。即使在别人看来属于生活小节之事,严修也不流俗,自降人品。中华民国《语美画刊》曾载文披露,某日,严修赴天津县某富翁力邀的宴请,刚一入席,见有一小妓坐在主人身旁,即起身说道:"予仍

---

[1] 王彦力:《张伯苓与南开——天津历史名校个案研究》,南开大学出版社,2015年,第71页。

有他约，此间恕不陪矣。"①言罢匆匆离去。这样的事，严修遇到不止一次，每每借故告辞，从不破例。

严修生平见多识广，阅人无数，仅《严修往来手札》中留下他与亲朋好友往来的书信就涉及150人之多。他认准的事，说到做到，绝不会旁生枝节，中途转身。

1913年，只有15岁的周恩来随伯父周贻庚来到天津读书，由于家境贫寒，一家人只能靠伯父的薪水勉强维持生活。周恩来读南开中学二年级时，曾到严宅请严修为他主编的《敬业》杂志题写封面，严修由此认识了品学兼优的周恩来。1916年全校国文会考时，一共有12个班级200多名学生参加，试卷姓名密封，由严修亲自评定。周恩来以《诚能动物论》获得全校第一名，严修满怀爱才之心，私下认为其有"宰相之才"，并为他所在班级书写"含英咀华"奖旗。

1917年，周恩来以优异成绩毕业，并代表学生在毕业典礼讲话，到会的民国大总统徐世昌为他颁发毕业证书。1917年，周恩来即将从南开中学毕业，严修的长子严智崇写信给父亲："周恩来之为人，男早已留心，私以为可为六妹议婚，但未曾向一人言之耳。"②严修赞同此议，却被周恩来婉拒，认为自己是个穷学生，假如和严家结亲，前途定会受严家支配，容易失去独立人格。严修不以为忤，反而更加欣赏周恩来。9月，由张伯苓推荐，严修捐出7000元设立"范孙奖学金"，资助周恩来赴日本留学。

1919年初，周恩来回到天津，经严修和张伯苓批准，免试进入南开大学读文科，开学前4天，严修特意在其私宅宴请周恩

---

① 朱一龙：《严修不作狭邪游》，《中老年时报》，2023年3月28日。
② 蔡辉：《严修：追求实学，不务虚文》，《北京晚报》，2019年3月21日。

来，黄郛、范源廉、张伯苓及直隶教育厅厅长等知名人士作陪。五四运动期间，周恩来作为天津学生运动领导人，曾遭政府当局逮捕，被营救出狱后，严修即与张伯苓商议，用 "严范孙奖学金"资助周恩来出国，并给国民政府驻英国公使顾维钧写推荐信。

此后，周恩来在欧洲留学3年的用款，都是严修让人转寄的。美国记者埃德加·斯诺在《西行漫记》一书中也证实了这件事："周在欧洲时，他本人的经费支持者是南开大学一位创办人严修。与其他中国学生不同，周在法国时，除短期在雷诺厂研究劳动组织外，并未参加体力劳动。他从一位私人教师学习法语一年后，即以全部时间从事政治活动。"①

周恩来对严修一直怀有感恩之情。抗战期间他在重庆见到张伯苓，几次问到有无严先生的照片。1950年5月，张伯苓由重庆返京，9月准备回津，周恩来、邓颖超在中南海西花厅便宴送行。张伯苓特意带去严修的一张遗照，周恩来拿过照片仔细端详，动情地回忆道："我在欧洲时，有人劝严老先生不要帮助周恩来了，他参加了共产党，老先生说'人各有志'。他是清朝的官，能说出这种话，我很感激。"吃饭时，席间端上来了一碗汤，周恩来再次提到严修："老先生就像一碗高汤，清而有味。"②

严修一生注重事功，著述不多，"轻著述而重躬行"。他自言："好争者必不直，好盟者必不信，好怒者必不威，好察者必不智，好服药者必不寿，好著书者必不通。"③中年后，他辞官

① 天津南开校史研究中心编：《南开校史》（内刊），2015年，第44~45页。
② 天津南开校史研究中心编：《南开校史》（内刊），2015年，第44~45页。
③ 严文凯：《深谷幽兰　幸出深山》，《张伯苓研究》（内刊），2020年第三期秋季号，第20页。

隐居，远避尘嚣。他不主张寿庆，每逢生日，就外出避寿。他与兴学相伴近20年，有风有雨，潮起潮落，他坦言无憾，若就此离世，得以与故去的至交亲友久别重逢，欣然神会，未必不是乐事。

1928年夏，严修身染重疾。病中，他作诗曰："晚年事事不关心，犹念神州怕陆沉。"[1]他把自己身内身外的东西一律看轻，心心念念的唯有国家命运。

1929年3月14日，严修辞世。据严修先生的曾孙严文典、严文凯说，先辈回忆，他们的老爷爷晚年时知道自己时日不多了，要求家人：他的丧事要办得简单，不许八抬大轿这些，也不需要搞什么头七、二七、三七之类，简简单单搞一个告别仪式就完了。他的送灵过程，果然没有抬棺，而是放在车上拉走的，他的一些南开学生用布带拉车去的墓地。[2]

3月16日，天津《大公报》专发社论，高度评价了严修的人品：

> 袁世凯炙手可热之时，北洋旧部鸡犬皆仙，独严氏以半师半友之资格，皎然自持，屡征不起，且从不为袁氏荐一人。以袁之枭雄阴鸷，好用威胁利诱欺侮天下士，独对严氏始终敬礼，虽不为用，不以为忤。

> 终袁之世，严卒不拜一命任一职。公私分明，贞不绝俗，所谓束身自爱、抱道寻义者，庶几近之。继袁当国者，

---

① 杨传庆：《"南开校父"严修的诗与诗学》，《张伯苓研究》（内刊），2020年第一期春季号，第27页。

② 严文典、严文凯：《纪念老爷爷：他就希望南开能做到最好》，《张伯苓研究》（内刊），2021年第一期春季号，第5页。

如黎冯、如曹张，或与有旧，或慕其名，皆欲罗致而卒不能。其处身立世之有始有终，更可见矣。

……

就过去人物言之，严氏之持躬处世，殆不愧为旧世纪一代完人。而在功利主义横行中国之时，若严氏者，实不失为一鲁殿灵光，足以风示末俗。严氏其足为旧世纪人物之最后模型乎！[①]

据说这篇社论的执笔者是有"报界宗师"之称的张季鸾，他把严修的一生惊世骇俗地提升到"旧世纪一代完人"的境界标高，相当于冰清玉洁的人格极品，令人叹为观止。

胡适也认为："严修是中国旧道德传统和学识渊博最可敬的代表人物，他是一位学者、藏书家、诗人、哲学家、最具公德心的爱国志士。"[②]此评价，同样令人对严修高山仰止。

张伯苓用自己率真、朴质的语言，深切表达了对严修更为切肤、更为亲近的敬慕和追思："真万幸，遇到严先生，让我去教家塾。严先生之清与明，给我极大的教训。严先生做事勇，而又不慌不忙。……我们称赞人往往说某某是今之古人，严先生可以说是今之圣人。"[③]

后辈学者李冬君对严修的评价，则拨开岁月雾团，提供了历史坐标中清晰完整的严修定义："他是一个学者，用一生来实验一个思想：将私塾改造为学校。用一生来'会通'一条学理：通

① 秦燕春：《君子之交：南开鼻祖严修与袁世凯——"严修日记"及其他》，《书屋》，2008年第4期，第64页。
② 梁吉生撰著：《张伯苓年谱长编·上卷》，人民教育出版社，2009年，第18页。
③ 侯杰、秦方：《张伯苓家族》，新星出版社，2018年，第25页。

中西之学，通古今之变，通文理之用。用一生来守住一个真谛：立国，自由民主；立人，忠孝仁义。"①

诸如此类，不胜枚举。这方方面面的认可，正是中国近代史对一代"清流"教育家严修的盖棺论定。

---

① 来新夏：《应该怎样评价严修》，《南开大学学报》，2010年4月16日。

第二章

起飞姿态

崭露头角的年轻"塾师"

曾经的海军青年军官张伯苓，终生抹不掉北洋实习舰"通济号"上"国帜三易"带来的阴影。1898年9月，他脱下军服，满目苍凉，毅然由山东威海卫回到天津，开启了由"塾师"到"大校长"的传奇生涯。

相较于严修少年时所表现出的清雅好思、严整自律，小时候的张伯苓是个性情刚正却又调皮捣蛋的孩子。这源于他的家世、基因和经历。

张伯苓（1876—1951年），名寿春，字伯苓，祖籍山东，生于天津。其祖上落户漕运重镇宜兴埠，位于现今的北辰区。2008年，时任总理的温家宝在接受俄罗斯记者采访时曾说："张伯苓是天津人，和我同乡，也是同村。"[①]清初，张家祖上在大运河上忙碌于贩运粮油杂货，并在靠近运河口岸的地方开了名为"协兴号"的店铺，生意还算顺风顺水。到了张伯苓祖父张筱州这辈，尽管生意不错，还是做出弃商从儒的决定，以此求得正统观念的承认。不幸的是，张筱州却因屡试不第而癫狂身亡，年仅38岁。随之家道中落，沦为普通人家。

张伯苓的父亲张久庵是张家独子，自幼天性活泼，抵触束缚，对科举功名也没兴趣。他喜欢骑马射箭，酷爱吹拉弹唱，最

---

① 《温家宝接受俄罗斯记者采访》，《人民日报》，2008年10月30日。

上瘾也最擅长的就是弹琵琶，每晚都要弹上几段才能入睡，被当地人称为"琵琶张"。北方冬夜寒冷漫长，家人为了满足他的弹琴嗜好，将棉被掏了两个洞，还专门做了一副棉手筒。他坐在热炕上，偎着被窝，从洞口伸出双臂，套上棉手筒，将琵琶弹得如醉如痴。那样一种"忘乎所以"的场景，一直延续到张久庵临终那天。

张伯苓落生那年，他父亲已经43岁了。张久庵中年得子，本是吉兆，却恰逢直隶大旱，年景惨淡，难免喜忧参半。张久庵靠着残薄家底，加上努力挣钱，才勉强熬过灾荒。以后张家陆续又添了两女，为了养家糊口，张久庵奔波于几处家馆，设帐授徒，日子逐渐好过一些。迈入六旬时，他的次子张彭春降生，张家显露出人丁兴旺的气象。张伯苓与张彭春两兄弟年龄相隔16载，日后皆与南开结缘，并双双成为一段历史时期内的国家栋梁之材，也是一桩值得书写的人间奇事。

中国商人家庭，往往有重教传统。年幼的张伯苓从小随父就读，由于张久庵以教孩子乐器为主，且常奔波于几处塾馆，携子就读很不方便，便让儿子在本族家塾读书。没多久，这家塾馆关闭，张久庵怕耽误儿子学业，四处求援，找到一处义学场所，主家刘姓先生专收贫寒子弟，总算解了燃眉之急，张久庵为此心生感激，格外珍惜。"功名蹭蹬老风尘，寄懒弦歌乐此身。置散投珠殊自得，读书有子不嫌贫"[①]，天津耆宿于泽九专为张久庵像题写的这四句诗，可视为对这位张久庵坎坷一生的传神描述。

张伯苓在年少的义学时代，有机会结交了一些贫家子弟，见识到了世态炎凉，也形成了嫉恶如仇、挥拳相助的性情。一旦他

---

① 梁吉生、张兰普：《张伯苓画传》，四川教育出版社，2012年，第10页。

惹出麻烦，对方闹到家里，张久庵自然少不了赔礼道歉，之后却从不责怪儿子，理由是，"不可以为此挫伤他的正义之气"。如此教子，孩子自然会天性阳光、身有正气。张久庵做人立志的行为方式对儿子影响极大，张伯苓后来回忆："当余尚梳小辫时，先父曾有言：'人愈倒霉，愈当勤剃头，勤打扮。'这就是说总当洁净光滑，表示精神。"①

1889年，李鸿章创办的北洋水师学堂招生，入录者免收学费，负责衣食住行，每月还提供白银四五两的零用钱。这对于清贫的张家显然很有吸引力。而对张伯苓来说，能进入这样的新式学堂，也是求之不得。

张锡祚谈到家父张伯苓，很小就表现出"生性果决，言出必行，说到哪里，做到哪里"的行事风格。一次，"因为患伤寒症，一时昏迷不知人事，久庵公惟有日夜祷求苍天，愿以一身代替，后来病渐好转，因为久病，身体虚弱乏力，久庵公劝先生吸食鸦片烟提一提精神，这也是当时医治病后体弱的良方。三个月后，先生体气复原了，一天说道：'明天我不吸了。'久庵公说道：'要戒烟，需要配些烟药才好，不然如何戒得了。'先生笑着说道：'全不用。'明天果然立断不吸，他的果决之处，实在不是常人所能及的"②。

不过，张伯苓这次要去的北洋水师学堂，却不是随便一个孩子就可以被录取的。此学堂是洋务运动的时代产物，创办者李鸿章的核心教育理念很明确，学习西学，抵御外侮。其章程对生源的要求也是别开生面，"自十三岁以上、十七岁以下，已经读书数年，读过两三经，能作小讲半篇或全篇者，准取。其

①《大公报》，1932年8月23日。
② 张锡祚：《先父张伯苓先生传略》，南开大学出版社，2016年，第14页。

绅士认保报名，并将年岁籍贯三代开报入册，届时由天津海关或海关道面试，择其文理通顺者先取百名左右，送赴水师堂面复。察其体气充实，资性聪颖，年貌文理相符，果是身家清白，挑选六十名"[①]。

张伯苓如愿以偿，也由此萌生了强军兴邦的志向。学堂设有驾驶班，只选择年龄小、成绩佳的学生，张伯苓顺利成为班里一员。他聪明好学，悟性超群，体育成绩同样出类拔萃，人称"张小辫"。他的拿手好戏是爬桅杆，身手敏捷、动作标准，就连时任学堂总教习的严复都有耳闻，知道整个水师学堂有个"爬速"过人的"张小辫"。

当年，能进入水师学堂的学生，家境一般都不会太差，加上学校还时有赡银发放，学生一般手头都还有些盈余。他们闲时便聚在一起玩赌博游戏，寻求刺激，缓解压力，有的玩上瘾，欲罢不能。张伯苓很早就明白，一个人"欲戒赌则须觅益事，益事不增，赌癖不易革"。一个争强好胜的人，身上有些"赌性"也不奇怪，但"赌性"一旦发展成不可收拾的"赌瘾"，就比较麻烦，不仅一事无成，生存都成了问题。

张伯苓对打牌这事本无兴趣，同学拉他凑把手玩几圈，不好让人扫兴，就坐下来充数。大家没想到这位不会打牌的却手气颇佳，十有八九是赢家。但他从不沉溺于此，时间一到，立马离开牌桌，谁劝都不听，独自回到自己房间或读书或睡觉，转天早上精力充沛。各门功课皆得满分，什么都不耽误，搞得周围同学对他爱恨交加，徒唤奈何。

1894年，中日甲午海战升级。18岁的张伯苓以第一名的成绩

---

① 梁吉生撰著：《张伯苓年谱长编·上卷》，人民教育出版社，2009年，第9页。

毕业，却怎么也兴奋不起来。内忧外患加剧，国家命运不测，学堂无船供学生完成毕业实习，他只得回家待命。随着清国海陆军损失巨大，兵力严重不足，朝廷急调北洋水师增援，张伯苓顺理成章被招入列，随一艘兵船入海出征，很快却爆出被日舰击沉的凶讯。张家闻知惊作一团，后来又传来议和消息，全家这才放下悬着的心。

张伯苓在"通济"舰实习的三年，失望情绪日增。身边的军人多精神涣散、意志消沉：一些人眼神诡异，满脑子升官发财；另一些人目色空洞，无精打采，得过且过；更有些人混迹于赌场和妓院，醉生梦死，甘于沉沦。军人现状与国家困境互为表征，积重难返，对张伯苓的爱国赤诚造成了沉重的伤害，也让他对曾有过的军事救国梦想产生深刻怀疑。

回到天津的张伯苓，希望找到施展教育救国抱负的机会。机缘巧合，严氏家塾正缺少塾师，张伯苓适时补位。从表面上看，属于子承父业，顺理成章，而事情却没有那么简单。此时的张伯苓，与身子单薄、斯文刻板的传统老派塾师相比，身形高大，气宇轩昂，言谈不凡。他受业于北洋水师学堂整整5载，接受过各种专业知识和技能，见识过风浪且经历磨炼，这使得他的笃定与成熟远远超过同龄人。然而他毕竟只有22岁，塾师成色究竟如何，还是个未知数。

严氏家塾设在西北角文昌宫大街严家老宅偏院内。在只有6位学生的小小严馆，张伯苓开始了最初的教育改革实验。他打破课业内容比重的惯例，半日经书，半日"洋书"，其中数理化及现代自然科学成了主要教学内容，此为一般私塾所鲜见。3年后，敬业中学堂又尝试分科教学，这相当于划出了近代教育与传统教育的分水岭。张伯苓没有因循私塾教育的传统方法，讲课自带风采，锐气十足，崭露头角，一步一个惊叹，使得严修为之眼前一亮。

八国联军攻入天津的1900年，史称"庚子年"。正值炎炎夏日，洋人一路烧杀抢掠，城内城外兵荒马乱、生灵涂炭。战乱殃及天津的千家万户，以致丧命者不计其数。从鼓楼到北门外的水阁，横尸数十里，不及掩埋。细菌在炎热的气候中迅速繁殖，不断蔓延，终酿成一场骇人的大瘟疫。

严家困守在西北角老宅。已有家室的张伯苓无路可逃，一对幼小儿女染病后却无力救治，早早夭亡，无奈之下，扶老携幼来严宅避难。严修固然很有社会名望，但在那个联军肆虐、兵荒马乱的年月，严宅不可能是无风无浪的港湾。由于张伯苓通晓英语，应对从容，大大缓解了寇兵对严家的骚乱。一天，几个日本兵闯入强索财物，还持军刀把账房里的被褥捅烂，以示威胁。张伯苓听说后，立即冲进账房，大声呵斥，据理力争。日本兵看到眼前这个身形高大的中国年轻汉子态度如此强硬，立时傻眼，一阵慌乱，匆匆溜掉。

最让严修刮目相看的是，张伯苓具有一种不同凡俗的精神气节。一次，几个寇兵找上门，让张伯苓担任他们的随行翻译。对于安全堪忧、居无定所的一般百姓，这个位置至少可以"自保"，在乱世中多少会获得某种"安全感"，但张伯苓未加思索就拒绝了。日子再苦再难，他也不肯与"洋鬼子"为伍。近代教育家林墨青是严修的兴学同道，得知此事，啧啧称道："新得一友，张君伯苓，颇有热肠，能持正气，家本素寒，此刻宁甘食苦，不就都统衙门，盖贫而能守正也。"①

---

① 梁吉生撰著：《张伯苓年谱长编·上卷》，人民教育出版社，2009年，第23页。

　　几件事下来，严修认定这位年轻人绝非凡夫俗子，日后必成大器。

　　转年春天，盐商王奎章也慕名前来，聘请张伯苓任其家塾老师。王家原籍山西洪洞，以开设钱铺起家，到了王奎章这代，已成为天津商界"八大家"之一。王奎章及其子王益孙热心兴学，能接受新事物，允许女儿不缠足，王馆有学生6人，家里有游泳池、篮球场，可谓开风气之先。一段时间，张伯苓在两处奔波授课，成了他的生活常态。随着严、王二馆名声日隆，学生增多，张伯苓意识到发展瓶颈出现了，需要扩大规模、转换思路。只是走体制外的私立办学之路，无章可循怎么办？外出取经，就成了摸索过程中的必然途径。

　　1904年5月，张伯苓趁暑假闲暇，与严修同赴日本考察教育。自是踌躇满志，也对严修坦诚道出，身为局外人不便干预大事的某种遗憾。严修深谙其苦衷，心领神会，既然信任其能力，就应充分放权，让大鹏展翅于广阔天空。他们还商定将严、王二馆合并，仿效欧美兴新式教育制度，在原有基础上扩大规模，建成一所中学，将校名定为"私立中学堂"。新学堂首开民主学校依法创办的先例，在课程设置上与近代教育接轨，由张伯苓任监督（后称校长），不再是严馆时伙计与东家关系，而成为创办学校策划者和推动者之一。他们招收学生73人，于同年10月17日开学，先后用过"天津民立中学堂""私立敬业中学堂""天津私立第一中学堂"的名称，为天津近40所学校中唯一的私立学校，开设的课程中西兼顾，涵盖了诸多学科。

　　张伯苓的胞弟张彭春也成了"近水楼台"的受益者。入敬业中学堂那年，他只有12岁，有的同学年龄比他大两倍，学习基础自然不可能齐头并进。鉴于这些差异，张伯苓把学生分为甲、乙、丙三个班级。与张彭春同班的，还有梅贻琦、金邦正、喻传鉴等人。同时针对师资匮乏的社会现状，严、张还特意开设了师范班，学生中有后来成为著名社会学家的陶孟和等人。

严修在《毕业训词》中表达了对诸生的期待，其实也是他一生岁月的真实写照："勿志为达官贵人，而志为爱国志士。"[①]这些学生没有辜负学校的精心培育，不少人日后成为民国时期的栋梁之材。张彭春、陶孟和的影响力绵延至今，金邦正、梅贻琦先后成为清华大学校长，喻传鉴则耕耘于天津与重庆，桃李芳菲。

1906年，按照春天商定的建筑新校舍方案，由严修、王益孙、徐世昌、卢木斋等人捐资，夏季正式开工建设围墙、教学楼和平房。新校舍则为由士绅名流郑菊如捐献的十余亩土地，是一块位于津城西南俗称"南开洼"的偏僻弃地，芦苇满目、杂草丛生。1908年2月，学堂正式从严宅迁至新校址。

3年后，直隶提学使傅增湘将天津两所学堂（客籍学堂与长芦学堂）划归合并过来，官方注入的公款比例加大，学堂规模亦随之水涨船高。

颠簸摇晃的"校长之路"

1898年10月29日，22岁的张伯苓以塾师身份跨入严馆，与年长自己16岁的严修一见如故，无疑是中国近现代教育史上的一

①梁吉生撰著：《张伯苓年谱长编·上卷》，人民教育出版社，2009年，第70页。

个重要事件。

严修阅世深厚，识人无数，绝非一位寻常的退隐士绅，年轻的张伯苓也不单纯是一个只为养家糊口而应聘的"教书匠"。他们在信奉"教育救国"的理念上达成了共识。他们清楚，"教育能救国，救不了大清朝"。这个"国"是具有超越意义的民族命运的整体存在，而非摇摇欲坠、难以收拾的"没落江山"。

据《严修日记》载，张伯苓到严馆执教不久，在与严修闲聊中谈起过往的一段海军经历。一次在船上，张伯苓与同舰几位官兵打赌，目测海边一座山与舰船之间的距离，有人说八里，有人说十里，但都没有多少把握。张伯苓不慌不忙，胸有成竹，说出自己与众不同的一个验证方法，"姑前行视历若干时，船与山得45度角，再以速率算之，则得里数矣"，果然奏效。严修不由得暗暗一怔，对这位年轻人的机智聪颖，刮目相看。严修在年轻时就对天文算学有兴趣，常与朋友就某些难题研习探讨，限于思维与方法不够先进，一直难以有更大突破。随着他与张伯苓越来越多的接触，对张伯苓的知识构成、自强意识和执教能力愈发深信不疑。

1912年，随着中华民国诞生，第一学堂归属公立，正式挂出"南开中学"的牌子。这时候，严修已在京城总理学务，学堂的行政与教学工作全部交给张伯苓负责。在从敬业中学堂到南开中学的发展过程中，张伯苓成了实际操盘者和掌舵人。那时候他就抱定一个信念，不能指望教书发财，要保持教育的纯洁性，努力使学校成为世界上"最干净的地方"。

私学规模的扩大，离不开实打实的募资，这种募资必须具有持续性，不可能一劳永逸，更不会是一锤子买卖。据黄钰生回忆，"南开的募款从一开始到1919年，都是打着严范孙的旗帜进行，打张伯苓的旗子则不行。包括南开大学筹备时，严老先生都亲自参加募款，后来张伯苓的社会威望渐渐高了，募款主要就是张伯苓进行了"[1]。

在军阀割据的战乱年代，张伯苓募资有个原则，即拒绝依附任何一方势力，不以牺牲立场换取经费，坚持奉行教育救国的政治主张。

走办学之路是一种探险行为，究竟胜算几何，张伯苓并无绝对的把握，但他义无反顾，毕生坚持。刚刚上路时，他考虑仅靠个人努力难以支撑，于是对妻子王淑贞坦言：他要终身从事教育了，办教育是非常苦的事，既劳累，收入又低微，家中之事希望得到夫人的帮助。身为普通家庭妇女的王淑贞，文化程度不高，却通情明义。她宽慰丈夫，不用惦记家务，尽管放心去做自己喜欢的大事。

张伯苓多次表示，夫人是自己人生中的一根支柱。

张伯苓共有两次婚姻。封建时代男女结亲，皆为"父母之命，媒妁之言"，一旦确定，即以"闪婚"形式完成终身大事。

张伯苓的第一次婚姻发生在18岁那年。因甲午海战中方遭败，张伯苓黯然回家，赋闲待命。正是岁末，既然无事可做，家里索性帮他完成婚姻大事。这门亲事的女方，是津郊宜兴埠的安氏，论辈分，张伯苓水师学堂同学温世霖还要称其"堂姑"。安氏被娶进家门，满打满算不过18天，就因久患不愈的肺痨而亡故。肺痨在那个年代是不治之症，女方家长自然清楚，却不甘心束手待毙，希求借助传统习俗，让女儿带病出嫁，通过婚事"冲喜"，或许可以去灾避祸，转转运气，却未能如愿。

---

[1] 岳南：《大学与大师·清华校长梅贻琦传》，中国文史出版社，2017年，第156页。

安氏走得突然，张家的红事转眼变成白事，一娶一葬，凭空背上不小的经济负担，更有一番难言的无奈。多年后，张伯苓回顾往事，曾经设身处地做过换位思考，"那十八天，就在糊里糊涂中过去。我常想假如我是一个女人，而又是在旧环境中，过了糊里糊涂的十八天，便要一辈子糊里糊涂地守节守了下去，岂不是一件笑话。但我们可以想到这种笑话中的主人，是随时随地不难找到的"①。

张伯苓与人为善的境界，体现在品行细节的方方面面，最突出的，就是常常想到他人的难处。这一点，张伯苓与严修有相似之处，属于人以群分，且影响后代。张伯苓之孙张元龙对此感受尤甚，他谈到，严修最大的特点是，就是专帮倒霉的人，他祖父受了严修很大影响，扶助弱小，多多体谅他人难处。

1895年2月，张伯苓在父母的安排下，续娶年长自己3岁的王淑贞。由于前车之鉴，张久庵认为儿子再婚的妻子一定要选择身强体壮，能够担起相夫教子重担的女人。此后的日子，正应验了"塞翁失马，焉知非福"那句老话。王淑贞在张伯苓眼里，相貌端秀，言行得体，带有成熟女人的稳重气质，初见那一刻，他便有了一种心里踏实的感觉。

那个年代，22岁的女子已不算年轻了，在王家看来，能嫁给身材伟岸、谈吐不凡，且为赫赫有名的北洋水师学堂的高才生，该是她前世修来的福。王淑贞对身板挺拔、见识丰富、谈笑风生的张伯苓，亦是满心喜欢。她没有接受过太多教育，且裹着一双小脚，很有些旧式女子模样，却慧眼不俗，当时就认定自己的丈夫是个能够成就一番事业的男子汉。

---

① 梁吉生、张兰普：《张伯苓画传》，四川教育出版社，2012年，第18页。

　　王淑贞刚进张家时，张彭春年仅4岁。有道是长嫂为母，她常把年幼的小叔子背在身上，还不会耽误做家务。张伯苓看在眼里，暖在心头。他记得，1898年深秋，自己孤零零地回到天津，选择在严氏私塾执教，迈出了人生的重要一步。对他的择业，周围许多亲朋好友都不赞成，奇怪这样一位名校毕业、学有所长的年轻人，何以放弃大好前程而委身于社会地位并不高的塾师职业，这葫芦里卖的什么药呢？这时候，王淑贞毫不迟疑地站在丈夫一边，她觉得，先生做他喜欢做的事情，一定有他的道理。妻子的支持，对于青年张伯苓圆一生教育救国的梦想，无疑起到了某种"加持"作用。王淑贞不是随便说说，她有种预感，丈夫要干不平常的事，日子就不会顺顺当当，应做好与丈夫一生同甘共苦的思想准备。

　　王淑贞生过8个子女，其中有三子一女因战乱和疾病夭折，只剩下4个儿子：长子锡禄留学回国，后为厦门大学教授；次子锡祥毕业于南开大学商学院；三子锡祚读中学时染上肺病，张伯苓曾遍访京津一带名医而一筹莫展，王淑贞却自信只要母爱存在，就一定会有救治的希望，经过她的悉心照料，锡祚的身体果然彻底康复；四子锡祜先是就读于南开大学，后考入杭州中央航校，弃文从戎。

　　在结婚40周年纪念日，张伯苓特意举办过一个茶话会，现身说法地告诉来宾，"旧时婚姻有好有坏，我们虽是经父母之命媒妁之言，但终生和好。新式婚姻也有好有坏，有些自由恋爱的，结婚以后自由吵嘴！"当日他又接受了《益世报》记者的采访，话语间充满对发妻的由衷赞美，"她不识字，不能教育，但是常识却非常丰富，而且理解非常清晰，孩子们对于她们的母亲，都是非常敬爱的"，并坦言，"我在家里，四十年来向来不曾生过一点气，这便是她最大的功绩，我最大的安慰。因为这样，我做事的心，才不被分化，才永远是整个的。她的确帮助我工作增加不少效率。四十年来我每天回到家中，是完全休息着，十分舒服，十分安慰。因为有了她，不知省了我多少事。父母，她替我侍奉了；子女，她替我抚养了。我真应该对她表示十二分的谢意"。①

在中国近代有过海外留学经历的教育家中，张伯苓和胡适都是旧式包办婚姻，皆谱写了白头偕老的佳话。婚姻结局大致相同，而其间过程中又有很大不同。胡适的一生中时有婚外情的涟漪，而张伯苓夫妻相处始终恩爱有加，一生与绯闻绝缘。张伯苓完全不排斥旧式婚姻，对于时髦的新式婚姻可能存在的负面问题，也毫不掩饰个人看法：

> 近来新式的太太，虚荣心似乎要比旧式的妇人高得多！她们不能帮助自己的丈夫，有的还使她的丈夫，不能不为了她，而去竭力地在经济上想办法，去想不劳而获的方法。我以为那是太傻了，要做成一件事，成为一个有用的人，总是先要受困难，先要吃苦的，绝对没有现成的事在那儿等着你。我希望能帮助丈夫的太太，就要同丈夫吃苦，先要从难处做起。②

张伯苓强调，女人帮助自己的丈夫，给人感觉仿佛隐隐透着些许大男子主义的口吻，或许会遭至女权者的微词，但综观张伯苓的一生，正如其夫子自白，构成夫妇和好之道，男女比例是三七开，男人占比更大，起主要作用。具体是：一是多称赞妻子；

---

① 《益世报》（天津版），1935年2月24日。
② 《益世报》（天津版），1935年2月25日。

二是客观看待逐渐衰老的容貌，不要自抬身价；三是要常常为妻子买些礼物；四是注意包容忍让。这是对女人的真正尊重。

这一对和谐伉俪在数十年的相依相伴中，建立了深刻的默契和互信。每当张伯苓在外面遇到困难，王淑贞总能适时出现，善解人意，排忧解难，劝慰丈夫："你办南开学校，是为国为民办好事，自会有人相助。凡事都会逢凶化吉，遇难成祥，不必这么着急。"本是家常聊天，由夫人口中说出，意义就不一般，张伯苓听了心头一动，日后还在学校演讲中进一步发挥，鼓励大家不惧困难："逢凶化吉，逢大凶，化大吉。"[1]

张伯苓寒门义学的童年经历，也为其行事决策添加了果断干脆的"草根"本色。只有率先出列，身后才会有声势浩大的无数追随者。北洋时期，直奉战争波及天津，学校外面常有乱枪激战，以张伯苓的校长身份，避于租界寻求自身安全很容易，但他始终坚守学校，与师生患难与共，使大家获得一种向心力。为防止兵匪滥杀无辜，他找到几只旧枪，组织几位会用枪的同学，如遇破门抢劫者，直接开枪，正当防卫。待兵乱平息，秩序恢复，他又带领学生到破损最重的北仓战场，了解真相，增长见识。

张伯苓内心的大计划，此刻正在突破草图阶段，变得愈发具象，呼之欲出。他平时做事克制、自律，能掂量轻重，不会因小失大。

1908年，首届学生毕业，为了感谢严、张两位师辈的细心培育，同学们在靠近学堂东北角的地方掘了口井，在井口四周用砖砌成八角形围栏，井上立有一个木架，横额刻有"饮水思源"四

---

[1] 南天大学校史研究会编：《巍巍我南开大校长——记念张伯苓先生》，南开大学出版社，2016年，第106页。

个醒目大字，侧面则刻着33位毕业生的名字，日后成为清华大学校长的金邦正、梅贻琦赫然在列。遗憾的是，这口井只存在了29载，就在1937年日机对南开学校的轰炸中损毁殆尽。

"化缘"与希望并行

1909年，张伯苓正式受洗信仰了基督教。这一年张伯苓33岁。在一次去北戴河休养期间，作出入教决定。据美国基督教青年会档案《每年报告书（1907—1908）》记载，"次日他乘火车回到天津，径直去见严修，提出辞职，并打算离开天津"，这件事在家人和同事间引起轩然大波。严修是其学校的主家和财政支持者，也是中国的一位著名学者，对此甚感吃惊。他规劝张放弃信仰。张说："严先生，我可以为您放弃世上任何其他东西，但我不能放弃耶稣及其教义。"①最终，开明的严修表示尊重张伯苓的信仰自由，同时给了他更好的建议，使张伯苓得以留在天津，携手兴教办学，开始着手扩充原有学校规模。

关于选择信仰基督教，张伯苓曾有过真诚道白："我信宗教的原因，就是发生于我的爱国心……"②张伯苓从不去外国人的教堂做礼拜，而是联合一些教友自办"天津中华基督会"，还在旧城东门里建造了一座中国人的教堂。他一生信教，却从未动员亲朋好友一起成为"信众"。几十年来，在人丁兴旺的张氏大家

① 梁吉生撰著：《张伯苓年谱长编·上卷》，人民教育出版社，2009年，第71页。
② 侯杰、秦方：《张伯苓家族》，新星出版社，2018年，第68页。

庭，也只有他自己是个"孤独"的基督徒。

有的外国教会表示可以对他当校长的私立南开中学提供赞助，甚至两次提出要把南开变成教会学校，张伯苓总是予以婉拒。即使办学经费十分困难，他也咬紧牙根，并不打算改变南开学校的"中国"本色。

武昌起义掀起的革命潮流波及天津，有的私人捐款不再继续，相关公款也无法领取，致使一度学生离散，南开中学堂陷于停顿。张伯苓与所有教员薪俸停发，会计只发半薪，工友数人只给生活费，学校除去必要的杂项开销，所余无几。学校经费陷入困境，张伯苓不得不竭尽所能四处化缘。

"不当家不知柴米贵"，一些思想激进、头脑幼稚的学生，对校长不顾碰壁仍处处"化缘"不是很理解，特别是对接受一些官僚军阀、土豪劣绅的捐赠嗤之以鼻，表示大学应保持节操，不要那些臭钱。张校长耐心作了解释："让他们拿钱出来办对社会有益的事业，总比他们随意挥霍强吧！"还道出一句幽默的比喻，"美丽的鲜花不妨是由粪土浇灌出来的"，一时传为名言。严修站出来发声，运用古代知识和修辞功能补充说明，表达对张伯苓的支持："盗泉之水不可饮，用它洗洗脚，总不失为一有益之举。"[1]校长和"校父"用心良苦，珠联璧合，终于得到更多师生的支持和理解。

张伯苓的月薪最初为50元，20世纪20年代增至100元，家里生活开支都在里面，日子难免捉襟见肘，有时不得不在学校会计处临时挂借，10年来，数目已达3000元。尽管张伯苓有权处理南开学校的一切费用开支，但他公私分明、洁身自好，从不染指

①《南开双周》（第4卷），1929年第2、3期。

公家钱款。华北政委会聘请他为委员，按规定他名下累积有4000元钱，张伯苓认为无功不受禄，不肯接受，政委会便派人把这笔钱交给张伯苓信任的学生宁恩承转呈。宁恩承和伉乃如老师商量决定，用这笔钱归还张伯苓的10年挂借，填了欠款的窟窿。

办学年头多了，张伯苓便有了独特的心得：一个教育机构的账上若是赤字，证明运转正常；任何学校掌门人在年终如果银行账上还有结余，他很可能是个没出息的守财奴，因为他没有能力利用这些钱办更多好事。

张伯苓同时意识到，管理学校不能唱独角戏。以前南开实行的是一种家族制，由家长一人负责，这种体制是由严氏家塾渐渐养成的，现在的南开长得这般大，人数这般多，应该顺应潮流，向"公司"制学校转型。在组织建构上，含有七个层级，即校董部、基金维持会、名誉赞助员、执行委员会、教职员评议部、学生评议部，以及出校同学的机关。由此，校董事会下的校长负责制应运而生，学界要人严修、范源廉、蒋梦麟、陶孟和、胡适、丁文江等人先后被南开大学聘为校董。

更重要的是，几十年来，张伯苓的周围很早就形成了一个训练有素、各司其职的管理团队。南开自诞生之日起，因系私立，经费竭蹶，用费务求其省，效率务求其高，故组织方面，要求分布甚简。1904年，全校行政职员仅6人，直至1913年，仍维持在10人以内。1919年中学部学生已达1200人，行政管理人员也不曾超过24人。南开大学建立，管理人员并没有增加太多，且多为中学、大学相互兼职。这些基本干部，多是严、王家馆或南开早期毕业的学生，他们情深义厚，心甘情愿地追随张伯苓，终身不离不弃。张伯苓引以为豪，常说："我只有一个头脑，没有强健的臂膀，那么空有头脑又能有什么作为？"

1923 年，女中、小学先后成立，职员人数仍然保持基本不变，精干有效，管理出色。据统计，到了 1930 年，南开大学、中学、女中和小学四部的学生为 2579 人，而管理人员总计也只有 71 位，张伯苓身兼四个学校校长，被誉为南开"四大金刚"的喻传鉴、伉乃如、华午晴、孟琴襄，不仅能独当一面，每人还身兼四部职事。除此，体育主任章辑五、中学部主任张彭春、训练科主任雷法章等也都在各部兼职。这种一身数职的管理模式，既可保证管理运转的高效，也节省了行政管理开支。

张伯苓主政南开多年，在社会上四处奔波，或出席各种活动，或四处"化缘"，跑远路，就靠一辆学校职员共享的"人力车"，近的地方则迈开大步，双脚抵达。一次去市里开个大场面会议，散会时，工作人员问他的车号，他随口答"11"号，工作人员正在满处寻找，却发现张校长已经走远，这才明白所谓的"11"号，就是他徒步行走的两条腿。他已经养成了简朴的生活习惯，尽力节省每一个铜板，去北京办事，总是选择坐火车的三等车厢，选择住在前门外施家胡同北京旅馆，住一晚仅 1 元钱，随身自带的 3 个烧饼算是干粮。

他对学校开支的每一笔钱都格外珍惜。对于助手华午晴正在设计的中学南楼，他的要求很简单，"咱们南开盖楼，要达到 3 个目的：一是适用，二是好看，三是省钱"。执行力很强的华午晴，管理财务的严苛甚至有过之而无不及。他本分实在，是一个精打细算的财务好手，花钱过他这一关，通常要费些周折，给人感觉其认真程度过了头。对每笔钱他都会斤斤计较，即使一笔小小的开支，华午晴也迟迟不松口，两眼望着天花板考虑一番。知道他这个习惯，大家引用唐诗"白眼望青天"的句子，背后送了他一个"华白眼"的绰号。①有时张伯苓点头批准的某项经费，只要他认为不妥，同样也会据理力争，不轻易让步。

经费不足的压力，张伯苓不会轻易表露出来，总是默默独自承担。他自称"化缘的和尚"，常常东跑西奔，低下身段，为募集经费周旋于政、军、官、商之间。即使别人给他冷脸，甩个白眼，他也从不灰心气馁。他做事堂堂正正，自然问心无愧，"我不是乞丐，这是兴办教育的义举，我并不觉得有什么难堪"，并坦言："为自己向人开口捐钱是无耻，为南开不肯向人开口捐钱是无勇。"为南开办学募资，张伯苓风尘仆仆，不遗余力，仅20世纪二三十年代，在他留下的300多封信件中，涉及筹款募捐内容的就达78件。他戏称自己被人看作"不倒翁"，实在是"非不倒也，倒后能复起也"。②

如此精诚所至，总能得到部分开明人士的大笔捐资，慷慨解囊。张季鸾对他的化缘能力非常惊奇，问他："你怎么那么擅长于筹钱？"张伯苓爽朗笑道："这容易，摸着穴位，一针就是一笔。"显然，这里需要讲究说话的艺术。一些南开老校友见过他的化缘场面，那种戏剧性细节称得上是举重若轻，"老校长募捐很有意思，他从不说'请你帮忙'，而老是说，'我给你一个机会'"。③通常，财富拥有者对教育和文化怀有某种敬畏感，张伯苓极聪明地抓住了这种心理，巧妙地唤起对方的功德声誉意识，以个人的自信和人格魅力牟求化缘的果实。

关于"化缘"，张伯苓还别出心裁地总结了一个"赊布理论"：

---

① 华银投资工作室：《思想者的产业》，海南出版社，1999年，第136页。
② 侯杰、秦芳：《张伯苓家族》，新星出版社，2018年，第97~99页。
③ 侯杰、秦芳：《张伯苓家族》，新星出版社，2018年，第97~99页。

贫穷家的小孩子，他没有衣服穿了，家长没有钱给他做衣服，只得替他到布店里去赊布，把布赊来，先做上衣服，布钱家长以后再想办法清理。这个小孩子可以说是很有福气了……负责去赊布的是我，别人都还信任我。①

从私立第一中学堂到南开中学，招生数字急剧上升，直抵千位数。以前学校容量有限，张校长的身前身后总会围着一群年轻学生。他那带有津味腔调的谈吐，诚挚、质朴、生动、风趣，很容易感染周边的人。他也能认出所有学子，可以叫出绝大多数同学的名字，为此很自信，曾与负责南开中学教务的喻传鉴打赌比赛，看谁叫出学生的名字最多。后来学生超过千名，张校长不得不承认，记忆力已经无能为力。他曾诙谐地对同学道出心中的感慨："现在学生多了，不像当年在严馆时，只有十几个人，我可以分别请众位到我家吃顿便饭，聊聊家常，现在咱们有一千多人，要让我请你们一顿饭，会把我吃得倾家荡产的。"引起笑声一片，接着他话锋一转："但是大家如果有什么问题愿找我谈心的，可以到办公室约定时间，我愿意帮助你们青年人解决一些问题。"②

随着南开中学规模不断扩充，校舍不得不年年扩建，张伯苓喜上眉梢，感叹道："孩子长得快，去年缝的袄，今年穿不得了，又要添新的啦！"③

南开中学有位高一学生，名叫曹京平。某天，他接到一封短笺，开头以"京平弟"相称，约他到校长室随便聊聊，后面署名竟是"张伯苓"。校长突然召见，曹同学一时有些不知所措。他

① 华银投资工作室：《思想者的产业》，海南出版社，1999年，第154页。
② 龙飞、孔延庚：《张伯苓与张彭春》，百花文艺出版社，1997年，第31页。
③ 侯杰、秦方：《张伯苓家族》，新星出版社，2018年，第48~49页。

如约而至，校长正在屋里等候，请他坐下，拉家常一般，先聊到家乡与学业，接着问他最近的课外读书情况。曹同学回答，正在读老舍小说《老张的哲学》。校长点头赞许，又问："最近蔡元培先生有一篇关于青年的文章，你读过吗？能说说文章要点是什么吗？"曹同学谈了3点体会，校长再次点头，露出满意的笑容，说："蔡元培主张科学与民主，是个了不起的教育家，以后你可以继续关注。"便结束了谈话。

这位曹同学便是现代著名作家端木蕻良。多年后，端木蕻良撰文回忆这段往事，感慨"教育家可比种树人，一棵树的种子，有的是成心播种的，有的是被风带走的，有的被鸟儿啄食之后，落到更远的地方……"而"我们的老校长"，数十载的呕心沥血，亲力亲为，证明了这样一个事实，"树人要比种树更复杂，也更艰苦"。①

张伯苓的名声越来越大，便有教育界朋友请他帮忙助阵。北京清华学校总办范源廉聘他接替胡敦复担任清华教务长，朋友之请，盛情难却。张伯苓做事认真，在任上实实在在进行了一番教学改革，公而忘私，颇受称道，这一切被一位美籍女教师看在眼里，不禁对清华同事发出如此感慨："你们应当学南开校长张伯苓，如果多几个张伯苓，中国一定会强盛的。"②

张伯苓在清华任上仅一个学期，却给人们留下了聪明、务实、能干的印象，但他还是辞职回津了。他放不下刚刚起步的南开，希望用全部精力操持南开校务。

---

① 南开大学校史研究室编：《巍巍我南开大校长——纪念张伯苓先生》，南开大学出版社，2016年，第56页。
② 王彦力：《张伯苓与南开——天津历史名校个案研究》，南开大学出版社，2015年，第21页。

　　依靠"化缘"，大校长张伯苓为南开挣下了千百万产业，南开从中学办起，相继"孵化"出了大学、女中、小学和南开经济研究所。张伯苓恨无分身术，忙得不可开交，却只领取一份薪水，从不为私事动用分文。为了募捐，他四处奔波，平时参加大大小小的会议，学校为此给他增加了少许车马费，但仍然入不敷出。据宁恩承回忆，校长的月收入甚至不及一般教授的月收入，却是张家每月养家糊口的全部费用，其中所有的社会交往多自掏腰包。一旦遇到经济困境，他总是先人后己，尽量保证教职员的薪金优先发放，如此一来，日子难免捉襟见肘，寅吃卯粮，不得不向学校会计处临时挂借，以至于10年之内，居然债台高筑，欠钱3000元。他多次用"留德不留财"来抚慰家人，好在王夫人理解丈夫，从来都是夫唱妇随。

　　夫人王淑贞有时也不免会忧虑以后的家用支出，他却胸有成竹地说："我用不着攒钱，那些学生就是我的子女，等我老了，他们会养活我的。"夫人笑他只考虑自己："你有学生养活，那我呢？"张伯苓道："你有4个儿子，怕什么？"夫人反问："你不给他们钱，他们怎么养活我？"张伯苓一怔，说："我不给孩子留钱，钱多了，他们就不想做事了，岂不害了他们？我教他们一些德行，够他们一辈子享用不尽。"[1]其实不用丈夫多解释，他们彼此知之甚深，早已形成默契。

---

① 张锡祚：《先父张伯苓先生传略》，南开大学出版社，2016年，第93页。

第四章

风景所在

"八里台"的教育奇观

　　天津地处低洼，涝灾不断，许多地名都有"沽""台""开""洼""圈"等乡土字眼。城西的洼地叫"西开洼"，城南的洼地叫"南开洼"。南开名字的由来就这么简单。

　　最初在人们的印象中，南开的名称天然就带出一股子荒郊野地的气味。南开学校后来盖了教师宿舍，外形朴实规整，名字也很土气，不叫"园"，也不叫"区"，而叫"村"。南开各校，一娘脱胎，天津的南开洼、八里台，重庆的沙坪坝，四川自贡的伍家坝，无不如此。

　　1919年南开大学建校，4年后迁至八里台，荒僻的外部环境仍然差强人意。洋车夫的嘴里，习惯地把这个地方叫"八里台子大学"，与南开似乎不搭界。外地人来津，若说去南开，洋车夫往往会直接

八里台南开大学校门

把他拉到南开中学。20世纪20年代末，美国女作家史沫特莱来中国，曾在天津实地考察。她从租界地去南开大学，搭一辆汽车，一路颠簸，印象很有些不堪：

　　我们沿着已经被雨水泡得泥泞不堪的土道颠簸着前行。一片片黄土平原上蹲伏着许多矮小的茅舍村落……衣衫褴褛、浑身肮脏的孩子们挎着小篮在垃圾堆上挑拣破烂什物。道路两侧无人的野地里，有许许多多的坟。坟的土堆经过风雨剥蚀，露出了一口口与地面平齐的朽烂棺木。我们汽车引擎的轰隆声惊动了正在啃着人骨头的一群野狗。它们丢下支离破碎的残骸，跑跳着，狂吠着，逃向荒野的远处。①

　　南开大学西墙外，有个臭气烘烘的大水坑，是天津下水道汇入处。夏天污水汇集，蚊蝇滋生，恶臭难闻，在这里住久了，学生们直呼熏得人呼吸困难。当时，有些对南开不怀好意的旧派人物，嘲讽张伯苓只是水师学堂出身，不懂旧学，头脑无知，满口津腔，选中这种糟糕的读书环境，怎么可能带出像样的学生？张伯苓一辈子留着平头，说的都是满口天津话，西南联大校友何兆武对张校长口音里的"天津老粗的味道"总是不以为然，"老粗"的另一种解释就是"土气"，似乎上不得大台面。张伯苓不为所动，竟在全校大会鼓励师生："我们南开精神就是在这种怪味中熏出来的！"②

　　张伯苓这么说，是因为当时各方面条件暂不具备，却并不意味着南开大学会随遇而安。至于将来为学生提供怎样的读书环境，张伯苓心中自有规划。

　　1913年到1916年，南开中学堂重建，严修、张伯苓就在思

---

① 梁吉生、张兰普：《张伯苓画传》，四川教育出版社，2015年，第99页。
② 南开大学校史研究室编：《巍巍我南开大校长——纪念张伯苓先生》，南开大学出版社，2016年，第72页。

考、酝酿创办高等教育的事。之后，留学归来的张彭春被委以专门部主任的重担，上任伊始，踌躇满志。他在一次师生茶话会上侃侃而谈，说起了办大学的规划蓝图：

> 今专门部将改为大学，即系期望诸生深造，后来庶免有心长力拙之弊，而得左右逢源之妙。大学科目有政治、社会、哲学、心理、经济、教育、中国文学、英国文学、历史等门。德文拟定为随意科之一……将来悬想只记得，使南开大学生纵不能发明新理，为世界学问之先导，亦决不令瞠乎欧美开源之大后，必与之并驾齐驱。至年限上，则为预科年半，本科二年半。①

张彭春的建议具有前瞻性，与严修、张伯苓的想法不谋而合。1917年8月，张伯苓为赴美进入哥伦比亚大学师范学院学习、研究教育，同时为日后南开办大学探路。第二年，严修与南开校董范源廉、孙子文等赴美考察，相会张伯苓，结合考察收获，商谈办大学的前景。校长一职暂由25岁的张彭春代理。为了区分新老校长，张彭春被师生称为"张九校长"。

张彭春

张彭春（1892—1957年），字仲述，张伯苓唯一的胞弟。他落生那年，张久庵已经59岁，老来得子，自然畅快无比，遂以乳名"五九"以示纪念吉庆的

---

① 南开大学党委宣传部编：《百年南开爱国魂》，南开大学出版社，2023年，第28页。

来临，"九儿"就成了家人对他的昵称。

少年时，九儿入其兄执教的敬业中学堂，为第一期学生，与梅贻琦、金邦正、喻传鉴同窗。1910年，18岁的九儿参加游美学务处（清华大学前身）第二届庚子赔款留美学生考试，成绩不俗，名列第十，同榜有胡适、竺可桢、赵元任、钱崇澍、胡明复等人。九儿赴美回国后即从教于南开。

张彭春上任不到一个月，老天爷就给了他一个"下马威"，像是有意检验一下这位新校长的成色如何。正是雨季，南运河突然决口，天津水灾告急。南开地势低洼，一夜之间洪水便涌进校园，水深超过一米，满目汪洋。

1917年9月22日下午，校园内警钟狂鸣，师生们急聚在大礼堂。张彭春心情凝重，神态却沉着自信，他向大家通报了水情现状，布置了下一步的应对措施。在他的指挥下，教职员工将学生紧急转移到东马路基督教青年会、学界俱乐部等地。几天后，他们借到地处较高的河北政法学校校舍，遂集体迁入。10月3日，全校举行开学仪式，张九校长做了提振气势的即兴演说：

> 对学生来说，精神比校舍更为重要。我们师生的精神永存，在哪里都可以大有作为，怎能因为校舍被淹，就妨碍我们的学业？……这次水灾死伤者不少，而我们能从洪水中平安脱险，这也是天意。为了民族的安乐和国家的康宁，为使祖国大地不再发生水灾，人民不再遭受苦难，难道这不正是我们这一代人应尽的责任吗?! ①

---

① 龙飞、孔延庚：《张伯苓与张彭春》，百花文艺出版社，1997年，第44~45页。

水灾当头，南开却不曾停课，教学运行井然有序。张彭春一次次激励学生，强调孟子"天将降大任于是人也，必先苦其心志，劳其筋骨，饿其体肤，空乏其身，行拂乱其所为，所以动心忍性，曾益其所不能……"的内涵。他要求学生对孟子原文熟读牢记，身体力行。同时，他与有关部门协商沟通，动用人力物力，建坝抽水，保护校舍。转年7月，全体师生终于重返校园，一切回到正常轨道。

1918年12月，张伯苓回国，对于弟弟在代理校长岗位上的所作所为非常满意。很快，张伯苓就与严修、张彭春、马千里、华午晴等商定，把筹办大学的事提到具体日程。张彭春被推举担任南开大学筹备委员会主任，并受托主持起草了《南开大学计划书》，张伯苓称之为"南开大学的计划人"。

张伯苓兴办南开大学的动议，在社会上并不是人人看好，唱衰派包括了守旧、执政和社会新派等几个层面，认为张伯苓在校舍、经费、教师等方面不具备基本条件就急着动手，有打肿脸充胖子之嫌。还有人质疑张伯苓的资质，没有受过高等教育，就高调办一所现代正规大学，岂非笑话。事实却打了许多质疑者的脸。张伯苓带领同人，硬是创造了教育史的一个纪录：当年建校，当年招生，当年开学，使得一些人跌落眼镜，更多的人则赞不绝口。当时作为怀疑派一员的罗隆基，将张校长的办学能力归结为一种"伯苓精神"，不仅心悦诚服，还加盟入伙，在南开大学成立后不久就谋得一份教员工作。

1919年9月，南开大学在八里台诞生，学界要人范源廉、蒋梦麟、胡适等被请任校董，社会名流李秀山、卢木斋、陈芝琴、袁述之（袁世凯堂弟）等慷慨解囊，捐资提供学校必要的教学和住宿等硬件设施。张伯苓感恩他们的付出，将其一一"转化"为建筑物，分别命名为秀山堂、思源堂、木斋图书馆和芝琴楼，以表永志不忘。

南开大学的楼堂建筑并不惊艳，无法比肩前后起步的清华大学、北京大学，与燕京大学、武汉大学富丽堂皇的宫殿式建筑更是形成了两极反差。最初，南开大学甚至没有校门，校内校外里外贯通，分界点是一座小小的"大中桥"。过了桥，便踏上了笔直的大中路，这个大中路相当于南开大学的地形标志，迎面可见一座高悬着的报时大钟，顺此思路，也有人把大中路称为"大钟路"。

走下去，两侧绿树葱茏，再走出数百米，右手处是著名的马蹄湖。那时候马蹄湖有南北之分，湖水与错落的花树成了校园的醒目一景。每至夏季，湖内朵朵荷花连片，清溪流淌，花香满径，令人心旷神怡。湖的东面是丽生园，建有鱼池，内植多种花草，南边是思源堂，木斋图书馆在大中路对面与之遥遥相望。

思源堂是学校理科教学楼，由美国洛克菲勒基金团和天津商绅袁述之共同捐款建造，石柱坚挺，造型坚固，带有古罗马建筑风格。

1937年，日本侵略者轰炸南开，思源堂损失严重，后得到有效修复，成为全校仅有的一处风貌依旧的建筑物。变化最大的是马蹄湖，那次日机轰炸将南马蹄湖夷为平地，北马蹄湖面目皆非，经修复保留了部分轮廓，得以幸存。

马蹄湖的北端是秀山堂，是大学行政楼和文科教学楼，也被称为"学校中枢"。其后身纵深处是一大片浓密的桃花丛，女生宿舍芝琴楼隐于其间，很有些"养在深闺人未识"的意味。在这里种植桃花并非无缘无故，而是出于一种精心设计。日租界兵营里的日本兵，听说芝琴楼是女学生宿舍，便打起坏心思，要在楼的周围植满日本樱花，向中国女孩子显示"大日本帝国"的统治力。张伯苓知道后，迅速联系到一批桃花苗连夜运来，及时栽种培植，化解了日方的图谋。

秀山堂捐助者为李纯，字秀山，天津籍军阀。早年毕业于天津武备学堂，后深受袁世凯的器重，成为北洋嫡系。民国时期，李纯先后出任江西督军、江苏督军、浦口商埠督办等职。李纯虽系武人，却对乡梓办学很有兴趣，曾先后在天津河北三马路、河东关帝庙等地创办秀山小学三处。1919年，严修、张伯苓为建南开大学，风尘仆仆周游各省筹措经费，拜见军阀李纯，得到其慷慨解囊。李纯还发动北洋一些同僚军政要员为学校捐资。

1920年，46岁的李纯暴卒，身后留下巨额财产。但他早已留下遗书，写明捐出个人资产的1/4，约50万银圆，用于南开大学永久基本金。原以为人走茶凉，遗嘱难免成了未知数，但他的家人信守承诺，如数交付全部捐款。张伯苓深受感动，转年用这笔钱建造了秀山堂，并立其铜像以示纪念。

当时正值后"五四"年代，学者们以高雅自居，倡导为学问而学问，为研究而研究。由于南开大学的建制，有文科而无中文系，社会便出现若干风言风语，说以科学实用为教学重点的张伯苓，只不过是职业中学校长的水平，他本人文学水准有限，也就不注重中文传承，当一个大学校长勉为其难，几乎就是把堂堂高等学府降低到俗世尘埃之中。张伯苓对此从不介意，仍然我行我素，坚持自己的事业理想。他嘱咐下属，对于来校参观者，不论何人，不做任何布置，把真实的南开展示给社会。

南开大学的发展事实粉碎了那些奇谈怪论。以至于没过几年，关于南开系列学科的巨大变化，在社会传说中甚至被添加了某些神话色彩。

　　民主人士柳亚子先生常为军阀混战给旧中国带来的动荡而烦恼，曾经来南开大学探望任职于外文系主任的儿子柳无忌。徜徉于校园景色，竟使他恍若置身于世外桃源，不禁诗兴大发，欣然吟咏："汽车飞驶抵南开，水影林光互抱环。此是桃源仙境界，已同浊世隔尘埃。"①

　　1925年末，教育部特派专员刘百昭进入南开视察，面对采访的媒体，就设备、行政、教员、学生、经费、校风几项一一评点，大谈观感，得出甚佳结论："就中国公私学校而论，该校整齐划一，可算第一。余等视察后，非常满意，欲求学校发达，必须赏罚公平，余等现拟据实报告教育部当局，转恳政府一面按年给予补助金，以资鼓励，一面又命令褒勉，用昭激励云云。"②

　　无独有偶，爱国民主人士钱昌照曾在晚年回忆录中披露，九一八事变前，他在国民政府任秘书，曾受命走访几个大学，对国立北大和私立南开的现状有了近距离的观察和比较，印象极为不同：

　　　　我到北平视察了北京大学，北大校长蒋梦麟不在北平，由陈大齐出面接待。当参观化学实验室时，我看到灰尘堆积，整个空气不振作。北京大学主持者是沈尹默，这所大学奄奄无生气。北平女子文理学院的负责人刘半农是半个熟人，留英时经常在一起。我在文理学院听了课，给我的印象并不佳。在天津，我看了南开大学和张伯苓详谈。南开大学办得比较好，秩序井然。我回到南京后，写了一个比较详细

① 龙飞、孔延庚：《张伯苓与张彭春》，百花文艺出版社，1997年，第52页。
② 张兰普、梁吉生编：《铅字流芳大先生——近代报刊中的张伯苓·上》，天津社会科学院出版社，2021年，第59~60页。

的报告。我还对蒋（介石）说，南开大学办得不差，但经济比较困难。蒋立即打电话给张学良，叫张学良每月补助南开大学几万元。张学良照办了。①

张伯苓爱校如家。繁忙之余，他常常四处漫步散心，享受世外桃源般的融融快意。通过他和严修的奔波努力，荒凉僻静的南开洼、八里台终于被建成秀美宜人、书香四溢的大学校园。张校长却从未想到为自己修建宽敞宜居的校长公寓。他的家，住在西南角毗邻一座电厂旁的羊皮集市里，门前挂满羊皮，满街膻味飘荡。一套小小的旧式院落，拢着几间简陋的青砖平房。他一住就是30年。

说不尽的南开"大家庭"

历届南开学子毕业，天各一方，在对母校的怀念中，印象最深的就是师生之间、同学之间其乐融融的平等和亲情。

社会上一直有南开是"家庭学校"之称，几代南开学子都认同这个说法，喜欢这个温暖、和睦的称号。这也是他们离开母校多年，仍深怀思念之情的根由。"家庭学校"的说法始于何时何地何人，难以确认，若论对这个称谓做得最精彩、雄辩，最知根知底，也最令人信服的解释，还是吴大猷在1986年说的一段话：

---

① 沈卫星主编：《重读张伯苓》，光明日报出版社，2006年，第77页。

  "南开"是我国教育史中罕有的一个例；它是由家塾，而中学、大学、女中、小学而分校，好像一个大家族，家长只有一个人——张伯苓。我们几个著名的大学，亦有些许大名的教育家，比如北京大学，它有过蔡元培、蒋梦麟、胡适校长，但他们任何一个人都不"代表""北大"，如张伯苓之代表"南开"然。①

  当时还是南开中学学生的吴大任，最深的感受，便是所有的师生都是其乐融融的家庭成员，张伯苓自然就是这个大家庭的家长，最操心、最受累，也最敢担责的人。②这时候，"张伯苓"便成了南开的代称和象征。南开大中小学校一应俱全，相互渗透，宛如大家庭，可用一荣俱荣、一损俱损来形容。

  若究根寻源，所谓"家庭学校"与严修家塾的私立性质有关。张伯苓早就在师生心里播种了这个理念："诸位均知南开为私立学校，有先生，有东家，当日由严先生一人当东家，已有如此进步。若诸位今日均为东家则前途宜觉光大，所以敝校对于诸君有无限欢迎。"③"大家庭"的气象由此初见端倪。

  张校长处处护着自己的学生，却绝非无原则的宠溺，更像是学生精神上的守护神。早在第一私立中学堂的年代，军阀混战、社会动荡，褚玉璞、李景林、张宗昌控制下的天津治安很差，兵匪随便放枪，骚扰不停，学生时时处于惊恐之中。张校

---

① 华银投资工作室：《思想者的产业》，海南出版社，1999年，第133页。
② 南开大学校史研究会编：《巍巍我南开大校长——纪念张伯苓先生》，南开大学出版社，2016年，第46页。
③ 华银投资工作室：《思想者的产业》，海南出版社，1999年，第143页。

长把师生召集到大礼堂打气，谈笑风生，语调轻松，安抚大家："你们不用害怕，那些大兵们就怕看见书，你们这里是念书，他们不敢进来！"①

北方的冬天异常寒冷，早晨学生们缩进热被窝，起来穿衣需要毅力。张伯苓并不一味责怪，而像家长告诉孩子一样鼓励学生，要有不畏严寒，光臀从床上跳起来穿衣的勇气，困难就克服了，这时候冷一些，也不算什么。

张伯苓身躯高大魁梧，性情豪爽，人称"巍巍大校长"。他平时看着神态威严，其实极为平易近人，幽默风趣，课外时间简直就是个"孩子头"，常与学生聊天、打球、拍戏，忘形地玩到一起。他出现在哪里，哪里就是欢声一片。

封建时代，男女若合班读书，显然触犯了"男女授受不亲"的律条，在守旧派眼里属于大逆不道。20世纪20年代初，一些思想进步的女子呼吁拥有平等上学的权利，表达了对进入南开中学读书的向往。张伯苓硬是顶着压力，网开一面，允许4位女生进南开听课，开了男女同堂读书的先例，在当时属于破天荒之举。

女生尝到了受教育的"甜头"，一再向社会发出女子应该享受教育平等权利的呼声，得到严修与张伯苓的支持，借着校址拓展的机会，筹建南开女中也进入了重要议程。其间的意义在于，建立女中不是为了标新立异，或走走形式，而是培养人才的需要。1926年，女中一年级共录取90名学生，分成两组授课，每班45名。由于部分学生难以承受严格教育，自行退学，另有部分学生因三科成绩不及格，被学校劝退。读到初中三年级，女生人数锐减，只能合成一班，但学生质量却有了保证。

---

① 南开大学校史研究会编：《巍巍我南开大校长——纪念张伯苓先生》，南开大学出版社，2016年，第62~63页。

学校变大，学生增多，自然会限制张校长与学生的交流范围。一天夜里，他躺在床上，听到枕头下面的怀表在嘀嘀嗒嗒地走动，声音很清晰，他忽然悟出，平时在火车上身上揣着怀表，何以听不到这种声音，那是因为火车的轰隆行进淹没了它的"动静"。张伯苓意识到，学校大了，直接听到学生的声音就很困难，应该主动去做这件事。一清早起床，他就开始安排与学生交流座谈，了解他们的想法，鼓励师生就南开存在的问题提出建议。

有位学生交了一个提案：填平学校后面的臭水坑，否则实在有碍卫生，请校长设法解决。张校长在会议上，先是肯定了这个提案，然后无奈而又幽默地表示："这个提案很好，只是办法有问题。因为我这个校长没有这么大力量，填平有史以来的臭水坑，那怎么办呢？我看还是让大家练练鼻子吧！臭味习惯了也就不觉得臭了。这是在南开上学的一项锻炼。"①

凡是学生感兴趣的事，张伯苓都要过问。一次，学生饭厅前贴了一张"无线电研究会"广告，他看到了，通知让贴广告的学生来校长办公室一趟。了解其具体想法后，当即拍板："你们玩得好，学校先补助你们一百块钱，好好地玩！"②

大学部把柏树村十号建成教育俱乐部，为教师提供下棋、看报、聊天、喝咖啡的场所。大家最喜爱的一种娱乐项目就是"集体象棋"，在两人拉开架势对弈时，鼓励大家群策群力。经常前来观战"起哄"的萧公权教授，称在南开教书的那段快乐时光难以忘怀："集体象棋是我们最喜欢的游艺。两人坐下对局，其余

① 南开大学校史研究会编：《巍巍我南开大校长——纪念张伯苓先生》，南开大学出版社，2016年，第62~63页。
② 南开大学校史研究会编：《巍巍我南开大校长——纪念张伯苓先生》，南开大学出版社，2016年，第62~63页。

的人一哄而上，分别站在当局者背后做义务参谋。这种集体下棋的基本教条是'观棋不语非君子'，当局者集思广益，从谏如流，尽可无为而治，维持'胜固欣然，败亦可喜'的风度。大约一个钟头，我们尽兴而返，回家继续做研究工作（如廷黻兄），或加紧预备教材（如我自己）。"①

南开的中学部则不仅设有教员游艺室，还专辟出一间"思敏室"。最初是纪念青年教师、严修的侄子严约敏，后来又陆续挂上一些已故教师的照片，起名"思敏室"，是提供师生瞻仰、缅怀的一处场所，以表达敬重之意。

南开的人，愈是小人物愈显他的忠贞。学校的工人师傅，民国时期叫"夫役""堂役"或工友。抗战以前，天津南开四校的工友大多来自河北沧州、青县及今天津市静海区的农村。他们在南开一干就是几年、十几年，有的一辈子都没离开南开，有的甚至三代人都在南开工作。对于这些工友，校方要求很严，每人都有特定职责，划分清楚，无可推诿，哪部分出了毛病，就追究负责者的责任。而工友们也非常尽职尽责。南开中学的水电是学校供应的，水井在学校西南角，后面是发电室，只有一台发电机供应全校的电力，却很少发生停电断水的事情。

张伯苓以管理严格而著称，校规力矫时弊，严禁学生吸食鸦片、酗酒、嫖妓、赌博和早婚；凡有违犯的，都予开除。在这方面，校长身先士卒，以身作则，绝无含糊。张伯苓平时酷爱听戏，但考虑到影响，他从不进戏院，每当梅兰芳、郝寿臣等京剧名角来津演出，他虽然与这几位大牌演员交情不错，却也回避捧场捧角，宁肯不辞辛苦跑到北京过过戏瘾。

---

① 梁吉生撰著：《张伯苓年谱长编·上卷》，人民教育出版社，2009年，第431页。

　　一次，张伯苓亲授修身课，休息时与学生聊天，发现有个男生手指头焦黄，知道是吸烟的结果，便批评道："你的手指熏得这么黄，不雅观不说，吸烟对年轻人的身体发育有害，应当戒掉！"谁知那学生调皮地反问："既然有害，校长您怎么也吸烟呢？"张伯苓怔一下，从怀里掏出长烟杆，"咔嚓"一下子掰成两节，又让工友到办公室立即取来自己存放的所有吕宋烟，当众烧毁，郑重宣布："从今天起，我和全体同学戒烟，请大家监督。"①从那天起，张校长一生从未食言。

　　学校规定入校后不满20岁的学生不许结婚，这在当时不是没有质疑的声音，张伯苓对学生们苦口婆心地解释："早结婚有害处。如果你们的父母要让你们结婚，你就对他们说：'我结婚是要给自己娶太太，不是给你们娶儿媳。'他们如果还不同意，你就说这是我们校长说的。"②

　　在南开女中第一届学生毕业典礼上，张伯苓更有一番掏心窝子的临别赠言："女生将来结婚，相夫教子，要相助丈夫为公为国，不要求丈夫升官发财。男人升官发财以后，第一个看不顺眼的，就是他的原配太太！"③这样的口吻，更像是家长对未出嫁女儿的谆谆嘱托。

　　1920年前后，南开中学和大学的学费，每年60元，住宿费30元。除了部分走读生，生源大都来自各地，包括一些海外华侨，90元学宿费不算多，但也是个不小的负担。学校因此设立了免费名额，经济困难者可以申请获得免收学费或住宿费的资格。

---

① 龙飞、孔延庚：《张伯苓与张彭春》，百花文艺出版社，1997年，第23页。
② 南开大学校史研究会编：《巍巍我南开大校长——纪念张伯苓先生》，南开大学出版社，2016年，第62~63页。
③ 沈卫星主编：《重读张伯苓》，光明日报出版社，2006年，第420页。

同时，学校还设有试读生，里面多半是军政要人或"关系户"的子弟，不经考试暂且入学，入学只是试读。学校为这些学生单开一班，学宿费加倍或翻两倍。试读一年，考试通过可以转为正式学生，不及格者退学，不留情面，谁说也没用。这种入学方式，属于南开"自创"。

为帮助贫穷子弟上学，南开设有"清寒学生奖学金"。同时，中学毕业班中成绩突出者，保送免试升入大学，还免缴学宿费，直至毕业为止。这样的佼佼者虽不很多，却能使一些出类拔萃的学生直接受惠。

1919年10月下旬，正在南开中学读书的张道藩，请假去上海办理赴法国勤工俭学的出国手续，回校向张伯苓校长报告此事，有一段坦诚的对话。

张伯苓问张道藩："你学过法文？"

张道藩答："没有。"

张校长生气地说："你这孩子真胡闹，法国话都不会说，在法国怎么做工，怎么俭学？"

张道藩说："那些华工去法国以前，不是也不懂法国话吗？"

张校长严肃地纠正他："他们在大战期间，多半是做挖战壕之类的苦工，只要身体强壮，能吃苦就成。你想去勤工俭学，必须做赚钱多的工作，才能达到工读的目的。你如果只想去做一名工人，又何必到外国去？在国内做工不是也一样吗？看你身体这么瘦弱，恐怕想做一个普通的工人还不够格呢！"

张道藩委婉地强调："校长，我的护照、船票都弄好了，无论如何我愿意去试一试。"

张伯苓凝视张道藩一会儿，见他意志坚定，沉吟着点点头，说："试一试，这句话说得好。你真想去试，就走吧！天下许多事，只要有决心去试，总会有成就的。我祝你成功。"①

一位负责任的家长，总是会为孩子的未来想得更为复杂。

1926年初，张伯苓去青岛演讲，了解到在场听讲的一位年轻人，名叫谷源田，因家境贫寒而中途辍学。张伯苓听说他是威海卫人，便建议他来南开中学半工半读。转年秋，谷源田乘船至天津，投奔南开，正在杭州的张伯苓特意嘱咐喻传鉴负责接待。这位山东小伙考试合格后，被编入高中二年级商科。张伯苓回校后找谷源田谈话，安排他做借费生，条件是所有的课程都要及格，否则停止借费。两年后，谷源田以商科第一名的成绩高中毕业，被直接保送进入南开大学。读大学期间，他仍是边读书边打工，直至1933年夏毕业，留在了经济研究所。如何还清所有借费，谷源田咨询校长，张伯苓的答复是，免费和借费说法有别，但大体一样，借费与免费相比，更能激发学生的读书动力，学校从未要求借费生毕业后偿还借费，你也不例外。日后成为经济研究所教授的谷源田，对于改变自己一生命运的张校长，一生铭记。②

旅居台湾的天津南开中学1939级校友公孙嬿（查显琳），曾撰文谈到南开的校园文化。在他的印象中，凡是在南开读过书的，普通话中多少都会夹杂某些天津口音。比如在大陆的周恩来、万家宝（曹禺），在台湾的张道藩、吴国桢、查良鉴、段茂

---

① 梁吉生撰著：《张伯苓年谱长编·上卷》，人民教育出版社，2009年，第256页。
② 南开大学校史研究会编：《巍巍我南开大校长——纪念张伯苓先生》，南开大学出版社，2016年，第52~53页。

澜等几位先贤，说的都是"南开话"。

"南开话"的根底是普通话，同时融合了天津方言，说明南开学子对学校所在地天津是有文化认同的。南开师资来自五湖四海，比如大学部黄钰生是湖北人，中学部喻传鉴是浙江人，女中部则是由黄钰生已故前妻梅美德，一位以敬业称誉的广东华侨教师负责，大家说的都是南开味道的普通话。置身于南开校园环境，只有说普通话才方便交流。故此，也形成了当年南开人独特的"方言岛"现象。

还有一些背景也是私立南开学校形成"南开话"成因之一。官办高校，往往隔绝于校外社会，不太注重研究区域文化或地方课题，也就难以被本地方言所熏染。私立南开一开始就与平民有深度交集，学生融合于天津的城市、文化、历史，进而产生亲近感，口音里带有天津味的"南开话"，也就不足为奇了。

暖意融融的"绰号文化"

"绰号文化"古已有之。据说绰号最早见于汉代，彼此打趣，无伤大雅，使得人与人之间的关系气氛变得轻松活泼。雅号也属于绰号范畴，表达的是一种特殊的称谓。唐朝一些登峰造极的诗人的雅号绰号，或当时就有，或后世"加封"，形象真切，往往含有丰富的文化内涵，比如诗仙、诗圣、诗佛、诗鬼，分别指称李白、杜甫、王维、李贺。《水浒传》中108条好汉，人人皆有形神兼备的绰号，为这部古典名著注入了极大魅力。时下，我们听惯了一些具有极高荣誉性的雅号尊称，诸如"两弹元勋""中国地质之父""中国氢弹之父""中国杂交水稻之父"等，令人心生崇敬。

前些年，当代学人胡文辉撰写出版了一部《现代学林点将录》，别出心裁，脑洞大开，套用水浒108条好汉的绰号、诨号，排出现代学界"正榜头领一百零八将"阵容，外加"额外头领一十九员"，从章太炎、胡适、王国维、傅斯年、陈寅恪一路数下去，文字简约，内容精练。从绰号切入，介绍其生平影响力与学术成就，信息量大，却生动、形象、有趣、令人莞尔。①

即使在战乱频仍、外寇欺辱的年代，南开学校的"绰号文化"仍是一种自发状态，并不断传承，为无数南开老校友津津乐道。

民国时期曾有"清华严谨，北大自由，南开活泼"的说法。在对学生的自由包容上，南开学校确实呈现出一道融融亲和的文化风景。

南开各校社团活动众多，思想活跃，校风活泼，关系平等友善。李凡回忆，那时大家感觉不到什么师道尊严，顽皮的学生不仅常和长辈开玩笑，甚至还不失时机地"捉弄"一下老师，搞些"无厘头"动作。抗战时期的重庆南开中学，此现象甚至成了日常生活中的一种风气。在某个"愚人节"，两个同年级的女生班偷偷互换了教室，两位授课老师不明就里，最初都以为走错教室，疑惑中退出，待细看课表，确认没有错，再次进入教室，还是一头雾水。最后才明白，是学生搞的小小"恶作剧"，一番操作下来，两位老师忍俊不禁，哭笑不得中分别进入各自教室，正式上课。还有一次，上课铃声响起，一位女生离

---

① 胡文辉：《现代学林点将录》，广东人民出版社，2010年。

开座位跑到讲台，在黑板上做板书状，任课老师推门进来，以为走错教室，满脸歉意地赶紧退出，对照课表和教室细细审视后，才又重新出现。①

很显然，如果关系生疏、感情隔膜，不可能会出现这类淘气"剧情"。女生尚且如此调皮，可以想象更加捣蛋的男生，会出怎样的"幺蛾子"。

南开学校"绰号文化"传统的形成，像一切茁壮生长的植物，要靠适宜的环境，需要土壤、阳光和水分。这一切，对于同学间的关系亲近和彼此促进，起到了某种黏合剂的作用。至今，南开校友的一些聚会，彼此依然以绰号相称，同学情谊尽在其中。

胡小吉退休前是中国人民大学外语教授。1945年，她毕业于重庆南开中学，后赶上了西南联大的末班车。有一次在接受采访时，胡小吉自我介绍是湘籍，因长得又瘦又小，典型的湖南"细伢子"，很快大家就熟悉了，她也被叫成"鸭子"。她在学校以调皮出名，经常被叫到办公室罚站，后来变成"条件入学"的学生，相当于今人所说的"问题青年"。她的老师上官苏亚，被同学背后以"麻婆"相称，听着不雅，却透出师生关系的亲近。一次"麻婆"见到胡小吉的母亲，说她的女儿功课不在话下，就是太淘气，一天到晚搞调皮的事。毕业时，上官老师给每位学生写一句题词，到了胡小吉，她写的是"淘气是快乐的表现"，语含赞赏之意。

胡小吉年过九旬，仍没有改掉调皮的性格。她一直认为："我觉得同学的可贵就是因为都有绰号，同学你要不叫绰号就觉

---

① 沈卫星主编：《重读张伯苓》，光明日报出版社，2006年，第94页。

得没意思了。真的没意思，一定要叫绰号，都叫绰号就觉得特别亲热，马上那股劲就来了。"①在胡小吉的印象中，无论老师还是学生，不觉得同学之间赠个绰号有什么不礼貌，因为它的动机很单纯，本身不带有任何人格的轻蔑，体现出的是和谐、亲热、幽默。多少年后大家重逢，绰号就更是一种重温岁月的招呼方式了。

在一些年级同学通讯录上，昔日校友既列出本人姓名，也标出当年绰号，彼此开怀，相互打趣。后来成为运载火箭及导弹专家的张继庆，深有同感。据他回忆，校友久别重逢，"大家在聚会的时候童趣毕露，一块儿开玩笑，平时不喊名字，都喊外号。南开当时兴外号，每个人差不多都有一个外号，各式各样的，比如喻传鉴校长有一个名字不太雅，叫'臭鱼'。虽然叫他'臭鱼'，但心里仍然爱他。胡冬生跟我同班，他叫'冬瓜'，何瑞源和南开感情很深，他叫'荷包蛋'，大家在会上喊外号：'荷包蛋，快点快点！'"②

1929级校友、台湾"中研院"院士殷宏章对南开大学互取绰号的往事记忆深刻，"因为学生不多，一年后就都彼此认识、熟悉，互有绰号。说话多用特殊口语，如称女生为桃子（peach）等，中外不一"③。

多少年后，老同学重聚母校，最初有个别同学身居高位，端着架子不苟言笑，彼此一叫绰号，大家立马穿越时代，情景再现，一同回到当年的亲热状态。事实上，同学间互取绰号，

---

① 胡海龙：《口述津沽：南开学子语境下的公能精神》（下），天津古籍出版社，2020年，第88页。
② 胡海龙：《口述津沽：南开学子语境下的公能精神》（下），天津古籍出版社，2020年，第51页。
③《南大周刊·副刊》，1933年第19期。

在其他学校也未必少见，只是没有形成带有传承特色的校园风气，特别是同学给老师乃至校长和有名望的教授取绰号，还能受到包容乃至某种意义的默许，还是鲜见。比如叫"姜立夫人"（姜立夫）、"饶毓太太"（饶毓泰）、"张景太太"（张景泰）、"吴大人"（吴大任）、"软贯柿子"（阮冠世）等，属于谐音梗之类。叫蜀光中学校长韩叔信"光头"，叫化学老师伉铁侠"冒泡"，叫数学老师韩扶群"韩三奶奶"，叫杨坚白"杨大胡子"，则是取其外在特征。

在形形色色的绰号中，属于个人的居多，也有打上"群体"标识的。20世纪30年代初，男中同学称女中同学为"老虎"，女中同学称男中同学为"耗子"，里面多少带有一些微妙的感情色彩。1955级班长李荫增好心而友善，绰号"猪妈妈"，钟颖是中甸（今香格里拉）藏族人，绰号"牦牛"。半个世纪后的1999年，老同学在昆明聚会，一起出游，钟颖带队，其老绰号就被扩展为"牦牛旅行团"。1945级校友潘大陆，绰号是"地不平"，他回忆当年高三临毕业时，有人提议黑板值日生栏一律以绰号示人，获得全组赞同。此后，黑板上相继出现"荷包蛋""洋胖睡""小笼包""堂客""大爷""骡子""美男子""老夫子"等名字，大伙儿乐不可支。训育主任查班看到，摆手笑道，"你们不用解释，我都明白！"引得在场的学生开怀大笑。

张介源先后在南开的中学和大学读了整整10年，到了老年，每年10月17日参加校庆，耳边总有一片欢声笑语萦绕不已，"八大贤、三剑客、黑白对、黄热病、机关枪、小钢炮、口蘑、豆皮、火腿、大虾、风流鼻子、帝国主义、煤油桶、火车头、大洋马、小地瓜，绰号一大串。我们的生活一点儿也不枯燥"[1]。

杨石先的儿子，后来成为天津大学教授、西南联大天津校友会会长的杨耆荀，小时候先入西南联大附小，后回到天津南开中学读书，曾谈道："取绰号好像当时都有这个风气。具体一点，云南我不很记得，天津的我记得。在天津南开中学，同学们一般都有绰号，男生女生都有。什么瞎子、胖子、柱子、大眼，这种都有。有的叫'愣鬼'，就是这人特别愣。开玩笑似的，同学之间就跟着胡闹。他们就叫我'大杨'，叫我的弟弟'傻杨'。"[2]

重庆南开，每个老师都有绰号，已成惯例，但还能悠着点儿，学生的绰号却是完全放开的，五花八门，丰富多彩。其中有以植物为名的，如1945级的"地瓜""冬瓜""气生根"。也有以食物命名的，如1950级女生的"馅饼""酸梅""苹果""麻花"。最多的是动物名称，如1945级的"午马""骡子""铁牛""斑马""猢狲""猕猴""猫儿"，1950级女生"猫儿""猴儿""猪儿""毛狗""鸡娃""耗儿""小鸟"，1951级有"猪儿""马儿""鳝鱼""黄狗儿""乌鸡儿"等，整个就是一个动物园。1944级的戴宜生绰号"戴宝"，自己出文集就取名《戴宝自选集》。1945级何瑞源出版自传，索性便以《"荷包蛋"自述》为书名。蜀光中学直到今天遗风尚存，蒯晓牛在校长任上，微信名"牛哥哥"，沿用的仍是昔日的绰号。

互称绰号是人的幽默能量的释放，但需要文明的前提和民主的环境，缺一不可。已演化为传统的南开"绰号文化"，并非校

---

① 南开大学校史研究会编：《巍巍我南开大校长——纪念张伯苓先生》，南开大学出版社，2016年，第86页。

② 胡海龙：《口述津沽：南开学子语境下的公能精神》（下），天津古籍出版社，2020年，第186页。

史研究者挖掘、总结出的新成果，而是一种自发而久远的校园文化现象。

若追根溯源，南开的"绰号文化"据说最早始于严氏家塾。"校父"严修的外孙女卢乐山记得，小时候在家塾读书，外祖父请来一位杨姓乐师来教音乐，调皮的男孩子私下叫杨老师"杨大蛤蟆"，听起来似乎不雅，但孩子们是因为喜欢杨老师才这么称呼，绰号里透着亲昵感。①

重庆南开中学校友曹增寿用一件往事，证明了当时同学互取绰号源自一种快乐的"传统文化"，喻传鉴未能"幸免"，也就乐在其中了：

> 南开的师生关系是严而又亲。有一次，我在壁报栏下看文章，副校长兼教导主任喻传鉴在我身旁与我打招呼："同学，你叫什么名字？南开有取外号的习惯，你的外号叫什么？"我答："我叫曹增寿。外号叫Buick（毕克）。"他又问："同学们给我取的什么外号？"我紧张得不敢回答。他亲切和蔼地说："取外号是南开的一种传统文化，已经有很多年了，好坏都无所谓，只是表示亲切。请你大胆地回答我。"我红着脸诚实地回答他："对不起，同学们叫你'臭鱼'。因为你姓喻，对同学们要求严格，有的坏孩子发牢骚，就叫你'臭鱼'。喊多了就传开了。但是我觉得你不但不臭，而且很香。你对我们严格，是爱护我们。"②

① 胡海龙：《口述津沽：南开学子语境下的公能精神》（下），天津古籍出版社，2020年，第186页。
② 曹增寿：《向再生父母南开汇报 为中国首枚原子弹奉献才智！》，《重庆南开校友通讯》，2016年第46期。

喻传鉴听罢，哈哈一笑，并不介意，像是认可学生对他高标准、严要求的集体评价。校领导、老师容忍、接受学生给他们取绰号，从一个侧面说明南开的师生关系是平等和民主的。在昆明的西南联大岁月，联大附中、附小都是黄钰生遵循南开中学模式管理的。黄钰生在学校的绰号是"开山老祖"，他的后任夫人、附中教师叶一帆则被大家称为"开山老母"。

重庆南开中学复制天津南开大学的一些建筑，连名字都相同，比如范孙楼、芝琴馆等。南开校友袁从祎记得，芝琴馆的楼上是男初中教室，楼下是全校共用的阶梯教室和实验室，供物理、化学、生物等课专用。女生们每每进芝琴馆上课，男生们往往会趴在窗台上观赏女生们的曼妙身影，不免有一番品头论足，比如称某个女生的发型为"钢盔"，还有一位女教师背影楚楚动人，正面看却有很大落差，那时语文课正在讲李后主的词，便取个外号叫"不堪回首"。①

1938年，南开人接办了自贡蜀光中学。其1955级校友龚和忠介绍，他们同学间的彼此称谓，也受到了南开影响，多数人都有绰号。由于男同学每天上学放学都会经过女生部，就搞怪地戏称女生为"豌豆"，女生也不客气，回敬男生"臭虫"的绰号。彼此一来一往，在学习和课外活动中暗暗较劲，互为动力。校长韩叔信和学生一样穿制服、剃光头，学生就叫称他"韩光头"。多年后，韩校长的儿子韩永康在同学群里，自我调侃是"韩光头"儿子，还在接受媒体采访中，主动道出"韩光头"的来龙去脉。

从某种意义上，"绰号"风气的背后，折射出的正是南开

---

① 袁从祎：《沙坪微聊》，《张伯苓研究》（内刊），2021年第二期秋季号，第73页。

大家庭对学生人格成长的尊重：不分贫富，不分贵贱，不分强弱，不分长幼，这里没有歧视，没有压迫，有的是关爱、平等、公允，这对培养南开学子独立思考、不断创新的精神是非常有益的。

梧桐树总能引来凤凰，不同时期的南开中学，先后有陶孟和、马千里、时子周、王昆仑、熊十力、范文澜、老舍、何其芳、姜立夫、罗常培、杨石先、张中行、董守义等名师大家的身影出没其间，绝非偶然。

许多民国名流、要人与高官，诸如梁启超、袁世凯、黎元洪、黄兴、熊希龄、段祺瑞、冯玉祥、沈钧儒、汪精卫、胡适、陶行知、张学良、翁文灏、晏阳初、邹韬奋、叶圣陶、吉鸿昌等人，都有自己的子弟或亲戚在南开读书，孔祥熙、宋子文、胡适、马鸿逵、傅作义、沈鸿烈、范旭东等也曾积极推荐亲友的子弟成为南开学子。一时间，南开成了民国的一方"教育圣地"。

第五章

体育铸魂

"强身"意在"强种"

张伯苓在北洋水师"通济"舰上实习的日子里，看到了清兵与英国士兵体格和精神上的显著差距，给他留下终生挥之不去的心理阴影。

晚清以降，军阀混战，民不聊生，前景无望。遍观大江南北，乡村城市，百姓一个个衣冠不整，面黄肌瘦，眼神空洞，无精打采，被外国人蔑称作"东亚病夫"，神情萎靡、病体缠身者更是比比皆是。奥地利心理学家阿德勒曾用自身经历，阐述了人如何因疾病而产生的心理畏惧与性格自卑。如何解决这个问题？张伯苓通过观察和体验，寻找疗治途径，认为越是有缺陷的孱弱身体，就越是需要有意识地加强体育活动。这意味着，强壮身体与完善人格，应该是互为因果、相得益彰的关系。

张伯苓在实践教育救国的办学过程中，最大的一个发现，就是悟出学生的身体锻炼与国家强盛的关系密不可分。在他看来：

> 国民体魄衰弱，精神萎靡，工作效率低落，服务年龄短促，原因固属多端，要以国人不重体育为其主要原因……外国人四五十岁是正当工作的时间，我们中国人三十岁以后便做正寿，大概四十岁便入黄土了。体力、脑力不充足，做事的效果如何能好？……这不是个人的不健全，乃是我们的历史使然，一代一代地传下来，形成了我们危弱的身体，所以

我们身体的健壮是要紧的。我们的身体强不见得是要打仗，就是做事也很要紧。[1]

为改变这种国民颓相，张伯苓从在学堂读书的孩子的体质训练开始，以带动整体精神面貌。

清末，有关教育管理机构对学堂的体育课并无要求，完全就是一种可有可无的状态。张伯苓觉得很不应该。受北洋水师学堂总教习严复翻译赫胥黎《天演论》中"优胜劣汰"的观点影响，他强调改变中国人"身体素质"就是实施"教育救国"的一项重要内容，且刻不容缓。张伯苓开始自行制订体育教学方法和章程，并身体力行，做出表率。南开元老黄钰生回忆：

> 1892年（应为1898年——引者），早在他当严、王两馆私塾教师的时候，当士大夫、读书人、学生还是宽袍博带、端着长指甲、迈着方步的时候，他已觉悟到身体锻炼的重要，冒着当时的大不韪，带着他的学生，跳高、跳远、踢球、赛跑。……张先生的体育思想，多少是古希腊式的，或者是欧美式的，但是不轻视身体，重视健康，把身体健康当作一切事业的基础和资本。[2]

作为教育救国的先行者，张伯苓意识到对于中国少年的知识教育，只有"德智体"齐头并进才是出路，"强我种族，体育为先"才是正道。他甚至认为，"教育里没有了体育，教育就不安

---

[1] 孙海麟主编：《中国奥运先驱张伯苓》，人民出版社，2007年，第268页。
[2] 南开大学校史研究室编：《巍巍我南开大校长——纪念张伯苓先生》，南开大学出版社，2016年，第134页。

全。我觉得体育比什么都重要，我觉得不懂体育的，不应该当校长"①。这个教育理念也暗合了18世纪法国思想家卢梭的主张，"为了要学会思想，就需要锻炼我们的四肢、我们的感觉和器官，因为它们就是我们的智慧的工具；为了尽量地利用这些工具，就必须使提供这些工具的身体十分强健。所以，人类真正的理解力不仅不是脱离身体而独立形成的，而是有了良好的体格才能使人思想敏锐和正确"②。

循此轨迹可以看到，西方的一些体育理念和项目，最先传入天津，不断蔓延，深刻地影响了中国近代体育的成长与发展。

张伯苓是真正从娃娃抓起。他本人从小喜欢玩，变着法换着样地玩，常说"不会玩的孩子是傻孩子"，"只知道压迫着学生读死书的学校，结果不过是造出一群'病鬼'来，一点用处也没有"。与梁启超在《少年中国说》中"少年强，则中国强"的说法，英雄所见略同。他在军校受过专业操练，喜欢那种训练有素的作风，并将之引入学堂。他对个别学生沾染吸食鸦片、酗酒、嫖妓、赌博和早婚等不良习气，采取零容忍，如果属实，一律开除，对于学生"体态松懈，言语蛮横，奇装异服，光彩华丽，凡一切惹人注目之行为装饰，皆行禁绝"③。

张伯苓执教严、王家塾时还是清末，他仿照北洋水师学堂的体操器具，绘制哑铃和棍棒图纸，交给木匠定制，用于弟子实际操练。体育课练习跳高，他在院里放上两把木椅，中间架上一根鸡毛掸子当作横杆，学生把辫子盘在头上，穿着靴子，撩起长袍

---

① 梁吉生、张兰普：《张伯苓画传》，四川教育出版社，2012年，第224页。
② 张重宪：《体育是"万能"的》，《张伯苓研究》（内刊），2021年第四期冬季号，第12页。
③ 《南开周刊》（第一卷），1929年。

衣襟，跳来跳去。横杆的高度不够了，就在下面垫几本书或木头。练习跳跃木马，他让学生屈身，两手撑膝，排成一列，然后鱼贯腾越，代为木马练习。

张伯苓把体育课引入家塾，深得严修的赞许。严修在任贵州学政的那几年，一路见到无数饥民朝不保夕，命如草芥。到贵州后，更是目睹当地百姓瘦弱多病，生路暗淡，触发很多感想。在写给儿子们的信中，他屡屡敦促他们锻炼身体，加强生存能力。

严、张对于"强国必强种"的想法，可谓一拍即合。早在1914年，张伯苓就在《敬业》期刊发表了《德智体三育并进而不偏废》的文章，为的是造就完全人格。时任教育部长的蔡元培，对此提法给予高度评价，称赞南开的体育活动"已臻佳境"。

不过，那时严、王家塾的体操练习，也只是一种对图简单模仿的自发行为。后来学堂迁到"南开洼"，场地宽敞，项目增多，对体育课训练的要求也更加严格。体育课程主要是兵式体操，并聘请一位体操教师指导学生训练，吴大猷在1921年插班进入南开中学旧制二年级，对学校严格军事化的体操训练印象极深。他在回忆录中提道："天津的冬天非常冷，尤其像我这样从南疆来的人，感觉更为灵敏。但即使如此，体操训练是每天必经的一课。每个人都要穿制服，扎绑腿，早上5点出操。当时学校没有体育馆，只有室外大操场。但没有人要求改变这一训练方式。"[1]学生们经历过如此严格的体操训练，对于身心成长受益无穷。

南开的体育课属于必修性质，如遇风雨天气，体育课就会改在室内完成。主要学习和交流的内容，涉及中国体育史、西洋体育史、运动生理常识、体育标准、体育规则等。

---

[1]《张伯苓研究》（内刊），2020年第三期秋季号，第23页。

　　一时间，校园里生龙活虎，体操（体育）由此成了南开学堂的必修课。以至于后来建立南开大学，还作出明文规定，学生"须习毕三年规定之体育课程"才"准予毕业"。黄钰生回忆：辅导篮球，有个叫赛勒的美国人；练短跑，有一个叫朱神勉的华侨；练跳高，有个叫万克教英语的美国教员……诸如此类。学校行政上有体育课，章辑五由物理教员改任体育课主任，聘董守义当篮球队"五虎将"的教练员，那是以后的事了。①

　　南开中学还规定，下午3点以后，教室全部锁上，所有的学生一律到操场，参加各种体育活动，除了下大雨，从不间断。张伯苓为了调动教职员工参与体育赛事的热情，自己更是一马当先，仿佛少年附体，和学生们在一起做游戏，教给他们各种操练和室外运动，如骑自行车、跳高、跳远、踢足球等。他还曾在1919年南开教职员工运动会上，以8秒成绩获得"百码赛跑"第一名。

　　早在1904年，天津学校体育联合会组建之初，张伯苓即以私立敬业学堂名义率队加盟，并从1909年第七届开始主持筹办。20世纪20年代后期，由张伯苓发起，在南开学校创办了由张伯苓、颜惠庆等人为名誉会长的天津体育协进会，得到业界响应，并相继成立了天津体育教师联合会和天津裁判委员会。至1932年，总计有40多个社会团体和学校成为体育协进会的团体会员，并承担了天津各项体育活动的组织管理事宜。在张伯苓、董守义、章辑五等天津体育界名流的努力协作下，天津的体坛赛事开展得红红火火。

　　南开是私立学校，经费来源有限，张伯苓在体育设施上却很

―――――――
① 黄钰生：《南开中学的集体生活》，《黄钰生文集》，百花文艺出版社，2009年。

舍得花钱。通过一系列踏踏实实的经营，到20世纪中期，大学部和中学部共设篮球场15个，足球场5个，排球场6个，网球场17个，器械场3处，拥有400米跑道的大运动场2处。更为耀眼的是各种体育团队：网球队66个，篮球队50个，足球队44个，排球队11个，垒球队10个，田径队1个，完全进入有序状态。[1]南开这一系列硬邦邦的"基础设施"当之无愧地成为国内体育设施最完备的学校之一。学校的足球队、篮球队、排球队、棒球队、网球队、田径队、越野赛跑队、曲棍球队等，为南开赢得了很大声誉。

学校每年都有各个级别运动比赛的日程安排。时间大体是固定的：3月中旬是篮球比赛，4月下旬是春季运动大会，5月中旬是排球比赛，6月上旬是垒球比赛，9月举行网球比赛，学校纪念日举行10项运动表演，11月底是足球比赛，12月底是越野比赛。举办运动会竟占用4天时间，放眼百年来的国内重点中学，除了南开，再无其他。

赛事紧锣密鼓，好戏连台，学生体质大变，精神面貌焕然一新。

张伯苓不会一味强调体育比赛成绩，而疏于对道德精神的管理。他的想法是，通过体育竞争铸就一种团结、合作的力量和境界。

在一次全校运动会上，有些苗头引起张伯苓的警觉。他发现，某些班的跳高运动员专门选有弯曲的横杆用之，如此可以相对降低一点高度，张伯苓认为此类投机取巧之风不可长，立即提出严肃批评："在校见他人用弯杆，己遂效之，而不问用弯杆之

① 孙海麟主编：《中国奥运先驱张伯苓》，人民出版社，2007年，第83页。

正当否也，则他日出学校入社会，人皆用弯杆，尚能望其独用直杆乎？曰人用弯杆，而我用直杆，我岂非傻哉！曰：然欲成事者，须带有三分傻气。人唯有所不为也，而后可以有为。不问事之当否，而人为亦为，滔滔者皆是也。"①他还特别道出这个问题的严重性质：

> 凡欺人者，即幸能欺其所欺之人，亦必失信于其旁观者。自损名誉，难逃人眼。若二人合谋欺一人者，其后必自相争，虽一时巧弄谲诈，使人莫我知，终亦未有不声闻于外者。林肯有云："虚诈可欺少数人而不能欺全世界，可欺人于一时，而不能欺人于永久。"其言信也。虚诈之事，一旦发露，人将群起而攻之，可不惧哉！人思至此而犹不急退自返者，是在知识为不足，在道德为软弱也。②

张伯苓还有一个力排众议的规定，要求学校所有的体育项目中，女同学不得缺席。这样的规定，在20世纪20年代封建习俗大行其道的旧中国，无疑是需要胆识的。1926年11月，他曾应约为上海两江女子体育师范学校题词，积极传播自己的体育教育理念：

> 强我种族，体育为先。平均男女，促进健全。钦美贵校，巾帼英贤。懦弱之耻，以雪巨渐。四载孟晋，奋迅无前。起衰振靡，用广师传。俚俗恭祝，寿考万年。③

---

① 崔国良编：《张伯苓教育论著选》，人民教育出版社，1997年，第22页。
② 崔国良编：《张伯苓教育论著选》，人民教育出版社，1997年，第22页。
③ 南开校史研究中心编撰：《南开史话》（内刊），2015年，第89页。

张伯苓将体育运动与"强我种族"挂钩，还把两江女子体育师范学校篮球队请到南开交流比赛，互相鼓劲。

1928年10月，在张伯苓和天津体育协进会会长章辑五的奔走呼吁下，天津市第一届女子体育联合会在南开运动场举办，这也是天津体育史上的首创。赛会设置也是"量身定做"，别开生面，除一般常见的田径项目，还增加了徒手操、小舞蹈。在如此氛围的体育环境中，南开女中和南开大学女生体育面貌焕然一新，不断涌现出在各级运动会项目上取得优异成绩的运动员和团体。1924年，张伯苓亲率南开女子垒球队一路在市级赛事中过关斩将，勇夺冠军。1930年，在天津市秋季运动会上，大学部理科生詹宗以7秒4的成绩一举打破女子50米全国短跑纪录。当时全国女子跳高的最好成绩，也是由南开大学女生许邦爱保持的。

张伯苓"德智体"全面发展的教育理念受到胡适的高度评价："伯苓当年的教授法已极新颖，堪称现代教育而无愧色。所授课程且有英文、数学和自然的基本学识，尤注重学生的体育。伯苓且与学生混在一起共同作户外运动，如骑脚踏车、跳高、跳远和足球之类。同时注重科学和体育，师生共同学习，共同游戏。张氏于此实为中国现代教育的鼻祖之一。"①

1909年，在张伯苓的争取下，第一届华北运动会在南开中学操场举行，他还多次担任各个级别运动会的领队、总裁判。

南开中学操场由此成了华北运动会的重要基地之一，并带动南开体育突飞猛进，一路高歌，陆续组建各种项目代表队，四处出征、八方鏖战，很快名气大扬，闻名全国。仅田径运动方面，

---

① 沈卫星主编：《重读张伯苓》，光明日报出版社，2006年，第363页。

南开中学号称"大金刚"的张颖初，"二金刚"逯明，分别成为全国"五项""十项"运动冠军，还有周兆元连获100米、200米华北区冠军，张曙明勇夺400米冠军。

张伯苓还是举办于1912年的远东运动会的发起人之一，对奥林匹克运动在亚洲的起步发展做出贡献。此运动会原名为"远东奥林匹克运动会"，1920年被国际奥委会承认。1913年至1934年间，先后在菲律宾的马尼拉、中国的上海、日本的东京和大阪举办了10届远东运动会。最初为两年一届，1927年后改为四年一届。前四届只有中国、日本、菲律宾参加，从第五届开始，印度、印度尼西亚、越南也相继加入，竞赛程度变得激烈起来。运动会设有田径、游泳、足球、篮球、棒球、网球和排球7个项目。

张伯苓打破惯例，从筹备到运动会开幕，裁判工作皆由中国人担任，且在赛事过程中不准说"洋话"，坚持中国的体育运动会中国人自己办。除此，他还多次率队去日本比赛，路上一再告诫我方运动员："比赛应以道德为根本，勿伤运动员之资格，而保我国体面。"

给南开学子留下深刻印象的是1915年在上海举办的第二届远东运动会。当时在外国人眼里，短跑实力最强的铁定是日本选手，特别是擅长半英里短跑的日本名将吉子英极具"冠军相"，最被彩民看好，赔率竟然高达数百比一。意外却出现了，来自河南项城的南开学子郭毓彬偏偏不信邪，决赛发令枪一响，他紧随吉子英，最终在冲刺阶段箭一般地完成超越，现场顿时掀起一片沸腾的声浪。此后，郭毓彬再接再厉，拿下1英里赛跑冠军，成为那届运动会最惊艳的一匹黑马，让外国选手输得心服口服。

1934年，日本侵略中国，并试图将"伪满洲国"拉进远东运动会。中国识破日本分裂中国的阴谋，愤而宣布退出，随之远东体育协会解体，远东运动会亦寿终正寝，被画上句号，退出历史舞台。

"南开五虎"与棒垒名扬

20世纪二三十年代，南开的各种球类运动都曾在业界取得骄人成绩。特别是著名的"南开五虎"篮球队更是南开学校体育引以为荣的一面旗帜。

篮球运动传到天津，可以追溯到清光绪二十一年（1895年）。是年12月8日，美国传教士在天津基督教青年会进行了一次篮球表演，引起一些新式学堂的关注。转年3月，也是在天津青年基督教青年会，举行了中国体育史上的第一场正式篮球比赛。随之，篮球运动在北洋水师学堂、电报学堂、武备学堂相继展开。

1903年秋，南开中学、新学书院、汇文中学等中学正式建立了校级篮球队，并

"南开五虎"与教练董守义在一起

逐步扩展至工厂、机关和企业。一时间，天津的街道里巷篮球热爱者云集，简陋球筐四处可见，小型篮球场地也四处开花。一些地方还建了灯光场地，夜间比赛，灯火通明，人群攒动，观者如潮，一时间天津有了"篮球城"的称誉。

被张校长赞为"南开最好的学生"的周恩来也喜欢运动。当时学校以班为单位组织比赛，周恩来是本班"勇"队篮球队的骨干成员，并担任"勇"队排球队主力选手和足球队的中锋。这几支球队在校级的数次比赛中，成绩皆名列前茅。他担任南开中学敬业乐群会长期间，为排演话剧与大家在高庄子村（在今津南区）体验生活，还临时组建篮球队与当地学校师生进行对抗比赛。

在1922年校际联合运动会上，由祝瀛洲、刘鸿恩、邹锡、潘景武、李世珍组成的南开篮球队初露锋芒，连克青年会队、北洋大学队等多只劲旅，一举夺魁，此后又获得华北区冠军。他们配合默契、战术精湛，此后的1924年5月，南开青年篮球队的主力成员，与北洋大学的前锋黄玉铜、清华大学的中锋冯灿洲组成华北区篮球代表队，由张伯苓为领队、董守义为指导，赴武汉参加第三届全国运动会篮球锦标赛，势如破竹，再次摘金。

遗憾的是，这支风光一时的篮球队回津后，随着队员毕业离校，造成后继乏人，青黄不接，实力骤减，逐渐沦为胜少败多的"软柿子"。在一场与清华篮球队对阵的友谊赛中，被昔日的手下败将轻松取胜，清华队还轻蔑地把南开队称为"篓子"队，一时成为笑柄。

在京津一带，"篓子"是一种不敬的戏谑称谓，比如"臭棋篓子"，就是形容其不堪一击，逮谁输谁。南开学子哪里忍得下这口恶气？1925年，由南开中学一年级学生王锡良、李国琛、魏蓬云发起了一支篮球队，很快便有刘建常和唐宝堃加盟，自称"篓子队"，其幽默自嘲的背后，升腾着一种昂扬进取的自勉自励精神。他们生龙活虎，敢打敢拼，不畏强敌，球艺发展迅速。到三年级时，"篓子队"5位成员全部选入南开校队，威风凛凛杀出一方天地。

"篓子队"先是在天津篮球比赛中摘取桂冠，又通过基督教青年会干事董守义的高水平执教，在华北区男篮比赛中连克劲敌，荣获冠军。因屡屡击败中外强队，他们享有"专打洋鬼子"的美名，书写了中国篮坛史册上的一个传奇。

"南开五虎"的出现极大地提升了南开校园的篮球热度。那几年，各种名称的篮球队如雨后春笋，不断冒头，各类赛事也是紧锣密鼓。每天一大清早，就有人在体育课前等候订场子，如同戏迷在戏院门口排队买门票一样热闹。

高水平的篮球队，必然会与高水平的教练调教分不开。

董守义（1895—1978年），出生于河北蠡县，12岁在保定同仁学堂读书时见到了篮球，为之着迷，并一生结缘。董守义的篮球启蒙者是学校的一位体育老师，他领同学来到一块空地上，把两只露底的竹筐钉在两侧的树干上，然后双手持球，盯住竹筐，动作敏捷，从腰间向前方投出，皮球迅速落入筐中，引起一阵惊呼。然后他让学生们把长襟掖在腰间，将辫子盘在头上，开始教这些孩子拍球、运球、传球等基本动作，董守义从此练就了一身基本功。后来他来北京读书，受张伯苓的影响，担任了天津基督青年会的体育干事。青年会希望他能成为传教士，但他选择了从事体育工作。

1923年，他被青年会推荐到美国麻省斯普林菲尔德市的春田学院进修两年，在多种球类体育项目上显露出过人天赋。美国校方希望他能留校，并提供了优渥的条件和住房，他却婉拒，回到天津。1925年，慧眼识珠的张伯苓邀请董守义担任南开大学的体育指导，直接的成果便是"南开五虎"的崛起。他的强项在于，不仅有傲人的实践经验，还能把经验化为理论成果，出版了《篮球术》《田径赛术》《足球术》《最新篮球术》《篮球训练法》《国际奥林匹克》等著述。他被称为中国篮球"教父"级人物，还是中国现代体育事业的奠基人之一。

1928年，南开校队赴太原参加华北区男篮比赛，一举夺得华北赛区冠军。

在1929年举行的华北运动会上，南开中学篮球队以南开大学的名义参赛，接连战胜由体育系学生组成的北京师范大学等队，收获金牌。不久球队南下上海，先后战胜了沪宁大学队和由外国人组成的海贼队和匹兹堡队，以及刚在日本取得全胜在回国途中路过上海的菲律宾队。上海报纸曾有这样的报道："沪上各队莫敢撄其（菲律宾队）锋，而南开独不示弱，订期比赛，到时人山人海，都为南开捏把汗。而南开健儿攻守咸宜，合作尤强。经过场合紧张回合激烈战斗，菲队实力虽强，终败于南开之手。于是，南开队威震远东，'南开五虎'之名，遂传播遐迩矣！"[1]

为纪念这段极不寻常的历史，南开大学校园内正式有了"五虎路"的命名。

不仅篮球，棒球、垒球运动在南开同样开展得顺风顺水。

现代棒球运动起源于美国，由于津门开埠的原因和异国租界文化的影响，天津也成了中国开展棒球运动最早的城市之一。

1908年，张伯苓赴欧美考察受到启发，回校后组队，点燃了

---

[1]《张伯苓研究》（内刊），2020年第三期秋季号，第24页。

南开的"棒球热"。1911年，南开中学成了天津第一支学校棒球队，并请来专家担任教练。随后北洋大学、新学书院也相继成立了棒球队，一时间各种比赛陆续开展，但大家公认实力最强者非南开队莫属。

张伯苓对棒球运动的那种热爱，令人动容。每当南开棒球队参加重大比赛，他再忙也要挤时间观战助威。这时候，他会坐立不宁，激动的样子像个孩子。1914年，在北京举行的第二届全国运动会上，棒球正式被列为比赛项目，张伯苓率领以南开队球员为主力的北部棒球队一举夺魁，大放异彩。此后，南开队，或单独组队，或以加盟组合的形式，连续参加第三、四、五届全国运动会，三夺亚军，名声大振。

现代垒球本脱胎于棒球，发源地也是美国。棒球运动需要室外的大场地，一遇到雨雪天气就会受阻，一些体育界人士开始考虑如何解决这个问题。美国芝加哥的棒球组织，最先做了技术改进，缩小棒球场地，将其移入室内，时称"室内垒球"，演变成如今的"垒球"项目。

垒球在20世纪初传入中国，最初还只是被当作某种"游戏"的工具。1916年，南开教师孙润生学着制作垒球，销售给喜欢这项运动的爱好者，受到市场欢迎。不久，垒球比赛在天津的一些学校开展起来。在南开，不仅体育课，平时课外活动时，操场上打垒球的人也越来越多。他们练习击球、投球、跑垒，兴致勃勃，煞是热闹。当时媒体形容南开的垒球活动，"班班有球队，周周有球赛"，并非夸张。甚至坊间传出来一种说法，"不懂垒球、不会打垒球的人，不会是南开毕业的学生"。在如此雄厚的垒球运动基础上，南开垒球队崛起，在津城各校中难觅对手，称"霸"一时，也就不足为怪了。

　　南开垒球队多次与究真中学组队，代表天津征战华北，屡屡获得佳绩，特别是在1935年举行的全国运动会中获得亚军。此后，以张伯苓名字命名的南开伯苓垒球队响彻津门，以至于推动了几十年天津专业垒球运动的长盛不衰。

　　随着南开体育事业的繁荣发展，南开女子篮球队、垒球队、排球队，也都水涨船高，力量雄厚，具有全国一流水平。甚至一些女队员在与男队的比赛中也是互有胜负，不落下风。

　　1931年，严仁颖、张锡祜、孔心语等创立了南敏体育会，带出足篮排几支运动队，最强的当属排球队。一度，南敏排球队在天津占据绝对的"统治力"，人称"一家独大"，但在全国校际赛事中屡屡不敌上海复旦、北平燕京大学校队。经过一段时间的卧薪尝胆，队员们磨炼球技，到1933年，实力已是今非昔比。

　　1934年，南敏排球队一路南下，首战上海体育专科队。尽管不适应体育馆的土质场地，仍技高一筹，以3：1获胜。接下来，面对强敌复旦队，本来取胜很有把握，偏偏这时主力队员张锡祜奉军令返回杭州执行任务。南敏队阵容不整，却斗志高昂，激战3个小时，最终以3：2险胜，以至于引起上海报纸的叹息："南人之长渐为北人所得……江湾十八年冠军付之流水。"①

　　严仁颖是严修之孙，因在学校出演《谁的罪恶》而得名"海怪"，张伯苓四子张锡祜被称为"陆怪"，两"怪"发起组建了一支声势浩大的"南开啦啦队"，在校内外赫赫有名，他们组织的多次活动都成了《大公报》《益世报》的新闻焦点。他们常常在运动会现场，排出"允公允能""南开精神""体育建国""运动第一"的字样，提升士气，振奋民心。最高光时刻是在1934年。

---

① 孙海麟主编：《中国奥运先驱张伯苓》，人民出版社，2007年，第119页。

为迎接在天津举办的第18届华北运动会，南开啦啦队阵容纳入了大学部、中学部、女中部的新成员，人数达900人，在会场接连排出"勿忘国耻""收复失地""还我山河""勿忘东北"字样，激起30000多名观众暴风骤雨般的掌声和呐喊，震惊天津，轰动全国，由此引起日方向南京国民政府外交部提出"严重抗议"。[1]

足球运动，曾寄予了张伯苓教育救国必须"强身强种"的梦想和理念。他将足球运动与团结奋进的国民精神联系在一起：

> 西洋人嘲笑我们是"一盘散沙"，做事是"五分钟热度"，事实是最好的反证。足球比赛是一种团结合作性很强的运动，全队必须团结一致，顽强奋战，才能有取胜的希望。我们以此克服"一盘散沙"，不失一副良剂。足球比赛的时间长，紧张而激烈，必须具备坚韧不拔的精神，如此以作为服务于社会的准绳，就不会被嘲笑为"五分钟热度"了。[2]

张伯苓有时担任裁判，更多的时候则是出现在足球赛场充当啦啦队角色，为之站脚助威。他还忘记年龄，一有机会就亲自上场，在教师一方的球队司职守门员。他虽体型高大，却动作敏捷，高扑抵挡，表现出彩，引起阵阵喝彩。

在南开，运动员是最荣耀的称号之一。南开代表队每次从华北运动会、全国运动会或远东运动会载誉归来，无论怎样的天气，也不管是白天还是夜晚，只要运动员一回到天津，就会受到三路队伍的欢迎：一路打着横幅，手捧鲜花，伴着喜庆乐曲声在

---

① 孙海麟主编：《中国奥运先驱张伯苓》，人民出版社，2007年，第258~260页。
② 潘强主编：《天津近现代著名教育家传略》，天津教育史研究会，1995年，第77页。

火车站翘首以待；一路挥着彩旗、放着乐曲，在电车站迎接；还有一路在校门口点燃鞭炮，列队等候。张伯苓会亲自主持盛大的欢迎仪式，各方代表先后致辞，表达对运动员的敬意和祝贺。

由于南开的体育勃兴，天津也成了中国近代体育的发源地之一。

最初的奥运之光

中国近代一些先贤，已经意识到导致晚清中国积贫积弱、摇摇欲坠、日薄西山、穷途末路的原因有许多，其中令人触目惊心的重要一点，就是被无数国人的病体残躯拖了后腿。于是便有康有为提出"欲强国必须强民，欲强民必须强体"的体育救国思想。孙中山提出"强种保国""强民自卫""尚武强身"等体育思想。同一时期，张伯苓在兴学办教中突出强调，"在现代世界中求生存，必须有强健的国民"①，正所谓英雄所见略同。在那个暗淡的年代，这些犹如空谷足音的呼吁具有振聋发聩的力量。

西方体育项目和竞赛制度得以在中国引进，大体通过了这样四种途径：一是通过在华的宗教组织和教会学校的介绍和传播；二是外国侨民的示范影响；三是"洋务"运动的主动推介；四是晚清政府受"维新思想"影响，推行"新政"，对于一些私立或教会学校引入"体育课"，尝试搞一些包括足球、拳击、跨栏、跳高、跳远、游泳、体操等在内的运动项目，给予支持，

① 孙海麟主编：《中国奥运先驱张伯苓》，人民出版社，2007年，第301页。

助其发展。

奥林匹克运动起源于曾经是奴隶社会形态的古希腊。在那个异常遥远的年代，战争连绵不断，各个城邦为了取胜必须充实武士，还要让他们身强体壮，以抵御强敌，同时不断开展有组织的运动竞赛和祭祀活动，强化"抱团"意识，形成了古代奥运会的雏形。由于此后罗马征服了希腊，宣布基督教为国教，长达1169年的古代奥运会历史也随之结束。

19世纪晚期，因工业革命的推进和科学文化教育的勃发，很多国家开始建立各自的体育组织和竞技制度，为奥林匹克运动的复兴创造了有利条件。1894年1月，法国教育家顾拜旦致函各国的奥林匹克组织，建议筹办国际奥运会，获得广泛响应，直接的成果便是1896年在希腊雅典举办了第一届现代奥运会。

几年后，中国人通过媒体报道了解了奥运会盛况，眼界的开阔刷新了国人的体育观。1904年，在天津基督教青年会兼职的张伯苓，从青年会干事饶伯森口中得知赛事盛况，并了解了奥运会所倡导的公平竞争和道德理想，引起好奇和共鸣，当众表示，"我对我国选手在不久的将来参加奥运会充满了希望"，并发出建议，"中国人应该加紧准备，在不久的将来也出现在赛场"。①

张伯苓在参与举办天津学界第五届联合运动会期间，发表了"雅典的奥运会"的主题演讲，以先觉者的远见，提出"中国要加入国际奥林匹克大家庭"的设想，对"参与比取胜更重要的"奥林匹克体育思想精髓也表达了异于常人的见解。

1907年，张伯苓主张中国加紧筹建奥运会代表队，以备出席将来的奥运会。1908年8月，张伯苓受直隶省派遣赴美国参

---

① 孙海麟主编：《中国奥运先驱张伯苓》，人民出版社，2007年，第7页。

加世界第四次渔业大会，会后转道欧洲考察教育，借机观摩了在英国伦敦举办的第四届奥运会，成为亲临现场观摩奥运会的中国第一人。

一个月后，即1908年9月30日，饶伯森在给美国总部发回的年度报告中发问，"中国何时派一位胜利选手参加奥运会？中国何时派一支胜利队伍参加奥运？中国何时才能举办奥运，邀请世界各国选手到北京参加比赛？"这也是张伯苓一直思考的问题，被后来学者归纳为"奥运三问"，影响深远，传之百年。这三个设想，究竟是谁最先提出的，迄今尚无定论。其实，答案并不很重要，有专家认为值得关注的是，所谓"奥运三问"，"并非由某一个人提出来的，而是在天津基督教青年会的日常例会中，包括张伯苓、饶伯森在内的相关人员共同讨论通过的，也就是说，它是集体智慧的结晶"[1]。

如今中国体育健儿可以告慰九泉之下的张伯苓了，100多年前的这三个梦想，通过几代人实实在在的奋斗进取，都已成为伟大的现实。

但在当时，旧中国与国际奥运会毕竟相距太过遥远，张伯苓最先瞄准也是最现实的理想目标，还是"远东奥林匹克运动会"。此运动会每两年举办一次，由菲律宾、日本和中国轮流承办。1927年后改为每四年一届，从第五届开始，印度、印度尼西亚、越南也相继组团加盟。张伯苓是组织成员之一，先后参加过第二、三、五、八、九届，并数次担任中国队领队和大会总裁判，称得上是该运动会的"熟面孔"。

1930年5月，张伯苓作为中华全国体育协进会会长，率代表

---

① 孙海麟主编：《中国奥运先驱张伯苓》，人民出版社，2007年，第8页。

团参加第九届远东运动会，信心满满抵达东京，却大败而归。这也是他最后一次带队参加这个运动会。他从中得出的经验教训是，中国必须重视"体教结合"，尽早建立从小学、中学到大学的"一条龙"培养人才体系，打破体育比赛陈旧、封闭运转的窘境，植入竞技体育的国际化模式。

在乱象不断的清末民初，张伯苓为何要大力推重与民生看上去没有直接关系的奥运会？就是源于一种"体育救国"和"以'体'育人"的初衷和梦想。胡适对此大为称赞："承认科学和体育在教育上的地位，在师生的共同学习和娱乐中建立自由而民主的往来，在当时都是颇不寻常的试验。正是这些，标志了年轻的教师张伯苓，乃中国教育新哲学的创立者之一。"①

从1932年至1948年，中国一共参加了三届奥运会，留下的却是"零"的记录，成为现代世界体育史中的笑柄。曾有一幅题为"东亚病夫"的外国漫画，刻意嘲讽中国运动员：在奥运五环旗下，一群蓄长辫、穿马褂、面黄肌瘦形容枯槁的中国人，用担架费力扛着一个硕大无比的"鸭蛋"。现在这个耻辱画面早已成为历史记忆，却一直警示中国人不忘国耻，强大自己，砥砺前行。

这个过程之艰难曲折实在是一言难尽。体育从来不是单纯的竞技，而始终与复杂的世界政治企图、经济利益与地缘纠纷密切交织。张伯苓参与发起远东运动会，意在"协助增进各种经济运动之事业，发展各种竞技运动之组织，并增进运动之兴趣，发扬高尚之精神"，但事情绝非那么简单，远东运动会一直与东亚政治主权之争有着千丝万缕的关联。

---

① 胡适：《张伯苓：一代师表》，见[美]司徒雷登、胡适等《别有中华——张伯苓七十寿诞纪念文集》，张昊苏、陈熹等译，南开大学出版社，2019年，第14页。

第二届远东运动会便涉及了这个问题。此届运动会于1915年5月在上海举行，正逢日方提出严重损害中国主权的"二十一条"，中日之争愈演愈烈。绰号"飞毛腿"的南开学生郭毓彬在"八百八十码赛跑"和"一英里赛跑"中力挫日本选手，一举夺得两块金牌。不仅是中国选手首次在国际赛场上夺标扬威，也相当于为提振民族精神打了一针"兴奋剂"。郭毓彬凯旋，当时还是南开学生的周恩来率众同学挥舞锦旗在校门口迎接，还为郭毓彬召开庆功大会。到了1934年，远东运动会被迫停办，其背后真相，与日本对中国的施压有直接关系。

1931年，日本通过发动九一八事变，达到武装占领东北的目的，进而得寸进尺，一手导演建立"伪满洲国"傀儡政府，同时拼凑成"大满洲帝国体育协会"，力图挤进远东运动会和奥运会，以实现事实上分裂中国的目的。

1932年，第十届奥运会在美国洛杉矶举行，南京政府以"经费紧张"为由，宣称不派中国代表参加。日本觉得机会来了，开始在东北大学学生刘长春身上搞动作。刘长春是中国不可多得的短跑名将，九一八事件后，他躲回大连老家，不料却频频受到有日方背景的警察机关上门骚扰。无奈之下他秘密躲到天津，转赴北平，日方仍到刘家纠缠，许以高官厚禄让其作为"伪满洲国"运动员参加奥运会，只因刘长春的不予配合而陷入僵持。

消息一出，国人震惊，舆论要求国民政府立即表态，资助刘长春代表中国前往美国参赛。南京方面以经费和准备不足为由，声称只能派观察员出席。而这时，日本为占据位置，抢先替"伪满洲国"申报了参赛名单，并被批复有效。

时任东北大学校长的张学良知道这个消息，立即站出来，捐资8000银圆，帮助该校学生刘长春代表中国参加奥运会，并表示："我们要想推翻所谓'东亚病夫'的胡言谬语，要想提高国人的素质，要想在世界体坛争得名位，振奋民族精神，不请名将当先生，不破费点是不行的。"①

张伯苓也即刻行动起来，出面联系中国体育组织，急电国际奥委会为刘长春报名，最终促成其参赛成行。刘长春激情满满，在《大公报》郑重发表了"我是中华炎黄子孙，绝不代表'满洲国'出席第十届奥林匹克运动会"的声明。由是单刀赴会，孤身亮相，成了"中国出征奥运第一人"。②

1936年8月，第十一届奥运会由德国柏林承办。张伯苓一直是中国参与赛事的积极推动者，对外与国际奥委会积极联络，对内奔波于各地组织选拔有实力的运动员，寻请外籍专家指导。作为中国体育协进会的掌门人，他以领队身份被列入赴德名单，却因时间冲突、分身乏术而遗憾缺席了。当时，位于重庆沙坪坝的南渝中学（重庆南开中学前身）已定于9月10日举行开学典礼，这是张伯苓考察、奔波之后的一个办学新成果。一番权衡之下，教育家的责任和使命使其不再犹豫，他选择亲赴重庆，主持南渝中学的开学典礼。

1948年的伦敦奥运会，张伯苓依然是中国代表团参赛的有力推动者，多次辛勤奔波亲临现场选拔运动员。这一年，正是国民政府战事吃紧、四面楚歌的动荡时期，张伯苓面对人生交叉路口的选择深感茫然、措手不及，先是被动出任考试院院长一职，接着无奈辞去南开大学校长。尽管他很珍惜参加奥运会的机会，却终究无暇顾及，只能又一次与奥运会擦肩而过。

对于教育家张伯苓的体育观，国际奥委会前主席的雅克·罗

① 孙海麟主编：《中国奥运先驱张伯苓》，人民出版社，2007年，第237页。
② 孙海麟主编：《中国奥运先驱张伯苓》，人民出版社，2007年，第238页。

格先生曾将他与顾拜旦做了一番比较：

> 张伯苓与顾拜旦先生是同时代人，他与顾拜旦一样，首先也是一位教育家，并且是一位体育家。张伯苓在顾拜旦重新创立现代奥林匹克运动仅仅几年之后，作为天津南开中学的创始人之一，他认识到，在提倡普及与参与体育的同时，把教育与体育结合在一起具有重要意义。①

岁月见证了张伯苓为推动中国奥林匹克运动做出的拓荒般贡献，并永远存档珍藏，供后人回味。这些贡献主要体现在：他是提出中国要加入国际奥林匹克大家庭的第一人，他是倡导、组织"远东奥林匹克运动会"的先行者，他是组建中华全国体育协进会的创始人，他是奉派出席在荷兰举办的国际奥运会中国观察员的第一位人选（后因行程日期受阻，民国政府改派正在美国学习的一位官员由纽约径往阿姆斯特丹），他是奥林匹克教育进入学校课堂的最早践行者，他是促成中国体育健儿参加国际奥运会的最得力推动者。

这一系列沉甸甸的"第一"，记录了教育家张伯苓，作为中国奥运的一位先驱者的非凡历史功绩。

① 孙海麟主编：《中国奥运先驱张伯苓》，人民出版社，2007年，扉页。

第六章

民国『新剧』

中国话剧的一脉源头

宣统元年，日薄西山的大清国正在苟延残喘的惨境中徒劳挣扎。

1909年的一天，津门老城西北角文昌宫的某处宅院忽然热闹起来。一群师生模样的人，正在排演一出形式简单却别有生趣的三幕小剧，名为《学非所用》。言其形式简单，是因为只有寥寥几人参演；言其别有生趣，是由于剧中人物只有对白，没有唱腔，几个人物来来往往有来道去，这在以往没有先例，显得有些"不伦不类"。更离谱的是，私立南开中学堂的校长张伯苓是这出戏的策划者，集编剧、导演于一身，甚至还亲自登台，扮演主角贾有志。南开老师时子周，校董严修的长子严智崇、次子严智怡也以老师或学生的身份，分别扮演了其他角色。一时在社会上引来尖锐的质疑声。

那个年代，中国还没有"话剧"一说，人们姑且叫它"新剧"，也只是相对于"旧剧"而言。这种新样式，可以简化或淡化戏剧传统的某些清规戒律，与讲究童子功的中国戏曲艺术相比，基本上不设表演门槛，也就大大降低了普通学生参与演出的难度。新剧是从"文明戏"演化来的，只说不唱。"文明戏"是中国最初的话剧，应运而生于时代变化。在一些编演者看来，京剧内容封建、形式老套，必须用"文明戏"进行革命，另辟蹊径，才有出路。

在公立学校，这种自编自演的师生快乐同台场景是难以想象的。私立学校与公立学校相比，其不同之处除了教育内容与方式有一定的自主性，还具备集约化教育优势，可以自行组织学生活动。因此，也就不难理解，引进西式教育的南开私立中学堂，为何能够捷足先登，成为新剧萌发的土壤。

在旧时代，"戏子"地位低贱，往往与"娼妓"属于同类。南开师生演新剧的事传到社会上，闹得沸沸扬扬，招致一些老派人物的诟病，认为如此这般，老师不像老师，学生不像学生，自甘堕落，沦为"戏子"，世风日下，成何体统？

这件事却得到了严修的支持，老先生德高望重，因此，刚冒头的新剧也就没有在社会舆论中被一记闷棍打死。严修对中国传统戏曲不仅喜爱，而且精通，对新事物的关注和包容也是一如既往。张伯苓得到加持，无所顾忌，甘愿做第一个"吃螃蟹的人"，率一众师生变本加厉，花样翻新，一时演为时尚。

在张伯苓的教育宝典中，戏剧应在学生的素质教育中占据不可或缺的内容。他认为，"戏园不只是娱乐场，更是宣讲所、教室，能改革社会风气，提高国民道德"，并提出"练习演说，改良社会"的戏剧口号。这两者有什么关系呢？通过"练习演说"的手段提高素质教育质量，以实现"改良社会"的人生目标，同时，"从戏剧里面可以获得做人的经验。会演戏的人，将来在社会上必能做事。戏剧中有小丑、小生、老生等，如果在戏剧中能扮什么像什么，将来在社会上也必能应付各种环境。我不反对这种组织，因为在社会上做事正如演戏一般"。

他在《校风》杂志发表的《舞台·学校·世界》一文中，借用莎剧《皆大欢喜》中"全世界是一个舞台"的台词，就学校教育的重要意义作了进一步发挥。在他看来，学生登上新剧舞台，不单纯是一种娱乐活动，还可以为他们将来步入整个世界，面对人生，做些"预备"：

> 夫一校犹一剧场，师生即其角色。actors其竭虑尽思，以求导人之道及自励之方。佳者，亦多扮角之多为预备也。学生在校，不过数年，将来更至极大且久之舞台，则世界之剧是。
>
> 世界者，舞台之大者也。其间之君子、小人，与夫庸愚、英杰，即其剧中之角色也。欲为其忧者、良者，须有预备。学校者，其预备场也。
>
> 以上三者，事殊而理一。其理甚浅，诸生想亦易辨。吾今不欲多费唇舌，惟愿诸生各自为谋，日求上进。则诸生可为新剧中之角色，且可为学校中、世界中之角色矣。[1]

据此，有学者视张伯苓为"中国话剧第一人"，至少是"中国北方话剧第一人"，并非没有事实依据。1919年，胡适注意到了南开新剧团，曾著文《论译戏剧》为之鼓劲，"天津的南开学校，有一个很好的新剧团，他们编的戏，如《一元钱》《一念差》之类，都是'过渡戏'的一类；新编的一本《新村正》，颇有新剧的味道，他们那边有几位会员（教职员居多）做戏的功夫很高明，表情、说白都很好。布景也极讲究。他们有了七八年的设备，加上七八年的经验，故能有极满意的效果。以我个人所知，这个新剧团要算顶好的了"[2]。

① 崔国良编：《张伯苓教育论著选》，人民教育出版社，1997年，第17页。
② 张伯苓教育思想研究会编：《中国话剧先行者张伯苓、张彭春》，人民出版社，2009年，第34页。

中国话剧属于西方舞台艺术的"舶来品"。其在中国的风生水起，芳菲满园，一般认为有两个源头，或称两支脉络。一脉，为中国留日学生于1908年在日本创建的"春柳社"，标志性人物是李叔同、欧阳予倩等，以在东京演出《黑奴吁天录》一剧为标志，继而将西方戏剧艺术引入上海滩，表演得有声有色、引人入胜；另一脉，则是20世纪初在天津诞生的南开新剧团，代表性人物是张伯苓、张彭春兄弟，比如在南开中学堂首次上演的《学非所用》，就直接将西方戏剧形式植入本土，让它萌芽、结蕾、吐蕊。

值得一提的是，这两脉源头，无论是旅日春柳社，还是南开新剧团，其各自的核心人物李叔同和张氏伯苓、彭春兄弟，皆为地地道道的津沽人氏。

1916年，随着旅美留学归来的张彭春执教南开中学，南开新剧团在剧本、导演、演员表演、舞台美术和理论提高等诸多方面，都进入了一个新的发展阶段。

南开中学堂的新剧演出多在瑞廷堂进行。此址原来也是礼堂，1907年由袁世凯捐建。因袁世凯字慰亭，时称"慰亭堂"。1934年，实业家章瑞廷捐资3万银圆在原址重建而得其名。瑞廷堂由梁思成、林徽因负责蓝图设计，曾被《大公报》称为"中国第一礼堂"。当时南开校刊曾登载《南开演剧礼堂座位图》，可知其舞台正前方，向观众席延伸，呈半圆形，观众席为24区，并有楼座，说明在其设计、建造时已考虑到新剧公演的需要。此后，南开每年校庆都上演自编的新剧，1910年是《篾篑起废》，1911年是《华娥传》，1913年是《新少年》，1914年是《恩怨缘》，也由此助燃了各年级学生团参与编创、排演新剧的热情。

那时，南开中学演剧成风，即使一个班级开个普通游艺会，也要现场演戏。据1928年5月的《南开双周》报道，不到一个月内，有三个班级登台演出，包括《多计的仆人》《咖啡店之一夜》《瞎了一只眼》等剧目。高三文科开个政治学班模仿议会，会后也把正在排练的剧本《换个丈夫吧》预演一番。

《南开校史》记载的当年新剧团的故事，一直为老南开人津津乐道。一次，新剧团正在排演易卜生的话剧《国民公敌》，忽然莫名其妙地接到直隶督办、奉系军阀褚玉璞发来的禁演令，给正在兴头上的演职员当头一棒。褚玉璞是土匪出身，野蛮豪横，权力很大，说一不二。他听说南开排演了一个姓易的人写了一出名叫《国民公敌》的戏，有人从中使坏，偏说此剧含沙射影、心存不良，褚玉璞信以为真，一口咬定这戏是有意讽刺自己，必须封杀。

张伯苓觉得褚玉璞的无知既可气，又好笑，怎奈"秀才遇见兵，有理说不清"，只得屈从。"九先生"为排演这出名剧付出大量心血，被无理叫停，心有不甘，便一直在寻找转机。转年3月，恰逢国际话剧界纪念近代戏剧之父易卜生诞辰100周年，张彭春借机将剧名改为《刚愎的医生》，原汁原味地在舞台上正式亮相，获得各界好评。

南开剧团先后有过四位导演，即张彭春、仉乃如、严仁颖、华静珊。他们不仅懂戏，还以严格著称，对排戏、演出等各个环节的处理一丝不苟。为了演出质量和效果，他们甚至要求演员登台之前只准"吃七成饱"。仉乃如更是以不近人情的直脾气出名，在话剧排练过程中，满脸"凶相"，训人、瞪眼、喊叫、跺脚，成了家常便饭，以至于因排戏而委屈落泪的学生绝非个别人。一旦散戏，仉乃如即恢复如常，脾气也没了，像是换了一个人。他常把排戏的学生拉到一边，诚恳地检讨自己："我态度不好！为什么？咱们演戏是业余，不像人家职业的，天天干。所以，大伙松松懈懈。彩排前，训一回，大伙儿警惕了，注意力就集中了。咱们南开演戏，几十年，彩排前导演不发脾气的少。当初周恩来校友也没少挨训，一挨训，明天的戏准棒！"[1]

最初，南开新剧团的演出多为"幕表戏"，没有成形的剧本，编剧只写出故事梗概，由演员上台发挥。但话剧与相声毕竟不是一回事，不能靠即兴互动与立身。话剧没有剧本做依托，表演过于随性，难以保障演出质量。张伯苓觉得话剧这样走下去不行，既然是新剧团，就应该讲究章法，有板有眼，正规起来。他要求先有完整的剧本和精心的设计，才可以进入下一步的舞台排练，达到正式演出的效果。这已经很接近今日话剧院团的"剧本制"和"导演制"了。

由于男女不同校，演员出场只能是男扮女角。周恩来在担任剧团的布景部副部长的同时，也显示出不俗的表演能力，先后在《一元钱》《华娥传》《仇大娘》《千金全德》《醒》等多部剧中演女角，被大家认可。比他晚几届的同学，如曹禺和邓颖超，也曾在就读南开中学堂与南开女中的那几年，各自扮演过女角和男角。周恩来的女角形象，曾得到梅兰芳的赞许，在许多年后的一次全国文代会上，周恩来见到梅大师，笑谈往事，还打趣道："我们还是同行呢。"[2]

十几年里，南开新剧团排演过50多部话剧，其制作的专业化远远超出一般的校园剧团，具有很高的社会公演水平，不仅驰名

---

[1] 张伯苓教育思想研究会编：《中国话剧先行者张伯苓、张彭春》，人民出版社，2009年，第302页。
[2] 张伯苓教育思想研究会编：《中国话剧先行者张伯苓、张彭春》，人民出版社，2009年，第131页。

于京津冀一带，北至东三省，南至上海、南京，都能让人感受到南开话剧的影响力。那些年，鲁迅、胡适、宋春舫、梅兰芳等文化艺术界专家名流，都曾先后专程前来观剧。

半个多世纪后的1983年，已逾八旬的邓颖超来到被她称为"第二故乡"的天津。重访南开中学，老人家站在熟悉的瑞廷堂讲台，面对年轻的师生，回顾自己的童年和青少年都是在天津度过的。接下来，话题从瑞廷堂转向了当年的南开话剧，不胜感慨道："你们这个礼堂啊，五四运动开会我来过。你们南开学校的话剧，当年有名，我在你们二楼看过。当时没有钱，我们住在河北，晚上来看戏，很不容易。看一次戏啊，简直美极啦！你们现在还搞话剧吗？（笑声）你们话剧这个传统我看还要接下去。因为周恩来同志是话剧的提倡者。曹禺同志也是你们南开有名的学生，现在是国内著名的作家呀，他也是搞话剧的。这一门如果你们没有，还是缺门的话，将来是不是补一补，这是我提的一点建议……"①

南开新剧团是特定历史时期的产物，也玉成了老一代南开人的金色记忆。

张彭春的戏剧影响力

过去年代，张彭春一直在张伯苓的巨大光环里深藏不露。其实，在其教育家身份之外，他的多方面造诣和成就，特别是在新

---

① 张伯苓教育思想研究会编：《中国话剧先行者张伯苓、张彭春》，人民出版社，2009年，第186页。

剧的萌发和推广方面，也很值得书写。

旅美留学期间，张彭春分别在克拉克大学和哥伦比亚大学攻读文学、欧美戏剧和教育学，获得本科、硕士学位。其间，他曾在夏威夷大学开设中国戏剧课程，讲学一年。几年后，该大学邀请赵元任讲授同样课程，竟被婉拒。对于这件事，赵元任在给胡适的一封信中给出的理由，是出于自知之明。"音乐还可以对付，戏剧我已去函敬谢不敏了。披·西（指张彭春）去过之后，我还去班门弄斧吗？"[1]

1916年，张彭春回国，担任南开学校专业部主任一职。他重视启蒙和引导，很快就把学校的美育培养工作提升了一个高度。

一天下午，他通知全体学生到大礼堂开会。学生们看到讲台上放着一个留声机，又见"九先生"拿着一张唱片站在台上，不知道会议内容是什么。"九先生"示意会场安静，告诉大家一起听一支歌，名叫《伏尔加船夫曲》，是由世界最优秀的俄罗斯男低音歌唱家夏里亚宾演唱的。随后，他简略介绍了船夫们唱歌时的环境和背景。留声机上的唱片开始转动了，在伏尔加河上，载着沉重货物的船只即将起航，步履艰难的纤夫唱着悲凉的歌，由远而近，又由近而远，他们的歌声也越来越弱，却余音缭绕。唱片播放完，欣赏会结束，许多学生仍沉浸其间。[2]

后来，在张伯苓赴美一年多的时间里，张彭春担任过代理校长一职，为了区别老校长，大家称他为"张九校长"。在师生眼里，张伯苓的外表与魄力，使人隐隐感受到某种霸气，而张彭春的言谈举止则更容易让人接近。前者有大校长之威，"九先生"则有博雅之仪。

---

① 侯杰、秦方：《张伯苓家族》，新星出版社，2018年，第260页。
② 龙飞、孔延庚：《张伯苓与张彭春》，百花文艺出版社，1997年，第70页。

　　一段时间，南开流传着与张彭春有关的两句"名言"。一句是张彭春在美育课上说的，"一个人工作时，需要有火热的心肠，而处理事情，则要有冷静的头脑"。另一句是学生喜欢说的歇后语，形容张彭春对于戏剧排练的那股子严格与执着的劲头："九先生排戏——受不了"。①

　　南开并非艺术类学校，自然没有培养戏剧专业人士的责任，但是南开新剧团的的确确为中国话剧培育了一批栋梁之材。从这个意义上看，"九先生"对中国话剧的贡献，已经超出"南开新剧"的本身，这也是不争的事实。

　　1929年，他在南开大学执教时，第一次与南开新剧团的合作，便是排练导演了高尔斯华绥名剧《争强》。在演出前，张彭春上台致辞，讲解剧情，台下却声音嘈杂，有两位坐在前排的女士目无旁人地在聊天。"九先生"发现了，不客气地予以制止，特别讲明要改变一下观赏习惯，看大锣大鼓的京剧与看话剧是不同的。整个剧场一下子没了噪音，观众在安静的环境里欣赏到了一场好剧。

　　文明戏类似今天的小品，

1935年，张彭春（左1）导演《财狂》时的工作照，这是指导万家宝（曹禺）饰演韩伯康彩排戏的情景

---

① 龙飞、孔延庚：《张伯苓与张彭春》，百花文艺出版社，1997年，第75页。

初期有京剧唱腔，对话用京白，后渐渐放弃唱腔，以口语对话，但仍取"明星制"，靠大牌演员即兴表演招徕观众，导演则被认为作用有限，甚至有些"多余"。张彭春则遵循西方话剧的"导演制"，强调剧团里面没有明星，各个演员都是主角，拒绝随性，规范严密。有"电影皇帝"之称的南开校友金焰，对张彭春的导演风格印象极深："彭春老师排戏严格极了……一进排演场，他什么都预先规定好了。无论是台词或是台步，甚至于台词的轻重音。这和我后来到上海参加田汉领导的南国社拍戏时可以即兴表演，演出时甚至也还允许自由发挥，完全是两回事。当时我想，看来张彭春是另有所师的。"①

2010年11月16日，京剧被联合国教科文组织列入"人类非物质文化遗产代表作名录"，成为中国传统文化和艺术具代表性的艺术表演形式。然而在现代京剧史上，学界对中国京剧的质疑一直没有休止。胡适与张彭春都曾在美国哥伦比亚大学留学，皆为西方文化艺术的传播者，回国之后，他们对中国戏曲的看法却大相径庭，令人诧异。

1918年，胡适在《新青年》杂志发表了一篇批评中国戏曲表演如何不真实的文章，措辞严厉，语多不敬，"中国戏台上，跳过桌子便是跳墙，站在桌上便是登山；四个跑龙套便是一千人马；转两个弯，便是行了几十里路，翻几个筋斗，做几个手势，便是一场大战。这种粗笨愚蠢，不真不实，自欺欺人的做法，看了真是使人作呕"②。胡适的看法，代表了一部分权威的艺术"门外汉"对中国艺术"假定性思维"的认识误区，这其中也包括有"新文化运动"旗手之称的鲁迅。

---

① 侯杰、秦方：《张伯苓家族》，新星出版社，2018年，第226页。
② 南开校史研究中心编撰：《南开校史》（内刊），2015年，第112页。

与胡适一样，鲁迅对京剧表演形式的批评同样尖刻，且更带有某种个人主观好恶的偏激色彩。京剧、国画、中医是享誉世界的三大国粹，鲁迅皆无好感，认为所谓"三大国粹"，更多的是一种"意"和境界的体现，缥缈无定，难以言表。故此，有学者认为，鲁迅的审美思维定式，更多地偏于"理工"型，注重事物的确定性，而非模糊性的美学倾向。

鲁迅对京剧颇多微词，从无掩饰，即使是小说写作，也不放过明讥暗讽的机会。在《社戏》里，鲁迅以第一人称口吻，讲述"我"在20年里只看过两回京剧，印象中无非是"咚咚的敲打、红红绿绿的晃荡"，一次，"我"专门看名角"小叫天"演戏，"看小旦唱，看花脸唱，看一大班人乱打，看两三个人互打，从九点多到十点，从十点到十一点，从十一点到十一点半，从十点半到十二点，然而叫天竟还没有来"，感觉戏台下"太不适于生存了"。①

京剧多含象征艺术的韵味，在鲁迅看来有些可笑，他尤其反感像梅兰芳这样的"男旦"，在其杂文和通信中，先后有十多处提及，对其指摘和挖苦毫不留情，特别是谈到梅兰芳演的林黛玉。其语气多有不恭，致使鲁、梅两位文化大师心生嫌隙，从无交集。

1933年初，萧伯纳访华，上海文化界名流汇聚一堂，鲁迅与梅兰芳同在现场，甚至同桌就餐，却形同路人，视而不见。

张伯苓不管这么多纷争，他只是个戏迷。平时他很少进戏园子，那里鱼龙混杂，一个大学校长若经常出入那样的场所，有碍观瞻，也容易被学生误解。但张伯苓却是个超级戏迷，梅兰芳、

①《鲁迅选集·第一卷》，人民文学出版社，1992年，第121页。

程砚秋、郝寿臣等几位开宗立派的京剧大师都是他的好朋友。他不仅邀请梅、郝参观校园，谈天说地，合影留念，还帮助郝寿臣编演京剧《荆轲传》，在传为美谈的同时，也招来颇多非议，不过他也从不在意。

相比胞兄，张彭春对京戏艺术并没有停留在戏迷层面，而具有深刻而系统的专家造诣。他深谙西方戏剧美学精髓，同时又一直维护中国戏曲的舞台艺术传统特色，还力所能及地向大众普及中国戏曲艺术表演的常识，诠释其写意性、假定性、象征性的奥妙所在："中国舞台只是我们去看演员们表演的地方舞台。布景非常简单，但在其他方面却另有可以欣赏的价值。试以进门的动作为例。演员微微欠身与抬腿的动作都必须符合严格规定的模式。当你看过了技艺精湛的演员表演的优美动作以后，你就会感到舞台上若是设有真正的门，反而是多余的了。"①

对于中国传统戏剧表演的程式夸饰与实际生活的艺术关系，经张彭春的阐述，更能使人茅塞顿开：

> 在中国传统传统戏剧中，台步、道白、服饰、化妆与日常行走、说话、穿着和面部外观都有显然的不同。然而，为了舞台效果而从现实生活中提取精华的过程，可不是任意或异想天开的，即使在异想天开中也有一定之规。
>
> ……
>
> 当我们看到一个演员手持马鞭，模仿着上马或者下马的动作，我们是否会想象这匹马有多么高大，是什么颜色，头部姿势如何，或者是否有一条漂亮的尾巴在空中嗖嗖地挥动。

---

① 张伯苓教育思想研究会编：《中国话剧先行者张伯苓、张彭春》，人民出版社，2009年，第24~25页。

不，我们的主要兴趣不是马的实体……按照舞台的思想方法，重要的不是实物，而是人与事物之间的关系，表演动作的各种模式只是反映人与事物之间的各种不同关系而已。①

在中国现代京剧表演史中，梅兰芳是一位堪称登峰造极的大师级人物。

梅兰芳（1894—1961年），北京人，祖籍江苏泰州，名澜，又名鹤鸣，乳名裙姊，字畹华，别署缀玉轩主人，出身于梨园世家，艺名兰芳。在艺术表演方面，他是有品位、有追求的京剧大家，梅派男旦艺术的奠基者。站在民族立场上说，他更是有骨气、有血性的中国男儿。在抗战时期，他不受诱惑，不畏威吓，拒绝为日本人和伪军演出，为表决绝之意，这位中国京剧第一"旦角"，竟蓄须八年，避而不出，直到抗战胜利后才重新露面演出，深为爱国同胞所敬佩和推崇。

当年回到天津的张彭春，为南开带来了话剧繁荣的勃勃生机。南开大学英文系成立，张彭春应系主任柳无忌邀请，讲授他最擅长的"西洋戏剧"。他用英语讲述了对易卜生、莫里哀等大师的研究心得，见解独到，绘声绘色，学生们听得入迷，甚至不愿下课。他在参与话剧创作、演出活动的同时，还用各种机会普及和传播文明观剧。他很注重与观众的反应和互动，认为没有"热烈的观众"，便不会有戏剧的繁荣。

张彭春对于中外戏剧艺术的理解和造诣，引起了梅兰芳的关注。1930年和1935年，梅兰芳率剧团分别访美访苏，皆邀请张彭春担当随行指导与顾问。

---

① 张伯苓教育思想研究会编：《中国话剧先行者张伯苓、张彭春》，人民出版社，2009年，第248页。

出国前，张彭春应梅兰芳邀请观看《千金一笑》。终场后，梅兰芳问张彭春："今天这出戏，美国人看得懂吗?"张彭春如实回答："不懂，因为外国没有端阳节，晴雯为什么撕扇子，他们更弄不清楚。"他熟悉美国人的社会情状及戏剧审美习惯，深知如果把中国戏曲原封不动地搬过来，会遇到很大的文化障碍，此外，中国戏曲特有的慢节奏也会让外国观众不适应。

梅兰芳意识到中西文化确实存在巨大差异，沉吟片刻，握住张彭春的手，恳请他帮助自己重新另选演出剧目，并强调这件事不是本人私事，而关系整个中国文艺界的声誉。张彭春郑重表示，义不容辞。[①]

1930年2月，梅兰芳剧团赴美成行，在纽约百老汇第四十街剧院上演中国京剧。此时正赶上美国经济大萧条，演出效果却没受到太大影响，仅3天，剧院就将两个星期的戏票全部售空。票价最初是5美元，后被转卖抬价至18美元，看来，那时美国也有类似"黄牛"的票贩子。据知情人回忆，美国百老汇从未听说过中国的梅兰芳，同样，梅兰芳也对美国百老汇一无所知。这时候，对两边都很熟悉的张彭春，自然就成了彼此沟通了解的桥梁。

最初，美国观众对中国京剧戏词一头雾水，兴趣大减，有些人甚至直接中途退场，影响了演员情绪和舞台效果。张彭春意识到不能让这种情况蔓延，便穿上礼服，在演出前亲自登台，用英文讲解剧情，介绍中国戏曲表演的艺术特点，调动观众的兴趣和胃口。他告诉"洋观众"，京剧是中国古典戏剧的精华，意味很深，只有最聪明最有修养的观众才能欣赏，脑子慢的人自然听不

---

① 张伯苓教育思想研究会编：《中国话剧先行者张伯苓、张彭春》，人民出版社，2009年，第105~108页。

懂，难以久坐。这番讲解非常奏效，整个演出过程鸦雀无声，没有再出现中途退场的情况，毕竟没有谁愿意成为"脑子慢的人"。

张彭春组织剧团商量选定了三个戏单，在不同城市轮换上演。由于他的宣传推广，梅剧团一路在纽约、芝加哥、旧金山和洛杉矶得以成功演出，受到艺术同行与观众的欢迎。

梅兰芳的琴师徐兰沅回忆道："我们事先反复排练，张彭春先生拿着表掐钟点。他规定《汾河湾》27分钟，《青石山》9分钟，《红线盗盒》舞剑5分钟，《刺虎》31分钟。时间的准确使美国人感到非常惊讶。"随行的另一位专家齐如山作为见证者，曾道出当时的演出实况："演戏的时间比以前规定的缩短了，可是演出的段数倒比从前加多。……钟点的规定，颇合美国人的心理，每次幕的开闭，由张彭春先生主持。"梅先生也曾对朋友提及，"到美国演出、座谈会、欢迎会上的讲稿，都是张彭春先生代拟的"，他特别对媒体表达了对张先生的由衷赞赏，"干话剧的很少真正懂京剧，可张彭春也是懂京剧的大行家"。[①]

赴美演出回来，梅兰芳、王少卿、徐兰沅等专程来南开参观，拜访张伯苓、张彭春兄弟，并合影留念。正在南开就读的公孙嬿挤进人群，看得真真切切，曾回忆说："梅兰芳个头并不高，远看还有点矮墩墩的，络腮胡子刮了青胡茬儿，鼓出了金鱼眼，穿了西服，外罩大衣，手中执着灰色呢帽，显得很斯文，倒没有娘娘腔。跟身旁穿了长袍马褂的校长一比，梅就渺小得太多了。"[②]

1935年，梅剧团访苏演出，总指导依然是张彭春。演出剧目

---

① 张伯苓教育思想研究会编：《中国话剧先行者张伯苓、张彭春》，人民出版社，2009年，第105~108页。
② 梁吉生撰著：《张伯苓年谱长编·中卷》，人民教育出版社，2009年，第431页。

是梅兰芳与张彭春、余上沅、谢寿康、田汉、欧阳予倩、徐悲鸿等一众专家讨论商定的。原计划，剧团在莫斯科演5场，列宁格勒演3场，却明显地供不应求，经苏方要求，在莫斯科增至7场，在列宁格勒增至8场。告别演出是在莫斯科大剧院，梅兰芳被掌声请出谢幕达18次，成为该剧院舞台演出创纪录的首例。话剧大师梅耶荷德对梅兰芳的表演更是大为惊奇，称梅先生的十指妙用，几近出神入化，自嘲"我们的演员手指对于表演毫无用处，如同废货，简直可以切掉"[1]。

那次访苏，张彭春在莫斯科艺术剧院看了不少话剧，对久演不衰的契诃夫《樱桃园》更是着迷。他推崇斯坦尼斯拉夫斯基的戏剧艺术表演，对梅耶荷德在苏联推动的戏剧革新也是非常关注。斯坦尼斯拉夫斯基体系和梅耶荷德的艺术观点，分别被冠以"现实主义"和"形式主义"，在当时被苏联官方视为两种相对立的流派，张彭春有机会近距离接触、了解、辨别，又没有受到思潮影响的局限，艺术收获满满。他还与梅兰芳、余上沅同斯坦尼斯拉夫斯基、丹钦柯、梅耶荷德、爱泼斯坦等苏联同行多次座谈交流。此时，受到希特勒迫害的布莱希特正在莫斯科避难，得以"成全"世界三大表演体系的几位奠基者聚集一堂，交流艺术，书写了世界戏剧表演史的重要一页。

---

[1] 张伯苓教育思想研究会编：《中国话剧先行者张伯苓、张彭春》，人民出版社，2009年，第28页。

话剧史研究怎能"重南轻北"

新中国成立后，有一段时间，中国话剧史的研究领域一直存在着"重南轻北"的倾向，特别是对张伯苓、张彭春这两位中国话剧运动先驱者的作用和贡献先期被低估，而最终成为被遮蔽的历史认知盲区。究其原因，这种情形无关乎相关史料的缺失，而是对学校演剧在中国话剧起源和推动中所起到的重大作用视而不见。这就导致理论认识的某种偏颇。对此，业内有心之士，完全可以用一组结结实实的历史数字予以"正本清源"。

据统计，早期的1909至1922年，南开话剧演出剧目为46部，1923至1937年，已达108部，此后逐年递增，丰富和壮大了中国话剧的发展规模。一些南开的杰出校友，既是当年南开话剧蓬勃发展的见证者，更是直接的参与者。他们不同时期参与过南开新剧演出，后来成为有影响的作家、艺术家，比如焦菊隐、靳以、何其芳、辛笛、黄宗江、端木蕻良、金焰、鲁韧、石挥、韦君宜、周汝昌、黄裳、沈湘、楼乾贵、资华筠、阎肃、王景愚等人。黄宗江的胞妹黄宗英在1937年夏曾考取南开女中，因正赶上学校遭到日机轰炸，而未能入校，成为她此生的一个遗憾，但她始终视南开为母校。

张伯苓早年提出了自己的戏剧理念，周恩来在1916年发表《吾校新剧观》一文予以呼应，他推崇莎士比亚"世界为舞台，而人类为俳优"的戏剧观，认为在通俗教育中，"演讲则失之枯寂，书说则失之高深"，因而"通俗教育最要之主旨，又在舍极高之理论，施以有效之实事。若是者，其惟新剧乎！"[1]

周恩来、邓颖超、于方舟等革命前辈都曾活跃在北方话剧舞台，稍后时期，更有一些术业有专攻的人才充实到南开的教学力量中，为其壮大声势。黄佐临自英伦读博归来，就在南开大学讲授戏剧学，课题是"萧伯纳研究"和"狄更斯研究"，他把这件事告诉萧伯纳，对方感到惊喜。这门课也使一些有电影艺术天赋的学生得到了美学启蒙，黄佐临则后来成为大师级电影导演，他们称对此早有预料。

20世纪二三十年代，电影界有"影帝"之称的金焰，原名叫德麟，朝鲜族人，曾在1925年至1929年就读于南开中学。他读高一那年，怀揣着电影梦，从天津到上海，口袋里只有他的南开篮球队队友凑的7块银圆。在上海，金焰遇到南开校友孙瑜，两人都深受南开学生话剧的影响，相互促进，分别将艺术事业一步步推向各自的艺术黄金期。

1935年入学南开的黄宗江，也是当年南开话剧的积极参与者。他著文回忆自己参演过《国民公敌》《财狂》等剧目，披露了一些细节和趣闻：

> 我演的是女主角司铎克夫人。当时学生中的评论家王松生曾在校刊写文章，居然提到如今有时已被称作"黄老"的我，"背影有如希腊女神塑像"云云。曹禺当年，在学校里就演过成本大套的也是易卜生著作《娜拉》中的娜拉，据说精彩乱真。松生且誉我为"万家宝后南开最佳女演员"。南

---

[1] 南开校史研究中心编撰：《南开校史》（内刊），第36页。

开中学男女分校并男女分演，男演女和女演男有其传统。据
说，抗日战争时期在重庆，一次老校友周恩来对老校长张伯
苓说："我对南开有意见。"张校长有些紧张。周胡子拉碴地
说："叫我演女的！"周校友大笑，张校长释然。[1]

黄宗江因南开而与戏剧文学结下不解之缘，平时他很注意
搜集与戏剧有关的文史资料，一生的写作兴趣点多围绕这个领
域。七七事变后，京津失守，南开被毁，他在天津躲避了些日
子，骨子里的戏剧激情从未熄灭，也因此曾有过刻骨铭心的经
历，"我在法租界天祥市场最高一层专卖旧书以及淫书的摊子
上，发现了一大批盖有'南开剧社'印章的戏剧书刊，我弄了
点儿钱悉数购下，视为珍藏，不幸三九年天津大水，荡然无存。
我十分痛心地记得内中有南开早期重要剧目，周恩来参加过的
《一元钱》，曹禺参加过的《争强》《新村正》等。这些宝贝不知
世上还有没有？"[2]

这些过往历史的被忽略、被遮蔽，周恩来一直看在眼里，记
在心里。

1955年，已是中华人民共和国总理的周恩来出席一次文联活
动，在与曹禺、冰心、凤子聊天中，曾请曹禺向中国剧协转达自
己的一点看法。就在这年深秋的某日，南开校友马平因请教剧本
写作问题，与冰心有过一次深谈。张伯苓与冰心的父亲谢葆璋曾
是北洋水师学堂的同窗，马平则与冰心和吴文藻的儿子吴平为南

---

[1] 张伯苓教育思想研究会编：《中国话剧先行者张伯苓、张彭春》，人民出版社，
2009年，第295~297页。
[2] 张伯苓教育思想研究会编：《中国话剧先行者张伯苓、张彭春》，人民出版社，
2009年，第295~297页。

开同学，这样几层关系，使他们对张伯苓与南开都有一定的了解，彼此之间不用绕弯，开门见山，有话就说。马平就周恩来不久前关于话剧史的意见，直接向当时在场的冰心求证事情的细节真实。

马平从冰心那里了解到，周恩来不仅敬重老校长张伯苓，还非常怀念自己的戏剧启蒙恩师"九先生"。冰心告诉马平，给她印象最深的是，周恩来特别强调了中国话剧史研究不能"重南轻北"的观点。冰心是这样转述的：

> 有一次，大概因为曹禺也在座吧，张彭春又是曹禺的启蒙恩师，就在宾主笑谈早年南开新剧团往事的时候，周恩来忽然提出应该如何写话剧史的问题。他要曹禺转告中国剧协负责同志：历史就是历史，写中国话剧史不能重南轻北，只对上海的几个话剧团体津津乐道，还要看到同一时期北方也有话剧运动，尤其是对北方开风气之先的天津南开学校新剧团，更不应该视而不见。五四当年，《新青年》杂志不是认为它是"中国顶好的新剧团吗？""北伐"前后，一些报刊不是曾把它和上海的南国社相提并论么？现在怎么能只字不提呢？"一人向隅，举座为之不欢。"只有忠实于事实，才能忠实于真理……[1]

然而却未知何故，曹禺未能及时向中国剧协转达周恩来的看法，此事不了了之。由于时间久远，这些事情的来龙去脉已经尘封在岁月深处，但不会被一些有心人忘记。许多年来，这段史实

---

[1] 张伯苓教育思想研究会编：《中国话剧先行者张伯苓、张彭春》，人民出版社，2009年，第94~99页。

一直是马平心头的疑团。

1980年的暮春,马平与张伯苓长孙张元蔲一同专程赴京,按照预约,去曹禺在木樨地的寓所拜访。他们要向这位最了解情况也最权威的当事人,求证这段史实的具体内容。据马平后来在文章中记述,提到那段往事,时任中国剧协主席的曹禺陷入了沉思。

> 片刻静寂,他点头称是,"总理的确说过,并且不止一次……只是……我太忙了……没有……当然,也不完全是因为忙……"我能理解,曹禺先生何以欲说还休,于是准备换个话题。

> 没想到,随着一声轻而有力的"请等一等",就像这位大剧作家早年的剧作中,不乏出乎观众意料之外,又是合乎情理之中的神来之笔,但见曹禺先生突然离座而起,匆匆走向电话机旁,拨号,自报姓名:请刘厚生同志接电话。

> ……曹禺先生重新入座,又围绕着与南开新剧团有关的事,继续一问一答。看来就是由于这是两代南开校友之间的谈话,话题又是双方同样怀念的张伯苓校长和张彭春先生,答者越谈越动情,问者越听越入神,不知不觉已是夜深人静。在告辞时我说,"先生不述,后者不知。今天您所谈的,希望由您自己写出来"。他则含笑答道:"往者不谏,来者可追,再忙我也要写,让话剧界的朋友们都知道。"①

曹禺(1910—1996年),原名万家宝,字小石,小名添甲,

---

① 张伯苓教育思想研究会编:《中国话剧先行者张伯苓、张彭春》,人民出版社,2009年,第94~99页。

出生于天津小白楼。父亲万德尊是湖北潜江人，曾留学日本，毕业于日本士官学校，与山西军阀阎锡山为同学，回国后官至陆军中将。曹禺落生仅三天，母亲薛氏因产褥热亡故，薛氏的孪生妹妹薛咏南嫁给了姐夫万德尊，承担起抚养万家婴儿的重任。曹禺从3岁起就被继母带着进各戏院，站在凳子上听曲观戏，看的戏包括京剧、河北梆子、山西梆子、唐山落子和文明戏，是个十足的小戏迷，也由此埋下了喜欢戏曲表演的种子。

从10岁时，曹禺就常常自己出去听戏了。回来后跟着留声机学唱，家里有本《戏考》被他翻烂，书中的戏曲唱词他也是烂熟于心。

1922年秋，他进入南开中学，开始接触新剧。1925年，他只有15岁，就在张彭春指导下排演丁西林的《压迫》和田汉的《获虎之夜》。曹禺在《压迫》中表演出色，立即被吸收为南开新剧团一员，成了张彭春最赏识的女角。他身材不高，面容清秀，腰细脚小，声音轻柔，加上他排戏非常投入，善于揣摩人物心理，每天穿高跟鞋对着镜子练习女人走路，演技日趋成熟。在《玩偶之家》中，张彭春让曹禺男扮女装，饰演剧中的女一号娜拉，其精彩程度几可乱真，被赞为话剧舞台上最好的"娜拉"。曹禺不喜欢热闹，平时话不多，总是静静地坐在角落里，一般人很少注意到他，然而一旦登上舞台，他总能恰如其分地体现导演的意图，对角色的把握颇见才华。[1]

曹禺还在易卜生剧作中担纲女主角。排练前，张彭春对全体演职员讲述易卜生的生平与创作，在黑板上列出易卜生的著作年表，悉心指导演员进入角色，对曹禺更是寄予期待，时常用热烈

---

① 周利成：《楮木留芳》，中国文史出版社，2023年，第49页。

的拥抱鼓励他建立信心，投入排练。

鲁韧目睹了曹禺同学的舞台表演，心悦诚服地说："曹禺演的娜拉，在我的脑子里是不可磨灭的，这戏对我影响很大。那时我在新剧团里跑龙套。从旁边看得更清楚。我敢这样说，现在演不出他们那么高的水平。我觉得曹禺的天才首先在于他是个演员，其次才是个剧作家。"①

1928年，曹禺在南开高中毕业。按照父亲的意愿，他两次报考协和医学院，皆未考中，而后又参加出国考试，再次落榜。南开大学承诺曹禺可以免试入学，自然正对他心思。1929年南开校庆，张彭春排演高尔斯华绥的话剧《争强》，他认定曹禺能演戏，也能编戏，伉乃如、吕仰平、张平群等老师也都很喜欢他，并想留住这个难得的话剧人才，于是张彭春将改编剧本的重任交给这位学生。曹禺不负众望，剧本改编成功，此后一发不可收。

1929年12月，张彭春再次赴美，为南开大学的经费在海外"化缘"。临行前，他把陪伴自己多年的英文版《易卜生全集》送给19岁的曹禺，可见对其期望之深。易卜生被世界话剧史公认为"近代戏剧之父"，曹禺得到这套全集如获至宝，为了英文过关，他硬是凭着毅力，借助字典，一字一句通读下来。后来成名的曹禺多次强调，外国剧作家中对他的创作影响最大的，首推易卜生。

张彭春赴美，不免使曹禺怅然若失。他的困扰还有，在大学读的是政治专业，实在兴趣不大。于是这年9月，他通过争取，由南开大学转入清华大学西洋文学系二年级，可以说是如愿以偿。这时候，他开始酝酿《雷雨》剧本，在大学读书第四

---

① 张伯苓教育思想研究会编：《中国话剧先行者张伯苓、张彭春》，人民出版社，2009年，第225~229页。

年，这部迄今仍代表中国话剧最高水平的《雷雨》问世，轰动一时。在《雷雨·序》中，他对张彭春表达了深深的知遇之恩："我将这本戏献给我的导师张彭春先生，他是第一个启发我接近戏剧的人。"①

1985 年 10 月，曹禺重返母校，感慨汹涌之中，他有过一段动情的告白："我永远忘不了南开对我的培养和教育，我的一生是同南开联系在一起的。"他明确告诉人们，《雷雨》《日出》里面的背景与剧情，基本上来自地地道道的天津。晚年的曹禺，在北京医院住院时，对前来探望的天津戏剧界朋友，不断回忆起中学时代的南开新剧团，还有天津的街道、民俗、红黄绿牌有轨电车，以及各色各味的天津小吃。动情处他喃喃道，你们说，为什么人越老，越想念年轻时的事情呢？他感恩自己的南开学子岁月，"南开新剧团是我的启蒙老师，不是为了玩，而是借戏讲道理"②。

曹禺对南开话剧的悠悠怀念，表达了一种刻在这位剧作大师生命深处的文化情结和艺术乡愁。

---

① 张伯苓教育思想研究会编：《中国话剧先行者张伯苓、张彭春》，人民出版社，2009 年，第 225~229 页。
② 张伯苓教育思想研究会编：《中国话剧先行者张伯苓、张彭春》，人民出版社，2009 年，第 225~229 页。

第七章

潮涌时代

先驱的足迹

五四运动为中国年轻的爱国者播下了"国家兴亡，匹夫有责"的思想种子。

南开大学，是天津五四青年爱国学生运动的潮头所在。

1914年一战爆发，蛮横至极的日本以对德宣战为借口，攻占了青岛和胶济铁路全线，并随着德国告败，将德国在山东的各种权益全部接管。1919年1月18日，巴黎和会召开，中国以战胜国身份参加，提出废除列强在华的各项特权，归还日本从德国手中巧取豪夺来的山东各项利权。这一正当诉求，却遭到了帝国主义列强暗箱操作的阻挠，他们出于分赃目的，竟然支持将德国在山东的特权转让给日本，而北洋政府屈服于帝国主义的压力，也准备妥协接受。

消息传到中国，北京各界爱国团体率先发出怒吼，通电斥责。英、美、法、日、意等列强对中国民间的抗议置若罔闻，硬是在4月30日通过了《协约国和参战各国对德和约》（即《凡尔赛和约》），只待中方签字生效。

从5月4日开始，北京的大学生在傅斯年、罗家伦、许德珩、杨振声、段锡朋、康白情、方豪、耿济之等人带领下纷纷罢课，冒着被警察拘捕的危险上街游行、演讲，给软弱的政府施加压力。抗议的声浪迅速向天津、上海、广州、武汉、南京、杭州、济南各大城市汹涌蔓延。5月7日，张伯苓出面致电总统徐世昌，

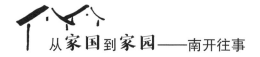

表明立场：

> 北京徐大总统钧鉴：
>
> 京师学生因爱国热诚，致有被逮之事，情有可原，吁请即为释放，以顺舆情。曷胜翘盼，待命之至。
>
> 天津南开学校校长张伯苓暨全体职教员学生同叩①

他理解身无分文、心忧天下的年轻学子的爱国举动，不希望他们受到伤害。

同一天，为响应北京学生的爱国呼声行为，天津15所中等以上的学校成立了"天津学生联合会"，执行会长为南开学生马骏。

马骏（1895—1928年），吉林省宁安人（今属黑龙江省），回族。1915年考入南开中学，后与关系密切的周恩来一同考上南开大学文科。五四运动期间，他组织学生在街头散发传单，发表讲演，号召商界、工厂和学生在全市罢市、罢工、罢课，得到一致响应。不料一些亲日分子从中作梗，仅过一天，商会董事就改变了主意。马骏立即带领学生赶到商会据理力争，一位张姓的商会董事听出他的外地口音，便问："马先生是贵处人？天津可否有财产？莫怪马先生不知道罢市的损失太大！"马骏愤然回答："鄙人吉林人，天津固无财产，现在外交紧迫，一发千钧，国家将亡，哪能说到个人财产！……鄙人虽无财产牺牲，然尚有生命，有热血，可流于诸君面前！"说着，一头撞向议事厅旁的立柱，虽被身边的人抱住，头还是触到柱身，顿时鲜血四溅，当场昏厥，惊动了大量围观者。在场的一些董事无不感动叹息，表示同

---

① 梁吉生撰著：《张伯苓年谱长编·上卷》，人民教育出版社，2009年，第246页。

意继续罢市。①

此后，马骏率领京津各界代表到北京总统府门前请愿，敦促北洋政府拒绝在《凡尔赛和约》上签字。警察用枪逼迫马骏解散请愿队伍，他宁肯被捕，不为所动。周恩来闻讯连夜带人从天津赶至北京，组织起更大规模的请愿活动，迫使当局释放了马骏。面对近万名迎接自己出狱的战友，马骏慷慨声言："未进狱以前的马骏是家人的马骏，出狱以后的马骏就是国人的马骏。"

迫于国内各界沸腾一片的反对声浪，中国代表未在《凡尔赛和约》上签字，陆征祥、王正廷、顾维钧、魏宸组几位谈判代表致电政府，申诉不签字的理由，这一次若再隐忍屈服，中国将无外交可言，前途无望。谈判断断续续，两年后，中日各自让步，签订了新条约，决定日本将德国旧租界地交还中国，而中国则将这些地方全部开为商埠。

最初天津学生的爱国活动是男女分开的，后来组织者决定集中力量，打破男女界限，建立统一的组织。1919年9月16日，天津学生联合会和天津女界爱国同志会共同发起成立了"觉悟社"，成员男女各半，包括马骏、周恩来、郭隆真、邓颖超等20人。1920年1月，马骏率代表到天津省公署请愿查封日货，再次被捕，周恩来为营救马骏也被捕入狱。拘禁时间持续半年之久，周恩来、马骏等人不肯让步，以绝食抗议，在各界舆论的声援中，当局只得开庭审理此案，将被关押的学生悉数释放。

不久，马骏成为天津第一批共产党员中的一员。1927年12月，由于叛徒出卖，马骏在北京再次被捕，英勇就义，时年33岁。

---

① 南开大学党委宣传部编：《百年南开爱国魂》，南开大学出版社，2023年，第102页。

面对一波又一波学潮，张伯苓的心情五味杂陈。身为校长，他尽力为被捕学生获得自由而奔走呼号，同时也明确表示自己的态度，不赞成学生以长期罢课、游行示威的方式抗争当局，耗费精力，耽误学业，认为"只以手持旗帜游行于街市为爱国，亦不免于肤浅"。他还真诚告诫学生："在你们以后的一生中，有充分的时间从事政治论争或社会改革，在眼下，如果去掺乎那些没有直接关联的事，只会是浪费时间。"[1]

严修的看法与张伯苓相同。1919年6月6日，他在日记中写到："学界风潮日甚一日……外交无丝毫之补救，教育又根本之推翻。"21日，严修到南开面见教职员和学生代表，申明态度，希望学生拥护校长，使校务正常进行，否则他本人即与南开脱离关系。[2]

一度，外界评价张伯苓只是实干型的事业家，而不是潮头之中的革命家。张伯苓听了欣然认同，并为自己的所作所为作了"申辩"：

救国之道多端，端在各行其志，见仁见智，各有千秋。假使我当日成为一个革命家，到今日早已成仁取义，成为一个烈士了，到今天哪里还会有南开学校的存在？更哪会给祖国建设，培养出这么多新人才呢？今日打一个比喻，先有鸡乎？先有蛋乎？其实鸡与蛋，本是一物，不过形态各异耳。革命事业，也要自培植新人出，两者实二而一，殊途同归，没有什么区别的。[3]

① 侯杰、秦方：《张伯苓家族》，新星出版社，2018年，第85页。
② 梁吉生撰著：《张伯苓年谱长编·上卷》，人民教育出版社，2009年，第247页。
③ 张锡祚：《先父张伯苓先生传略》，南开大学出版社，2016年，第77页。

在对待学潮的问题上，张伯苓无疑承受了当局的很大压力。身为私立大学的校长，张伯苓只能在夹缝中求生存，他代表校方，被迫将周恩来等26名学潮骨干予以退学处理，多少出于无奈。在他的教育辞典中，最大的政治就是爱国，只是他主张学生报效国家，必须强化自身，才有可能，"救国必须读书，读书即是救国，双方兼顾，方为上策云"。这与杰出教育家蔡元培的著名主张"读书不忘救国，救国不忘读书"①不谋而合。

张伯苓给南开童子军讲话

张伯苓处理学潮的方式，引起一些激进教师不满，其中反弹最强烈的就是他的妹夫，也是他非常器重的南开核心骨干马千里。

马千里（1885—1930年），名仁声，字千里，祖籍浙江绍兴，生于天津。他21岁毕业于北洋大学俄文专修班，是周恩来在南开中学读书时的老师，曾担任南开新剧团演作部部长，与周恩来等学生同台演出过《一元钱》《千金全德》等剧，是与张伯苓志同道合的一代教育家。

张伯苓是妹妹张祝春与马千里的婚姻牵线人。祝春是张久庵

---

① 华银投资工作室：《思想者的产业》，海南出版社，1999年，第93页。

家唯一幸存的女孩子，小长兄8岁。那个时代的女子很难有受教育机会，张伯苓认为这不公平，便说服父母让妹妹读书识字。祝春先入严氏保姆讲习所攻读幼儿师范教育，毕业后在温世霖创办的普育女学堂附属蒙养园任教。在婚姻方面，张伯苓支持妹妹不走"父母之命，媒妁之言"的老路，自由恋爱，寻找幸福，并帮她相中了如意郎君。

马千里曾在南开中学甲班读书，担任学校自治励学会会长。1908年，光绪帝与慈禧太后先后辞世，官方要求所有学生必须穿孝服去学会处吊孝，只有马千里躲藏在厕所不肯露面，拒绝同行。辛亥革命前，他曾参加同盟会活动，剪掉辫子，表达革命决心。他还准备策应起义军来天津，此举非常冒险，极易招灾惹祸，他却无所畏惧，认为清廷腐败，如不推翻，国家将亡，若国家亡了，家在何处？

马千里19岁时有过一次旧式婚姻，属于他自谓的"形式上之夫妻，非精神之夫妻"那种，婚姻仅一年多，其妻即病亡。单身汉马千里对于重获婚姻权利格外珍惜，以致择偶标准近乎苛刻。他要求女方须在校求学5年以上，天足，且"思想同、宗旨同、性情同、学问同、品貌同"。张伯苓认为马老师人才难得，回家便要求妹妹和马千里通信加深了解。这种互通款曲的笔墨方式，对于旧时代的女孩子谈何容易，祝春表示为难，张伯苓坚持说必须这样，一时僵持不下。在一旁的"九儿"自告奋勇，把替姐姐写信的活儿揽下来，直到"九儿"赴美国留学，祝春才开始自己与马千里通信。

两人情投意合，喜结连理，也是众人所盼。婚礼在普育女学堂礼堂举行，新娘乘马车而不是坐花轿，现场只设茶点不摆酒席，新事新办，一时传为美谈。

在五四运动中，马千里不仅是天津各界联合会代理会长，还担任抵制日货委员会主席，后来在一次请愿活动中被警方关押。正赶上过年，祝春携子探望先生，发现关押地点不是监狱，而是一栋民房，进屋感觉年味扑面，桌上摆满了水果和年糕，以为自己走错了地方。原来警察厅厅长杨以德理解这些爱国青年的行为，不想为难师生，故予以特别优待，给上面做做样子，把他们集中关在此处，与外界隔绝，也是怕他们再出去惹事。

马千里被放出后，得知张伯苓"开除"了包括周恩来在内的26名南开进步学生，大失所望，坚决辞去大学庶务主任的职务。校长张伯苓虽两次挽留，两次派人送月薪到家，马千里坚决不收，并两次写辞职书。[①]他拒绝校长的诚恳挽留，但还没有与大舅哥走到"割袍断义"的地步，只强调个人"性情不适于教育界"，算是给彼此留了面子。

离开南开后，马千里的社会影响反而更大了。他展示出多方面能力，与同人创办《新民意报》并亲任总编辑，撰写了大量时评，传播与世界革命潮流有关的思想舆论，为唤醒青年男女大造声势。1924年1月21日列宁逝世，他写了悼念文章《列宁》，介绍苏联的现状。报纸还连续刊登了周恩来撰写的回顾五四时期个人经历的稿子，包括《警厅拘留记》《检厅日录》等。不久，他还创办了达仁女校，并请自己的学生邓颖超、许广平来校任教。他在校长任期的5年多里，未领薪水，义务服务，鞠躬尽瘁，令人动容，也因此使得该校名声大噪，一时间前来取经的外省教育

---

① 梁吉生撰著：《张伯苓年谱长编·上卷》，人民教育出版社，2009年，第267页。

同行络绎不绝。

1929年，南开校友总会成立，马千里被大家一致推选为主席。时隔不久，他就因突发脑溢血，殉身于河北省第一中学校长的任上。他生前献身教育，一生清廉，遗下老母、发妻、二子三女，生活顿时陷入困境。其女马珠官回忆，父亲意外辞世，整个家庭突告崩溃，几乎到断炊状态，所幸五舅张伯苓、九舅张彭春不忘手足之情，每月补助部分家用。生活费大体无虞，但仍需支付学费，母亲张祝春既照顾家庭，又出外担任家庭教师，总算熬过难关。

半个世纪过去了，邓颖超没有忘记自己青年时代曾经执教过达仁女校的这位校长，在《人民日报》发表了《缅怀师友马千里先生——为纪念马千里先生诞辰百周年》一文，赞扬马千里"既是我的老师，又是我的校长"，更是"一个爱国主义者、教育家、社会活动家"。[1]

东北之行与二张"师生情"

南开师生很早就开始关注东北三省的严峻时局。

1916年10月，张伯苓带领几位南开教师赴东北考察，演讲。一路从奉天到长春、吉林，再返长春至哈尔滨，回奉天至安东，过鸭绿江至朝鲜宜川、新义州再折返安东、奉天、本溪湖，回到

---

[1] 南开校史研究中心编撰：《南开校史》（内刊），2015年，第29页。

天津，历时约3周。

随着一路考察的不断深入，张伯苓对今昔东北的探究兴趣越加浓厚，认定认清日本侵略者的野心和企图，首先要了解东北的历史渊源。

东北地域的概念，是由大、小兴安岭和长白山围拢而成，从漠河到大连的直线距离可达1600千米，比大连到台北间的路程还要遥远。东北原为清朝龙兴之地，地广人稀，直到19世纪70年代才开放汉人屯垦定居。历史上东北曾被沙俄占领，近代以来，大清国被迫开放门户，实力壮大的日本也将满蒙看作"大东亚"秩序的大本营，其间英美不断插手，东北成了列强博弈的风暴中心。加之来自山东、河北、河南多达3000万底层百姓纷纷"闯关东"，东北变得日益热闹、繁华。

东北的历史境况，与孤悬海外的宝岛台湾有相似之处。台湾迟至19世纪才有大批闽南移民入住，这两个地方，一南一北，同

1928年4月，南开大学东北研究会在黑龙江考察合影

时都曾是东西方帝国主义势力垂涎不已的目标。1895年甲午战争后，中日签订《马关条约》，台湾与辽东半岛均被割让给日本。之后辽东半岛的归属引起帝俄、法国和德国的干涉，几经转圜，方才由中国"赎回"，但日本并未死心，二战前夕在东北建立了由其一手培植的"伪满洲国"，为后续的更大侵略行为谋划布局。同时，宝岛台湾一直没有摆脱沦为日本殖民地的屈辱命运，长达50年。

东北之行，了解情况越多，张伯苓的心情越是沉重，也为他的演讲注入了激情和动力。这次行程除去路途用时，也就10多天，他演讲竟达39次。他在演讲中呼吁，改变和结束一盘散沙的中国旧格局，使国家强大，只有依靠全民精诚团结。他通过观察，道出中国人与日本、俄国、朝鲜国民的不同精神状态，"吾中国人既日俄之不如，而其松懈懒惰之状，即较之韩人亦略有差。思想非不密也，脑筋非不灵也，唯遇事推诿，不善组织。私事尚肯为力，一遇公事，则非营私即舞弊，唯尔虞我诈，故冰消瓦解。此中国最可危险之事也"①。

此见解，在20年后费孝通的《乡土中国》中有了更为深入、系统的发挥，"说起私，我们就会想起'各人自扫门前雪，莫管他人瓦上霜'的俗语。谁也不敢否认这俗语是多少中国人的信条。其实抱有这态度的并不只是乡下人，就是所谓的城里人，何尝不是如此。……一说起公家的，差不多就是说大家可以占一点便宜的意思，有权利而没有义务了"，因此，"私的毛病在中国实在比愚和病更普遍得多，从上到下似乎没有不害这毛病的"。②据此可以得出结论，以20世纪20年代的张伯苓对于中国国民性的

---

① 崔国良编：《张伯苓教育论著选》，人民教育出版社，1997年，第38页。
② 费孝通：《乡土中国》，北京出版社，2005年，第29页。

洞察深度，称之为思想先觉者，并不为过。

突然爆发的九一八事变，证明张伯苓对于苦难中国的担忧不是没有根据的。无论经济价值，还是地缘位置，东北都是日本军国主义梦寐以求的必争之地，日后暗中染指、明里掠夺是必然的。关键是，中国多数民众对此缺乏基本了解，更谈不上有防范的准备。张伯苓进而认为，仅凭东北三省之力难以自救，必须呼唤全国民众同心共力，才能守住疆土，拒敌于国门之外。

回到天津，张伯苓立即在南开作了题为"东北归来对旅途情形及东北现状的感想"的演讲，道出"日人经营满蒙之精进与野心"，痛陈"不到东北，不知中国之博大，不到东北，不知中国之危机"。一时间，东北成了南开师生的热议话题，相关演讲会大张旗鼓，天天都有，热度不减。组织者在会场主席台两侧悬挂一副对联，上面写有"莫自馁，莫因循，多难可以兴邦；要沉着，要强毅，励志必复失土"，大大激发了南开学子的抗战意识觉醒。①

同时，张伯苓着手组织满蒙研究会（后改名"东北研究会"）。此研究会以日文教员傅恩龄为主任，主要吸收在校东北籍学生及其他热心满蒙问题的学生入会，在占有大量资料的基础上，出版了系列调查报告和大量论文、专著、教材。校刊也配合跟进，辟有"东北研究"专栏，发表调查成果，范围涉及我国东北铁路系统及海港建设研究、东北金融研究、东北移民及其运动研究、金州（辽宁金县）境内我国人民教育问题等。这些研究更加注重于日本侵略的现实，对于揭露日本侵略东北的野心与罪行、激励爱国热情，起到一定积极作用。

---

① 梁吉生、张兰普：《张伯苓画传》，四川教育出版社，2015年，第130页。

　　1928年8月，蒋廷黻、张彭春、萧遽、何廉、李继侗、傅恩龄等人受张伯苓委托，特意组团到东北三省实地考察。当时"皇姑屯事件"发生不久，整个奉天省正笼罩在张作霖被炸身亡的阴影之中，东北问题也因此增添了不确定性。

　　在南开大学讲授历史的蒋廷黻祖籍湖南，第一次到东北，就对拥有广袤土地、茂密森林的东北惊叹不已，更为日本的居心不良而担忧。湘人在中国有"湖南骡子"之称，具体表现是头脑深刻而性格简单，凭着轴劲、笨劲一往直前，像是闯入"瓷器店中的猛牛"，蒋廷黻的性格便有这样的特征。临别最后一天，他出于对东北问题的好奇，心血来潮，找到奉系军阀首领之一杨宇霆的联系方式，想与杨将军见一面，就东北时局和走向交换意见，时间越快越好。他只是一介书生，并没有抱多大希望，况且这种突袭式求见，对象还是威名显赫、大权在握的军政要人，通常很难实现。意外的是，杨宇霆居然爽快地答应了。

　　两人谈了一个多小时，时间不算长，涉及的问题却不少。杨宇霆毫不隐晦个人的政治观点，他雄心勃勃、成竹在胸、侃侃而谈，给蒋廷黻留下了深刻的印象。杨直言，在关内人眼里，只有他们爱国，而关外人不爱国，这是大错特错的，其实"我们和你们一样地爱国"。杨宇霆特别指出："你们关内同胞只会摇旗呐喊，放言高论。我要提醒你们，这种举动是危险的。如果你们使东北与日本公开对抗，恐怕不待关内一兵一卒来解救我们，日本已经给予致命一击了。你们没有力量予我们军事援助，也不必促使我们和日本公开冲突。"

　　快结束时，蒋廷黻还有个疑问，却没敢提出来，杨宇霆似乎看出了他的心思，主动谈起。关于他与汉卿少帅不和的社会传闻沸沸扬扬，杨将军作了否认，并表态道："大家都怀疑我在大帅去世后，要做东北首屈一指的领导人。我是亲自看汉卿长大的。我是忠于张家的，我要效法周公辅佐成王的先例。我要和周公一样将来交出权力。"①

令人震惊的是，蒋廷黻与其会晤仅仅三周后，杨宇霆就被少帅派人以图谋越权为由枪决了。

考察团返津后，一路同行的教授为混乱动荡、前景莫测的东北时局而心情郁闷。张伯苓意识到这是推广爱国思想的良机，便力促研究会组织编印《日本问题专号》，提醒全国民众警惕日本军国主义的狼子野心。

那一代南开学子，正是在这样的爱国教育中经受了精神洗礼。少时就读南开中学的叶笃正，曾谈到九一八事变对自己的终生影响："在进入（南开）中学以前，家庭观念很深，国家概念很浅薄。考入南开中学以后，才真正有了正式的国家概念。国家可爱，深厚的爱国思想是南开中学给我的。"②叶笃正院士与刘东生院士都是1930年考入南开中学的，不同的是叶笃正正常毕业，刘东生却因病休学一段时间，延迟至1937年暑假才完成高中学业，因而亲身经历了"七二八"南开被日军轰炸的惊悸场面，也正由此心中播下了爱国种子。

九一八事变后，傅恩龄即编写了《东北地理教本》（上、下册）。该书系统地介绍了东北地区的自然、人文地理和各种经济资源，1934年正式被命名为《东北经济地理》，成为南开中学高年级必修课教材。一个私立大学以一己之力，以扼要的科学知识和大量的统计数字引导学生了解东北，进而唤起中国民众危亡图存和抗战救国的情怀，可谓功德无量。国际著名的美籍历史学

① 蒋廷黻：《蒋廷黻回忆录》，岳麓书社，2017年，第131页。
② 沈卫星主编：《重读张伯苓》，光明日报出版社，2006年，第3页。

家、南开老校友何炳棣对此曾有过激情评价：

> 空前的困难降临后短短三个月中，包括日寇和汉奸数周的武装干扰，南开中学能如此爱国，编印出专门教材，开一专门新课——这个纪录，可以向近代世界各国所有的中学"挑战"。①

影响越来越大的东北研究会，是张伯苓1916年秋东北之行的重要成果，而与张学良的相识相交，则是一个意外收获。

在南开大学教育史上，与南开和张伯苓关系密切的重要历史人物，可谓形形色色、林林总总。其中，有"民国四公子"之称、一生充满了传奇色彩的东北少帅张学良，是很特别的一位。

张学良（1901—2001年），字汉卿，号毅庵，乳名双喜、小六子，为奉系军阀首领张作霖的大公子。张家原为河北大城人，本姓李，因为历史上曾与一位张氏姑娘结亲，而张家没有儿子，故随了张姓，到张学良这辈已是第六代。

张学良从小就被寄予厚望。但他记忆中的童年光阴，几乎乏善可陈。小六子降生后，母亲赵氏无奶，家里便花一块银圆雇来一位40多岁的奶妈，奶水还是不足，就用高粱米汤补充。少年时代的他，没有读多少书，性情顽劣，胆子奇大，桀骜不羁。进入青年时代，他的活法更是与众不同，喜好网球、骑马、剑术、驾驶飞机，犹爱美女，热衷于与名媛、女星交往。他晚年时回顾当年，对此也并不讳言。

张学良身上既有一般豪门子弟的浪荡，也不无将门虎子的血

---

① 何炳棣：《一个人可以向全世界挑战的纪录》，《天津文史资料选辑》（第8期），天津人民出版社，1980年。

性，这种做派，深受乃父张作霖的喜爱。

不过，一场大病使得张学良开始关注个人的内在修为。他患上了当时被视为不治之症的肺结核，吐血卧床达数月之久。负责为他治病的，是张作霖军医处处长王少源，既是医生，还是一位基督徒。养病期间，张学良自认为跌入生命低谷，不免心情灰暗，王少源见缝插针，展示"上帝关爱"，施以"心灵救赎"，多少影响了张学良的人格形成。

1916年秋，王少源邀请天津基督教青年会的张伯苓来奉天演讲，题目是"中国之希望"。讲演是张伯苓的长项，说到动情处，他不禁口出豪言壮语："中国是很有希望的，中国之希望就是我！"台下的张学良，正值血气方刚的15岁，当场质问前辈长者，何出如此狂言？张伯苓立即作出激情回答：

大家随国家悲观失望，自暴自弃，你认为国家没有办法，我也认为国家没有办法，那么，中国岂不是真的没有办法了吗？如果大家都奋发图强，自我勉励，牺牲一切，为国家为大众服务，把国家兴亡的责任担当起来，自己坚定信念，中国的前途就是我。中国就不会亡——因为有千万个我，无数的我。你也如此，我也如此，万众一心，还怕中国不强大吗?！假如大家你怨我，我怨你，可是谁也不想去奋斗牺牲，认为我是一个无关紧要的人，如果大家都是如此的想法，只希望坐享国家的光荣，国家它自己会强大起来吗？若是我们多数人，自暴自弃，都等着坐享其成，那才真是会招来亡国之祸，这也是近日国家不强大之原因也，愿大家从今日起，决心立志，说中国不会亡，有我！

中国的社会习惯是，好人坐在屋子里叹气，坏人在台上唱戏。如果我们扪心自问是好人之列，切不可消极地坐在屋子里叹气，任凭那坏人在台上唱戏。①

听了这番话，张学良深受触动。演讲结束，他立即找到张伯苓恭敬请教。一席交谈后，他竟有了一种获得成长的感觉，意识到"我现在只不过是一个在我父亲庇护下的纨绔子弟，但是，我不能总是扮演这种角色。我必须为国家为社会做点什么"②。

张学良浪子回头，自我刷新。此后他数次见到张伯苓，总是以老师相待，执弟子之礼，还为东北研究会捐款500银圆，用于活动经费。每每与人念及当年相遇张伯苓，张学良总是感慨良多：

> ……在十余年前，鄙人即与张伯苓相识，彼时鄙人因愤国势之颓，土地之丧失，以为国家已无富强之望，故甚抱悲观，乃任情放荡，无所不为。后经友人介绍，赴青年会听讲，鄙人尚记忆，系张伯苓先生讲演中国之希望，大致谓人不可只说人之不好，须要知己之不好，而设法悔改，并不所求役人，须要被役于人，倘人人如此，不但自己之精神愉快，而国家亦可富强等。鄙人自听此演讲之后，以为行将亡之国家，尚有可挽救之希望，乃愤志读书，痛改前非，将素日之悲观，忽一变而乐观。③

---

① 万光珉：《张伯苓启发张学良——张学良与张伯苓一桩往事》，《重庆南开校友通讯》，第37期，2012年6月，第143~144页。
② 侯杰、秦方：《张伯苓家族》，新星出版社，2018年，第299页。
③ 梁吉生撰著：《张伯苓年谱长编·上卷》，人民教育出版社，2009年，第420页。

20世纪20年代末，已是东北边防司令长官的张学良个人出资兴办东北大学，并亲任校长，还专聘张伯苓为校董。张伯苓受邀两次赴沈阳面见张学良，提出若干建校的指导性意见。为加强校务，特推荐南开毕业的东北籍学生宁恩承，出任东北大学秘书长、代理校长一职，还将有南开"四大金刚"之称的助手孟琴襄借调东北大学，以解张学良办学经验不足的困境。

据宁恩承回忆，当时他只有29岁，刚留英回国，在沈阳谋得一份银行总稽核的工作。得知派他助力东北大学的消息，心里实在没谱，当晚即乘夜车，于晨6时到天津，匆匆赶赴张校长住宅讨教。

> 张校长刚起床，他有些惊讶，何以如此大早由关外赶来，我叙明来意，并说明我的困难和短处，以及不愿意承担如此重任的原委。张先生说："现在的问题，不是你爱惜羽毛的时候，而是张汉卿有了困难，找不着合适的人选，士为知己者死。处世之道不是为自己而是为人承担责任，为人解决问题。人家既然有了困难，咱应硬着头皮为人解决，不可顾虑自己，而且办事的成功与不成功，一大半由于咱的用心和努力，只要咱心存善良，努力做去，不会有什么错误，就是有了错误，人们会原谅咱的。"①

宁恩承信心大增，走马上任，从整顿校风、整理校务入手，干得风生水起。

1930年岁末，张学良专程赴津，面谢张校长对东北大学的帮

---

① 梁吉生撰著：《张伯苓年谱长编·中卷》，人民教育出版社，2009年，第85页。

助。他打听到张伯苓住处，乘汽车在尘埃飞扬的土路上转来转去，终于来到弯曲陋巷边。他带人走入臭气熏天的羊皮集市深处，找到"张公馆"前的两扇破旧小门。狭窄小院，三间小屋，竟是这位著名校长的居所。那一刻，感佩之情在张学良的内心油然而生，他愈发信服张伯苓，也更看重自己与张伯苓和南开的这份缘分。

1936年4月9日，张学良曾抵东北军驻地延安，邀请中共代表周恩来商谈救国事宜。这是他们的首次会晤，两位一见面，张学良就握住周恩来的手说："我和你同师！"周恩来感到惊奇，张学良解释道："我原来抽大烟、打吗啡，后来听了张伯苓的规劝才完全戒除。"张学良是以张伯苓的私淑弟子的口吻说出这番话的，周恩来明白其义，微笑点头。接下来，"同师"的情感有效增加了会谈气氛。①作为东北军掌门人，张学良军务繁忙，没有机会考入南开校园学习，但他让自己的弟弟张学森、张学思考入南开中学，替他了却这桩心愿。会谈结束，张学良还以个人名义捐助2万银圆，后来又追加20万法币，以表明自己的抗战态度。

仅仅半年后，张学良的人生遭际有如过山车，经历了惊心动魄的大起大伏。

1935年7月，日本军部和关东军逼迫国民党政府签下《何梅协定》，致使河北主权丧失。日本下一步的如意盘算是，以军事为后盾，在经济上掠夺华北资源，在政治上制造中国分裂，进而推动华北五省（河北、山西、山东、察哈尔、绥远）"防共自治运动"，通过华北政权特殊化的方式，将其变为"第二个满洲国"。蒋介石和国民党的步步忍让，激起了许多爱国人士与将领

---

① 南开大学校史研究会编：《巍巍我南开大校长——张学良与张伯苓一桩往事》，南开大学出版社，2016年，第203页。

的强烈不满，也为张学良、杨虎城二位将军发动"西安事变"埋下了伏笔。

1936年12月12日，张学良、杨虎城将蒋介石扣押在西安，本意是通过"兵谏"逼蒋抗日，而并非不忠不义，更不打算加害于蒋，不然他怎么会于1928年，将实力雄厚的东北军易帜归属蒋介石？又怎会于1935年，挥师入关助其平定中原扩大势力范围呢？

南京政府一下子懵了，群龙无首，慌作一团。有道是"病急乱投医"。12月16日，正在重庆的张伯苓收到孔祥熙急电："西安事变，举世震骇，国家命脉所系至巨。吾兄与汉卿相知甚久，此时一言九鼎，当有旋转之效。可否即请尊驾径飞西安，力为劝导，抑先飞京，面商进行之处，敬请迅赐电复，无任祷荷。"[1]18日，张伯苓赶赴南京，孔祥熙表示还在考虑对策，请暂且等待。

终于，西安事变由于中共代表周恩来的出色斡旋，化解紧张，有惊无险，对形成抗日统一战线的有利局面起到了重大作用。12月19日，南开大学收到周恩来以"约翰骑士"化名发给全体师生的英文信函，斋务主任郭屏藩得到信函，把它放在男生第二宿舍办公室桌子的玻璃板下，悄悄地通知有关学生前来阅览，并叮嘱，"不要外传，这是咱们家里的事（指南开）"。[2]

12月27日，张伯苓在南开大学发表演讲，盛赞昔日学生周恩来，"西安事变解决得这么好，咱们的校友周恩来起了很大作用，立了大功"。说到这里，还幽默地补充一句，"过去我把他开

① 梁吉生撰著：《张伯苓年谱长编·中卷》，人民教育出版社，2009年，第439~443页。
② 梁吉生撰著：《张伯苓年谱长编·中卷》，人民教育出版社，2009年，第439~443页。

除了，现在我们恢复他的学籍"。[1]

西安事变和平落幕，也为张学良的后半生种下灾难的苦果。在达成共同对外、联合抗日的目标后，为表诚意，也为给蒋介石压惊，张学良一身义气，亲自护送蒋介石回到南京。显然，他过于善良也过于幼稚了。他不了解政治江湖的凶险，对蒋的心计与多变更是认识不足，落地南京的当天，即遭软禁。随后张学良受到高等军事法庭的审判，等待他的是军事委员会对其实施以十年的"严加管束"。张学良先住溪口，随着形势变化移往安徽黄山，再迁江西萍乡。

1938年武汉失守后，张学良被送至湖南沅陵，先住苏仙岭，再移凤凰山，转年移住贵阳修文县阳明洞。1945年抗战胜利后，十年"管束"期满，本该恢复其自由，而事实却并非如此。1946年11月2日，张学良被秘密遣送台湾，软禁在台北阳明山。直到1990年6月1日，蒋介石、蒋经国父子皆已辞世，老友张群借为张学良做寿之机，邀请孙运璇、陈立夫、梁肃戎、郝柏村、李国鼎、

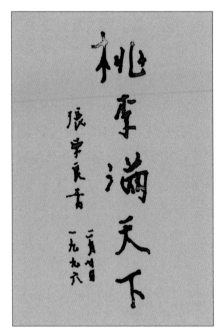

张学良为张伯苓校长120周年诞辰题词

---

[1] 梁吉生撰著：《张伯苓年谱长编·中卷》，人民教育出版社，2009年，第439~443页。

倪文亚、张继正等人齐聚于张将军住处，张学良才得以公开露面，结束了长达54载的幽禁岁月。

昔日翩翩少帅，公开露面时已是耄耋老人。

张学良晚年自评：我们张家父子，若不是为了爱国，会有这种下场吗？

张学良生命的最后岁月是在美国度过的。1990年，他接受了一次采访，记者问他"年轻时受谁的影响最大"，这位传奇而沧桑的九旬老翁，嘴里吐露出"张伯苓"三个字。1996年4月5日是张伯苓120周年诞辰日，张学良在夏威夷应约挥毫写下"桃李满天下"几字，寄回位于遥远天津的南开大学。1997年，应同为96岁高龄的旅美南开校友宁恩承的邀请，他再次手书"伯苓堂张学良书"七个字，这也是张学良留给人间的最后一幅墨宝。

"爱国三问"与民族脊梁

就表象看，与蔡元培、胡适等教育大家或学术大咖相比，张伯苓的学问深度和思想体系似乎有所不及，然而，他的思想价值并不在于书斋中的坐而论道，而在于其办学实践经历丰富，观察社会敏锐透彻，且能将个人体悟内化为个性话语，用浅显生动的言说方式触发听众、点拨弟子。他的随性散点演讲，闪烁着"自外而内"的智慧和灼见。南开老校友在回忆及访谈中，往往不约而同地将张校长称作思想家，可见其实实在在的影响。

张伯苓治校，即高度重视"合作"的价值。他的口袋里常装着一把筷子，有演讲的机会，随时可以拿出来比喻民众团结的作用，用来证明旧中国的体表特征便是"一盘散沙"。

一次，燕京大学校长司徒雷登专请张伯苓去该校演讲。张伯苓从容登台，操着满口纯正的天津腔，粗门大嗓，快人快语，不像是能说出什么惊世骇俗之论，但讲着讲着，他忽然从衣袋里掏出一团绳子，招呼5个同学上台，分别站在他的左右和面前。他把5根绳头交给他们每人一根，自己抓住5根绳头的另一端，大喊一声"拉"，5个同学顺着不同方位使劲向外拉，他却稳如泰山，纹丝不动，大家以为他是在炫耀自己的力气。张伯苓哈哈一笑，讲了其中奥妙："不是我力气大，是因为你们没有拧成一股绳，力量一分散就没劲了！如果你们合力向一个方向用力，我哪里能与你们抗衡。"

面对日寇的步步紧逼，国内文化界出现了不同的声音。张伯苓是爱国主战派。一次他和几位社会贤达应约见蒋介石，谈话间涉及"战"与"和"的问题，他问清楚了中国士兵的质量和武器的配备，慷慨激昂地说出了自己的看法："今日之事，在能战不能战，如能战，必须抗战到底，义无反顾。"[1]他还进一步说明自己坚持抗战的理由，"我们只能战，哪能和呢？我们今天作战，还是为了国家民族的生存而战；如其和了，我们将受敌人的统治，他再去侵略别的国家，仍将驱我们为他作战的……我们怎能言和!"[2]

张伯苓的爱国主战主张，不仅仅局限于举着旗子游行呼喊，

---

[1] 张兰普、梁吉生编：《铅字流芳大先生——近代报刊中的张伯苓·下》，天津社会科学院出版社，2021年，第479页。
[2] 张兰普、梁吉生编：《铅字流芳大先生——近代报刊中的张伯苓·下》，天津社会科学院出版社，2021年，第579页。

而是呼吁每个人都要站出来"盖墙"，护国献身，尽量把国家的大房子盖起来，"哪怕一个角呢，也比不盖好"①，这个呼吁影响了许多有血性的年轻南开学子。

沈崇海（1911—1937年），湖北武昌人。1932年2月考入中央航校，毕业后留校任飞行教官，后调至空军一线任中尉分队长。1937年8月，淞沪战争爆发，他奉命随空军第二大队轰炸日军第三舰队，在激战中炸毁堆在码头上的日寇军火，致日军伤亡惨重。18日晨，他再次执行轰炸任务，飞临日军舰时，所驾飞机突发故障，尾部冒出浓烟，速度减慢，脱离战斗队形。其时，日军旗舰"楚云号"航队正与中国空军激战，他遂驾机英勇冲向敌机，与之同归于尽，壮烈殉国，时年26岁。

张锡祜（1913—1937年），张伯苓四子。在南开中学读高二时报名航空学校，被录取为第三期学员。毕业后入列空军，被任命为队长，奉命赶赴前钱。他在行前致信父亲，不会忘记大人"阵中无勇非孝子"的嘱咐。1837年11月，锡祜从笕桥驾机出战，途中在江西南昌不幸遇难，机毁人亡，"出师未捷身先死"，其献身壮举鼓舞了无数南开学子。

抗日名将何基沣更是在南开的爱国史册中书写了独特的一笔。

何基沣（1898—1980年），生于河北藁城的一户书香人家，1916年插班入学天津南开中学，与周恩来同窗。在七七事变中，时任二十九军一一〇旅旅长的何基沣下令团长吉星文向日寇打响了抗战第一枪。此后，他曾因不满国民党不抵抗政策而拔枪自杀，幸亏抢救及时，才挽回生命。此后由于作战英勇，升任为七

---

① 崔国良编：《张伯苓教育论著选》，人民教育出版社，1997年，第256页。

七军军长。1939年1月，他被吸收为中共特别党员。1948年何基沣率兵起义，投入到新中国的建设事业中，先后任水利部和农业部副部长。1980年去世，遵照其生前遗嘱，他的骨灰被分别撒在卢沟桥畔和当年的淮海战场旧址。

此外，还有一些南开校友报名参军抵抗日寇，其中包括著名的科学家、学者申泮文、黄仁宇等人。留在天津沦陷区的部分学生刘福庚、祝宗梁等，则成为"抗日杀奸团"的骨干力量，其中刘福庚在自制炸弹试验中身亡，也是"杀奸团"最先牺牲的成员。[①]正是这样一群稚气未脱的年轻学生，在山河破碎的惨烈年代，在天津开始了抗日杀奸的征途，"要知道，这不是游戏——如果把率性的复仇当作是游戏的话，那么这也是一个血腥的游戏。因为一开始的时候，抗日杀奸团就给予自己一个明确的定位，他是要抗日和杀奸的"[②]。

早在1916年，张伯苓就在南开中学做过关于"爱国"的专题演讲。在国家蒙难之际，他呼吁首要的是捐弃成见，以宽厚之善意待人，以对治当时国民愚、弱、贫、散、私之病，此方为张伯苓思想的精髓所在。在民族危亡关头，他不主张个人如何"独善其身"，而强调，"如火把燃，自燃之后且能助燃，则功著矣！……故吾甚愿诸生以火把自命，匪独自燃，且能助燃，则方为真正之爱国"。[③]

有社会影响力的人，常常会用演讲感染听众。演讲是一种不同于书面论文的特殊表达方式，不过，即使是记录完整的演说文

---

① 胡海龙：《口述津沽：南开学子语境下的公能精神》（上），天津古籍出版社，2020年，第57页。

② 杨仲达、陶丽：《举火烧天：天津抗日杀奸团纪事》，天津古籍出版社，2019年，第12页。

③ 沈卫星主编：《重读张伯苓》，光明日报出版社，2006年，第415页。

本，也不意味着可以反映演说者的思想全貌，其影响力一般只是留存于特定的"历史现场"，无法拼接，更难以复制。今存的张伯苓的现场言论，需要整理归纳，方可凝聚成思想遗产，而不仅仅具有某种史料价值。

1935年9月17日，在当年的南开学校始业式上，张伯苓做了题为"认识环境，努力干去"的演讲，提出"公""诚""努力"三条建议，作为每个学子应对国难的药方。

始业式，现在的说法就是开学典礼。在这种场合，新同学最期待的便是校长现场的演说。张伯苓每每利用这个机会，向学子们宣示南开的办学理念，而强调最多的就是为国为公的精神追求。他的演说魅力别具一格，带有浓浓天津乡音的"大白话"，通俗易懂却举一反三，层层推进，言浅意深，极富感召力。

张伯苓在这一年的始业式上，主要谈了两个主题：一是"认识环境"，二是"努力干去"。这里的"环境"指的是时局。那么，这一年的时局有了什么明显变化？最大的不同，就是国家、民族的危难日益严峻。九一八事变致东北沦陷后，日寇开始对华北的蚕食，且不断加剧。1935年以来，日本通过一系列蓄谋已久的军事行动，提出种种无理的要求，制造事端，得陇望蜀。而软弱的国民政府一再退让，并于7月与日方达成耻辱的《何梅协定》，表示对日方"所提各事均承诺之"，致使国内人心大乱。

一直对日本野心保持警惕的南开大学，其处境日趋艰难，完全是可以想象的。张伯苓经与校董们商议，不得不将原定为9月11日的始业式推迟举行，其间专程赶赴南京，寻求国民政府和教育部的支持。回津一周后，张伯苓出现在始业式上，满怀忧患之情，做了一次影响深远的演讲。一上来，他就表示，"今天藉这个机会，和新旧学生稍微谈谈现在的情形"[1]，以寻求今后共同应对时局变化的策略，确立一种自觉意识和态度。接下来，张伯苓发出了振聋发聩的声声追问，令人动容：

> 现在，我给你们讲几句话：
> 你是中国人吗？是。
> 你爱中国吗？爱。
> 你愿意中国好吗？愿意。[2]

最后，张伯苓语气坚定地告诉新同学："现在局面这样，不用先生们讲，你们还不懂吗？还用我说吗？你们认识了环境，努力干。"这次演讲，让初入南开的学子们真切感受到国家的危难和南开人的责任，爱国意识愈发明朗。

"爱国三问"的发出，如果仅仅局限于校史范畴，显然是掩盖了其跨时空的思想价值和穿透意义。此处，他反复提到的中国，在张伯苓"家国词典"里，不单纯是地理概念，或政体存在，而是中华民族历史存在的精神载体和血脉源头。

第一问，"你是中国人吗？"意指中国人的身份认同意识。个体生命哲学通常会追问自己是谁？从哪里来？又要去到何处？这是形而上的终极追问，而在"你是中国人"的设问中，更多了一种民族认同与自我寻根之问和血脉归属感。这一问，是个体对自我的一种确认、描述和辨识，通过与他者的比较，找出真实的异同点，最终达到对"中国人"身份的清醒认同。

第二问，"你爱中国吗？"源于根植深厚的家国情怀，却又凝

---

① 崔国良编：《张伯苓教育论著选》，人民教育出版社，1997年，第255页。
② 崔国良编：《张伯苓教育论著选》，人民教育出版社，1997年，第58页。

结为深沉的当下之问。在中华民族艰难成长史中，家国情怀一直是民族共荣的支撑点，一荣俱荣、一损俱损。只有对国家有了充分认识，爱国才不是盲目的。这也是一种深刻的灵魂拷问，如是，必须通过爱国心这一"公共链接"，凝聚中华民族的理想、力量。也是在这篇演讲里，张伯苓要求学生们每天都要完成三次内心追问："我真爱国吗？我自己对公家有好处吗？我自己对公家有害处吗？"这是展示家国情怀的一步步细化。

第三问，"你愿意中国好吗？"针对的是人们如何践行报国之志，属于具有前瞻性的未来之问。爱国从来都不是干巴巴的口号，而是烙印在灵魂中的信仰，把爱国行为最终落到实处。爱国没有大小、多少、前后之分，真正的爱国者必须要身体力行，将个人命运与国家盛衰紧密相连。一个人无论处于何等逆境，身在什么岗位，都要自觉融入爱国报国的责任担当，将爱国之心与爱国之力融为一体。

关键是，我们有对中华民族的自尊和自信吗？我们有对中华民族和传统文化知恩、感恩和报恩吗？

张伯苓是从常识性的做人角度阐释爱国精神的。成立南开系列学校之初，张伯苓就极富远见地制定了"允公允能，日新月异"的校训，促使学生在读书的时候，就要开始培养自己的救国能力，在服务社会的时候，成为救国的有生力量。在他看来，许多人对于爱国意志的麻木和冷漠，症结源于私利作祟。不愿意有所作为，违背南开校训精神，表现为缺乏合作之"公"与做事之"能"。"爱国三问"正是针砭此种种弊病而有感而发，至今仍有镜鉴意义。

之后，张伯苓赴京访问崇贞学园，与师生有过一段赤诚相见的对话。

　　"崇贞学园"（北京陈经纶中学前身）的创办人是日本牧师清水安三。1919年，清水为了学习中文，特移居北京，落脚在霞公府内小纱帽胡同的日本同学会，其间阅读了陈独秀、胡适、鲁迅、周作人、钱玄同的著作，开始进行现代中国思潮研究。在鲁迅日记里，出现过清水两次拜访他的记录。不久中国北方大旱。清水从灾童收容所得到300元酬金，自己又拿出200元，在朝阳门外灾民集中的地方购置一小块地，于1921年5月招募到60名学生，创办了一所中国贫困女孩儿的工读学校，即"崇贞学园"（最初叫"崇贞工读女子学校"）。经过多年经营，崇贞女校扩充为有六年制小学部和三年制初中部的学校。二战后，北京市教育局接管了崇贞学园，并更名为"北京市女子第四中学"；1990年后，由于陈经纶注资2000万，此中学更名为"北京市陈经纶中学"。

　　张伯苓在与"崇贞学园"负责人的对话中，就"为何中国国民羸弱的问题"谈了自己的看法，"中国国民羸弱在于为私不为公，在谋私立而不思公益。中国国民中为人、为社会、为国家工作的人少，因此国家瘠弱。没有肯为国家牺牲的人，国家就不可能强大"。他提到南开校园的一侧常有污水积存，为什么呢？"因为那里地势低。与此相同，中国较之他国低，其他国家的污物皆流到我国，但一点也不需要怨恨其他国家。如若将自己的国家提高到较之他国不低，即使不高也至少与他国相同的高度，他国的污物就流不进来。我等必须为此努力"。[1]

　　张伯苓传播爱国思想，是在言传身教中完成了潜移默化的作用。

---

[1] 张兰普、梁吉生编：《铅字流芳大先生——近代报刊中的张伯苓·上》，天津社会科学院出版社，2021年，第282页。

1934年中国空军刚刚组建，时间不允许充分准备，急需可用之人。张伯苓深知空军对国防的重要性，希望南开学生积极报考。国难当头，战事吃紧，他当然知道残酷血腥的战争对于个体生命意味着什么，但仍坚持以身作则，鼓励自己的小儿子张锡祜应征入伍，把他送进位于杭州新建的航空学校。1934年航校举行毕业典礼，张伯苓应邀参加，代表学生家长讲话，宣示报效国家，义不容辞。锡祜也确实表现出色，做到了让父亲为自己的选择而骄傲。毕业后，他被任命为中央空军的一个飞行队长，很快就奉命开赴前线。

张伯苓在南开中学对学生讲话："我不因为儿子赴前线作战，凶多吉少而悲伤，我反而觉得非常高兴，这是中国空军历史上光荣的一页，但愿他们能把这一页写好！"张锡祜在开赴江西前线途中，曾给家中写来一封信，表达了视死如归的决绝，并一一交代后事，相当于一封遗书。不幸的是，张伯苓很快就接到锡祜在飞机失事中机毁人亡的电报通知。张伯苓低垂下硕大的头颅，静默两分钟后，面对眼前的三子张锡祚，泪光盈盈，缓缓自语："老四殉国了，求仁得仁，复何恸为！……我早已把他交给国家了，遗憾的是他还没有来得及给国家立功。"①

为了妻子免受打击，张伯苓对王淑贞隐瞒数年，直到抗战胜利后，才对她说出实情。那段日子，这位硬汉独自默默地扛起悲痛，神态从容，目光坚定，尽显为人师表的崇高风范。

---

① 张锡祚:《先父张伯苓先生传略》，南开大学出版社，2016年，第48页。

第八章

文化地标

互动：自由与包容

校父严修与校长张伯苓，皆以其一生好学上进，称誉于中国近现代教育史。

1917年夏，张伯苓为创建南开大学赴美取经，兼以留学身份，在哥伦比亚大学主修近代教育、教育哲学、心理学、教育行政等科目。次年5月，年近6旬的严修不辞辛劳，步其后尘，也携几位同人亲赴美国考察，与张伯苓相聚。考察也是为了学习，他请张伯苓给自己"开小灶"，每晚来住处，把白天在哥大所学的课目复述给自己。时值酷暑，纽约气温更是达到了39摄氏度，两位教育家一对一的"教"与"学"却从未因此而间断。

回国后，张伯苓开始筹备大学。他先是从设施入手，通过各种渠道，从日本和美国购买了大量物理、化学等实验仪器，其规模并不寻常。一些欧美教育界人士到南开参观，感到惊奇，直言即使是他们国家的一般中学，能有如此良好设备的，亦为数不多。

学校硬件的日趋完善，必然带动"软件"的跟进。张伯苓倾其所能，延揽师资人才。大学部聘请教员，从一开始就制定了高标准，师资来源以欧美留学生为主，且多是新毕业的硕士、博士。吴大猷毕业于南开中学、大学，留美归国后又来南开大学任教。在他的记忆中，早期的南开大学，曾先后聘请过如下著名教授：

梅光迪、余日宣、司徒如坤（文科）；

李道南、史泽宣、孙垒、唐文恺（商科）；

邱宗岳、杨石先、徐允钟、张克忠（化学）；

应尚德、李继侗、熊大仕（生物）；

姜立夫、钱宝琮、刘晋年（数学）；

饶毓泰、陈礼（物理）；

司徒月兰（英文）；

蒋廷黻（历史）；

薛桂轮（矿科）；

李济（人类学）；

徐谟、萧公权、张忠绂（政治）；

黄钰生（心理）；

何廉（经济统计）；

汤用彤、冯柳漪（哲学）；

萧蘧、方显廷、陈序经、李卓敏、陈振汉、吴大业（经济）；

段茂澜（德、法文）；

张洪沅、谢明山（化工）。[①]

　　姜立夫（1890—1978年），祖籍浙江温州，父亲是浙江当地乡村的知识分子。他在1920年来到新成立的南开大学任教，为数学系创始人。当时他来南开执教，整个数学系既没有讲师，也无助教，只有他一个单枪匹马的系主任来支撑，硬是创造了"独木成林"的奇迹。姜立夫创办南开"一人系"的美名就此流传。姜

---

① 刘未鸣、韩淑芳主编：《先生归来兮》，中国文史出版社，2020年。

立夫凭着渊博、扎实的专业知识不断激发学生的数学兴趣，由此成为成绩卓著的数学家并非个例。他的学生吴大任回忆："他就像熟悉地理的向导，引导着学生寻幽探胜，使你有时似在峰回路转之中，忽然又豁然开朗，柳暗花明，不感到攀登的疲劳。听姜先生讲课，是一种少有的享受。"[1]

姜立夫分别开设了高等微积分、立体解析几何、高等代数、投影几何等8门课程，精心准备，亲自授课，先后培养出如陈省身、江泽涵、刘晋年、申又根、孙本旺这样的数学人才。半个世纪后的1981年，陈省身主动资助母校建立的"姜立夫奖学金"，就是出于对恩师的尊崇，"他人很简单，他是个教授，规规矩矩教书，别的事情都不管。他当时是系主任，他也不要做院长，更不要做校长，所以我叫他圣人"[2]。

继姜立夫创办数学系，1921年邱宗岳创办化学系，1922年饶毓泰创办物理系。这三位正值年富力强，皆为当时中国一流学者，使得南开大学声名鹊起。

汤用彤（1893—1964年），祖籍湖北，出生在甘肃。1918年，他与杨石先等清华同学赴美留学，转年入哈佛大学研究生院学习，与陈寅恪、吴宓被并称为"哈佛三杰"。1925年，汤用彤受聘任南开大学文科哲学系教授、系主任。他开设西洋哲学史、现代哲学、实用主义、逻辑学、社会学、伦理学、印度哲学、宗教哲学、佛教史等多达12门课程，硕果累累。汤用彤在南开期间，与熊十力、梁漱溟、冯友兰时有来往，切磋学问。他视南开为第二故乡，其代表作《中国佛教史》就是在这里完成了讲义初稿。汤用彤的学生韩镜清、王维诚、庞景仁、张世英等也都成为名

① 龙飞、孔延庚：《张伯苓与张彭春》，百花文艺出版社，1997年，第112页。
② 侯杰、秦方：《张伯苓家族》，新星出版社，2018年，第142页。

师，在哲学教育系任教，另有研究生杨志玖、王达津、王玉哲、杨翼骧先后在历史系、文学系任教。一个时期，南开的汤氏弟子在几个重要的文科领域，几乎都成了学科带头人。①

1927年夏，汤用彤出任"中央大学"哲学院长，接棒者冯文潜接替了汤用彤在南开大学的教学工作。

冯文潜（1896—1963年），是一位天津籍的有影响力的资深南开教授。他16岁考入南开中学，毕业后先后留美留德长达10年，从1930年起，一直在南开大学讲授西方哲学、哲学史、美学与逻辑学，曾在西南联大哲学系任代理主任，在学界声誉显著。

南开对于学术问题，自由争论的风气由来已久。

南开中学刚一挂牌，校刊就辟有广开言路的"通讯栏"。围绕"文言"与"白话"的议题，这个栏目一度成了思想碰撞、各不相让的论战阵地，双方的领衔人皆非等闲之辈，分别是历史教员范文澜和国文教员老舍。

起因其实很寻常，一位主张文言的国学教师在"通讯栏"上公布了一份"必读古书书目"，很快遭到一位学生的质疑："请问老师，您自己是不是都读过这些书？"由此燃起了"导火索"，并引出两位重量级人物直接论战。双方各自陈述观点，取长补短，不同的优点汇成斑斓、丰饶的思想学术景观。

1922年9月4日是中学部开学的日子，南开中学师资队伍中出现了多张"新面孔"。《南开周刊》第41期特发专文《欢迎新师长》，称赞他们"学识经验都甚宏富，造福南开定非浅鲜"。这些新师长中就有日后分别在文学界和历史学界颇有声望的老舍、范文澜。两位老师一位教国文，一位教历史，平时关系不错，友善

---

① 赵建永：《汤用彤与南开的渊源》，《南开大学报》，2023年6月1日。

相待，彼此尊重，也各有"粉丝"，但学术观点总是不大合拍，其相互争执也就不足为奇。

老舍（1899—1966年），本命舒庆春，字舍予，毕业于北京师范学校。他的教学特点就是注重文学元素，悟性过人，在年少时就能写出漂亮的旧体诗词和文言散文。1918年，只有19岁的舒庆春在师范学校毕业，后任小学校长，还曾兼任过教育部通俗教育研究会会员、京师公立北郊通俗教育讲演所所长等职务，每月薪水200银圆，远远高于同龄职员，经济还算宽裕，但这都不是他的理想职业。那时舒庆春还没有写作志向，在频繁应酬、交际中，学会了喝酒、抽烟、打牌，还总熬夜，健康因此出了问题。待身体转好，他打算离开原有生活、工作圈子，经同学罗常培推荐，他接受了南开中学的聘请，来天津任国文教师，月薪仅50银圆，却乐在其中。

舒庆春离京来南开中学任教，他的天津籍同学朱荫棠尽地主之谊，中秋节时曾在同福楼设宴。二人对饮"缘茵陈"，每人都喝了二两多酒，心情颇佳。酒后又一起到南市一家茶馆品茗赏月。这段日子给他留下了美好记忆。

舒庆春教3个班的语文，1个礼拜有18节课，还要批改150本作业。他一天到晚都和孩子们在一起，而且还可以有余闲看书，这在过去是难以想象的，日子很开心。舒老师的讲课深入浅出，幽默风趣，轻松活泼，自成一派。他平时喜欢曲艺，在学校舞台说过相声，这些特点在讲台上发挥出来，自然很受学生欢迎。同时他的小说创作、翻译文论、编辑刊物的长项也开始崭露头角。说老舍是在天津完成了人生道路上一次重要"转向"，并非没有事实依据。

执教第二年，舒庆春在《南开季刊》发表了短篇小说《小铃儿》，署名舍予，一时间同学争相阅读，持续热议。背景是这样的，《南开季刊》自1922年1月出刊，很快便遇到稿件匮乏的困境，第二期刊物因此未能按时出版，只得与第三期稿件合并一同出刊。这时候，舒庆春在编辑的再三邀约之下，写了这篇作品"交差"。尽管是试笔之作，但在一些老舍研究者看来，毕竟是其处女作，也是他的第一篇白话文作品，意义不容低估，老舍却不以为然。不过，主人公小铃儿的父亲因参加反抗外国列强的战争而死亡。小铃儿练武，把教堂洋人的孩子当作报仇对象，最终被学校开除。其表达了某种爱国信念，这其实也是贯穿老舍一生创作的基本思想轨迹之一。

老舍骨子里有一种与生俱来的悲悯情怀。当时天津卫有道小菜叫"烧铁雀"，也是学校职工食堂菜单上的特色菜。舒庆春接受不了，每次看到这道小菜，都会离开食堂，自己到街上小馆去吃面条。据宁恩承回忆，舒老师总觉得麻雀小得可怜，不忍心吃，遂把这道菜叫"麻雀之难"。老舍后来曾写过一篇散文《小麻雀》，还被选入中学课本，里面道出了自己对麻雀这类弱小生命的怜惜。

多年后，老舍回忆当年在天津的执教时光，称在自己的人生出现歧路时，来到天津南开中学也是正确的选择。之所以一年后就离开天津的原因，随性的老舍倒也没有遮掩，直言自己不能爱上海与天津，因为他心中有个北平。观察老舍的一生经历，确乎如其夫子自道，他的根脉终究扎在北京。

与老舍同时进入南开的历史教员范文澜，同样有着学者的严谨和坚持。

范文澜（1893—1969年），字芸台，后改字仲沄（一说字仲潭），浙江省绍兴人，为宋代名臣范仲淹的后裔，地道的书香门第。他7岁即入家塾学习，14岁转入县立高等小学堂接受新式教育，中学分别在上海和杭州就读。后考入北京大学文科，曾受业于国学名师黄侃、陈汉章、刘师培等。毕业后一度担任校长蔡元培的私人秘书，又辗转于辽宁、河南多地教书，都难言称心。

1922年，范文澜应张伯苓之邀，来津进入南开，先后执教于中学部与大学部，事业与生活算是站稳了脚跟，为以后的学术方向奠定了基础。

范文澜更看重南开的学术氛围，观点异同，皆可包容，从不设限。他在大学部主要讲授《国学要略》，集中于经、史、子三部，兼及中国文学史与古代文论。他最早出版的学术著作，就是在南开大学的授课讲义《文心雕龙》。梁启超为其论著作序，评价其"展卷诵读，知其征证详核，考据精审，于训诂义理，皆多所发明，荟萃通人之说，而折中之，使义无不明，句无不达，是非特嘉惠于今世学子，而实有大勋劳于舍人也，爰乐而为之序"①。

南开大学的学术演讲很有影响力，涉及范围广阔，既突出热点，又兼顾多面，仅涉及社会科学的话题，就常有各界名流要人现身露面，如梁启超的《市民与银行》《太平洋会议中两种外论辟谬——重划中国的疆域说》《青年元气之培养》，胡适的《新时潮主义》《中国今日之思想界》《国语文学史》，陶行知的《大学生应有之精神》，丁文江的《中国人种考》，马寅初的《中国何以无健全的金融界》《裁厘加税问题》《中国之重利问题》，范文澜的《整理国故及其方法》，黄郛的《欧洲和平会议之内容》，蒋廷黻的《劳工与帝国主义》，梁漱溟的《孔子真面目》，戴季陶的

---

① 梁吉生撰著：《张伯苓年谱长编·上卷》，人民教育出版社，2009年，第358页。

《文化复兴与文化统一》等，涉及政治、经济、历史、金融、国学、地理及人类学诸多领域，在南开各抒己见，议论纷呈，流布全国。[1]

南开的刊物很多，有会刊、校刊，时间上有周刊、季刊，且多为学生负责编辑。1924年创办《南开大学周刊》，分言论、学术、文艺、顾问等组，吴大猷、吴大任、陈省身等在学术组，孙毓棠、万家宝（曹禺）、张羽等在文艺组，由汤用彤、蒋廷黻、黄钰生、徐谟、何廉、蔡维藩、范文澜等担任顾问。

在同事眼里，范文澜是一位适合做学问状如"老夫子"的青年才俊，但受到"五卅"浪潮的冲洗，怀着一腔热血走上街头，参加市民大游行，呼吁爱国反帝，完全不惧自己已经置身于惊涛骇浪之中。1926年，因受李大钊的影响，他秘密加入了中共党组织，并任南开大学学生支部书记。当时校园没有支部，范文澜实际上是南开大学地下党组织负责人，很快就被国民党政府视为危险人物。警方对张校长透露了对于范文澜的抓捕计划，张伯苓丝毫没有耽搁，立即让范文澜逃离。当晚，范文澜就紧急赴京躲避。转天军警来校抓人扑空，张伯苓的解释是，他不在学校，回浙江老家探亲了。也因此，范文澜结束了在南开的执教生涯。

南开的自由探讨和争论的学术风气，在张伯苓身上也有鲜明的呈现。陶行知与张伯苓曾先后赴美就读哥伦比亚大学，师从杜威，但在对杜威学说的理解上不尽相同，还曾有过一次态度温和的思想交锋。

1923年起，陶行知应邀开始频繁光临南开，分别在南开大学

---

[1] 谢一彪：《范文澜传·上卷》，中国社会科学出版社，2015年，第97页。

部和中学部举办系列讲座。1925年秋，陶行知为南开中学教职员讲演，主张"教学合一"，认为先生的责任，一是在教学生学；二是教的方法必须根据学的方法；三是先生不只是教学生，同时自己也要学。主持讲演会的张伯苓立即发表补充意见，指出"先生之责任不在教，而在教学生学，更要教学生行"。因为"如果师生间终日贩卖知识，那么教学会有多大成绩客观呢？"陶行知受到启发，称有"豁然贯通"之感。为了纠正陶行知的"教学合一"观点，张伯苓不久还在南开高中周会上做了《学行合一》的专题演讲，强调"学""行"并重，不可偏废，进一步深化了对中国教育改革的思考。①

"罢教"风波与"土货化"缘起

1924年，南开大学经历了一次几乎"停摆"的空前动荡。

那段时间，军阀割据带来的社会变乱严重危及了南开的经济命脉，使其步履维艰。大学部亏空4万元，中学部亏空3万元，女中部的经费更是捉襟见肘。张伯苓在苦苦思虑对策，他坚定乐观地向学生表明态度："然则因此停学乎？否，决不！吾等决不能为经济所战败！汝等尽可沉心静气，专心学业也。"②

处于混乱年代，南开学生仍能专注于读书求知，且时不时还会出现一些惊人之论，从而在学校乃至社会引起轩然大波。

---

① 梁吉生、张兰普：《张伯苓画传》，四川教育出版社，2012年，第123页。
②《南开周刊》，第109期，1924年12月22日。

　　1924年11月28日，《南大校刊》刊登了一篇署名"笑萍"的文章《轮回教育》，观点激进，直言不讳，在师生中一石激起千层浪，并很快形成师生观点对立，愈演愈烈，酿成了南开建校以来罕见的罢课风潮。

　　"笑萍"者，即宁恩承，一位23岁的东北籍学生。其文章针砭教学"时弊"，认为一种"自我转圈子"的现象正在南开流行，可用"轮回教育"称之，贬义色彩溢于言表。具体说来，宁恩承质疑南开的教师队伍同质现象严重，往往是中学毕业的可以教小学，大学毕业的可以教中学，在海外获得学位的回国就可以教大学，如此近亲繁殖式的教育模式代代循环，自我因袭。作者特别提到一些海外留学归来的教师，复制国外所学，不管效果，照本宣科，不具备服务社会的意义：

　　　　这些教员所讲的，内容多是些美国政治、美国经济、美国商业，美国……，美国……，美国……，他们赞美美国和冬烘先生颂扬尧舜汤一般。一班学生也任他"姑妄言之"，我们"姑妄听之"。一年、二年，直到四年，毕业了，毕业后也到美国去，混个什么M，什么D，回来依葫芦画瓢，再唬后来的学生，后来的学生再出洋按方配药。这样循环下去，传之无穷，是一种高一级的轮回。这样转来转去，老是循着这两个圈子转，有什么意思？学问吗？什么叫做学问！救国吗？就是这样便算救国吗？[①]

　　如此说法，也并非缺乏事实依据。当时南开大学中留美教师

---

① 梁吉生、张兰普：《张伯苓画传》，四川教育出版社，2012年，第118~119页。

比例极高，这与张伯苓、张彭春的办学思路有关，他们在美国有过考察或留学的经历，受其影响，希望南开迎头赶上世界最先进的教育潮流，"把美国炼成的仙丹吞进我们肚子里"。由于南开规模所限，师资匮乏，有的留美博士在南开执教一身几任，甚至跨专业授课，很难达到理想效果。比如被视为中国现代考古学之父的李济，是毕业于美国哈佛大学的人类学博士，1923年回国后被南开聘为人类学、社会学教授。但这类专业的报考学生极为有限，学校就让李济兼任商业统计课程教学，这完全超出李济的治学范围，只能赶鸭子上架，老师为难，学生受罪。

"笑萍"文章的初衷无可指摘，对何去何从的教育出路提出疑问，也试图予以解答，却存在着以偏概全，所述内容与部分事实不符的明显硬伤，不免使人有小题大做之感，且文风比较情绪化，难以让人接受。他在文章中称一些海归派为"不学无术"，亦失之简单粗暴。这使得教授普遍觉得自己的存在意义和学术尊严受到轻蔑，遂联名上书，要求校长调查核实，此种不堪言论的来龙去脉，有何背景，究竟为个人所见，还是代表了多数学生的想法。

学生会一方没有顾及教师的感受，出面支持"笑萍"。教授一方集体沉默之后，决定以罢教抗争。

逢此突发事件，忧心忡忡的张伯苓分别出面调解，找当事方谈话，希望师生和解，但双方有些意气用事，都不肯让步，一时僵持不下。《益世报》载文描述："现双方各走极端，学生们仍按时上课，秩序井然。唯无教员到班教授。于各种罢课中，此类罢课办法，尚属创闻。"学生会对此不满，便用传单方式，主动向社会公布事件真相，声言"不得不全体决议采取自卫主义"，并通过《益世报》表明己方立场："教授等态度愈趋坚强，致使吾人最敬最爱之张校长，因处于彼等胁迫之下，不能不宣告暂时与南大脱离关系。而吾南大之工作，乃陷于停顿状况。同人等际此时限，忧心如织，再三思维，莫得其解。……嗟乎！数年来，有光荣有名誉之洁白南大校史上，不意于今日竟为此无谓罢教风潮所沾染。思之殊令人心痛。同人等悲惶之余，无以为计，除尽力图谋转圜恢复原状外，谨将此经过事实，宣告国人，国人其公鉴焉。"①

这场罢教风潮持续了整整30天。

张伯苓感到极度不安，左右为难，学生与教授在他的内心分量同样重，手心手背都是肉，对哪一方都下不了狠手。时值冬季学期之末，他索性宣布提前放假，并提出辞职，离校出走北京，给双方留出冷静思考和回旋的时间。这一招果然灵验，学生群龙无首，最初陷入焦虑，随之情绪趋于风平浪静。转年年初，由南开学校董事出面调停，师生双方最终达成谅解。学生体会出张伯苓立志于教育救国的拳拳之心，主动致函校长，愿意表达歉意。张伯苓回校，风波结束，南开教学秩序随之恢复正常。从这件事，也可见出南开学术教育的自由民主气象。

"风波"的始作俑者宁恩承并没有因此受到负面影响。时过境迁，回顾当年，宁恩承透露，时值《南大周刊》编辑向他约稿，便交出了一篇杂感，题为《轮回教育》。他承认写作此文多少有些无事生非的顽皮，竟酿成几乎难以收拾的恶果，这是自己始料不及的。一些同学担心他得罪了教授，一定会受到报复，给他不及格的判分，事实上相反，他的考试成绩很不错，没有一科不及格。宁恩承毕业后，还因出色的工作能力而被校长格外倚

---

① 侯杰、秦方：《张伯苓家族》，新星出版社，2018年，第124页。

重，当张学良希望张伯苓帮忙缓解一下东北大学管理人才不足的困境时，宁恩承受张校长推荐前去协助打开工作局面，得到张学良的高度认可。

多年后，张伯苓提及"轮回风波"，用"两个孩子打架摔跤，摔倒了，爬起来，拍拍衣服回家吃饭"来比喻和概括，完全是一种云淡风轻的洒脱语调。

现在看来，那场"轮回"风波也并非完全没有积极意义。在20世纪二三十年代的社会背景中，"全盘西化"的舆论甚嚣尘上，其中以胡适的观点最具代表性：

> 我很不客气的指摘我们的东方文明，很热烈的颂扬西洋的近代文明。
>
> ……我们必须承认我们百事不如人，不但物质机械上不如人，不但政治制度不如人，并且道德不如人，知识不如人，文学不如人，音乐不如人，艺术不如人，身体不如人。
>
> 肯认错了，方才肯死心塌地的去学人家。不要怕模仿……不要怕丧失我们自己的民族文化。[1]

受此潮流影响，大学课程里"洋味""洋货"居多。

首先，学制就来自西洋，学术以西洋历史和社会为背景，研究和以解决西洋问题为目标。其次，南开3/4的师资来自海归博士或硕士，其教科书内容不是洋文原本就是英文中译本，像样的课程纲领多是结合数种洋文编辑成的"土造洋货"。他们不结合中国实际情况，言必称美国，有的离开外国讲义无法讲课，"以

---

[1] 朱文华：《反省与尝试——胡适集》，上海文艺出版社，1998年，第9~11页。

往大学之教育，大半'洋货'也。学制来自西洋，教授多数系西洋留学生，教科书非洋文原本即英文译本，最优者亦不过参合数洋文数而编辑之土造洋货"①。早年曾有学生回忆："学生解剖蚯蚓时，教授特意告诉我们学生：'这蚯蚓是从美国特意运来的。'（生物学的是美国课本，课本中的蚯蚓和中国的蚯蚓有些不一样）当年有些人认为，南开学美国真是学到家了！"②

张伯苓由此进行反思，对于留洋回来进入南开的年轻教授既抱希望，也有劝诫："我深知咱们不如外国，可是咱们要知道，外国多好是人家的，不是咱们自己的……如果一味只说外国好，一味使用外国的东西，不仅可耻，而且危险。我们办学校，教学生，就为迎头赶上人家……大家应先苦干，使国家富强，不应一味怨天尤人。"③

其实早在五四运动前，张伯苓就在一次修身演讲中直言："诸生须知求学问当用于实际，若无实用便是白学，更要能将新学识在本国消化。"④但他毕竟一生中五赴日本、四赴美国、两赴欧洲，使他看到差距，正视不足，随着办学实践的深入，他需要不断解决难题，寻求自我修正、完善教育的路径。与胡适交情不错的张伯苓，却在私下里表达过与胡适不同的见解：

> 我第一次到美国去的时候，看见他们样样都好，恨不能样样都搬到中国来。第二次去的时候就不然，觉得美国的东西有的可以搬到中国，有的是不能搬的。勉强的搬只是有害

---

① 王文俊等编：《南开大学校史资料选（1919—1949）》，南开大学出版社，1989年，第38页。
② 杨志行、李信主编：《天津市南开中学》，人民教育出版社，1998年，第9页。
③ 龙飞、孔延庚：《张伯苓与张彭春》，百花文艺出版社，1997年，第81页。
④《张伯苓研究》（内刊），2020年第一期春季号，第63页。

而无益！①

　　经过反思和摸索，张伯苓取长补短，另辟蹊径，提出有针对性的"土货化"教学思路。"土货化"的提出，与天津文化人特有品质和包容襟怀密切相连。它并非移植大而无当的东方精神文化框架，而是综合中国历史、中国问题的知识亮点，以"知中国""服务中国"为宗旨，寻求一条适合中国国情、具有南开特色的现代版办学之路。

　　教育不提倡死读书、读死书，与实际生活脱节，必须了解"社会真正的状况"，培养"具有'现代力'之青年"，使之负起"建设新中国之责任"。据韦君宜回忆，她读南开女中那几年，学生们不总在学校读书本知识，而是"经常到纱厂、农村甚至监狱去参观，16岁时到民众学校去当老师，教那些没钱上学的孩子们学文化，18岁到门头沟下矿井"②。

　　20世纪二三十年代，中国的社会、经济研究尚处于拓荒时代，研究中国问题，不能从书本到书本、从理论到理论，南开的路径就是从了解社会和经济状况入手的。在1928年的《南开大学发展方案》中，张伯苓提出"以中国历史、中国社会为学术背景，以解决中国问题为教育目标"。在这种办学思想的指导下，当时南开大学的社会实地调查搞得有声有色，成绩斐然。

　　为此南开大学专门成立了社会视察委员会，张伯苓是幕后策划。他要求大学部各科教授都行动起来，按照所授科目的性质，

① 张兰普、梁吉生编：《铅字流芳大先生——近代报刊中的张伯苓·上》，天津社会科学院出版社，2021年，第88页。
② 胡海龙：《口述津沽：南开学子语境下的公能精神》（上），天津古籍出版社，2020年，第28页。

制订调查研究的具体计划，组织和指导学生深入社会调查分析。之后学生还要写出调查报告，由带队教师评阅指导后，择优登在《南开周刊》或报纸杂志上。

各队人马纷纷出征。"春江水暖鸭先知"的商科教师，最早迈出深入社会的一步。在学校的资助下，学生组成全国商业调查团，到上海、南通、南京、济南、青岛等城市考察不同板块和领域。在天津，教师带领部分学生深入西站旁的织毡工厂，另有一支学生社会调查团，调查慈善事业等生存现状，贴近民众，了解人力车夫和狱牢状况。

文科学生辅助中华教育改进社，调查天津儿童的智力状况。矿科主任薛桂轮带领学生到北京西山三家店、门头沟一代考察地质状况。教育学班老师则组织学生调查天津各幼稚园的管理，及各小学校的教学情况。

经济史班在蒋廷黻的倡导下，与文商科合作，组织学生工厂调查团，带队深入裕源纺纱厂，了解工人生活、人数、家庭、工资、工作时间、教育、卫生、游戏、工人的年龄及死亡率等种种情况。针对调查的结果，指导学生用科学方法组织排比，写出报告，刊登在报刊上。同时，他还组织一些学生调查研究周边八里台村村民生活状况。

中国抗战的后半段，也是最艰苦的岁月，日寇践踏了大半个中国的国土，西南边陲的滇缅、滇越铁路便成了连接国际的交通要道。

1942年4月，云南省政府决定再修筑一条铁路，由滇西的石屏通往滇边的佛海（后属思茅专区，2007年更名为普洱市），以连接滇越铁路。"石佛铁路"筹备委员会提供经费，打算委托一个学术单位，调查铁路沿线的社会经济、民情风俗、语言文化等方面的情况，以供修筑铁路参考与应用。在张伯苓的力争下，南开大学承接了这项工作。学校决定乘此机会创办边疆人文研究室，既可以为"石佛铁路"的修建做些有益的事，同时也开辟了一个新的科研阵地。

6月，由黄钰生、冯文潜筹划，边疆人文研究室宣布成立，陶云逵为主任，研究人员有邢公畹、黎国彬等中青年学术精英。此后，北大毕业生高华年和西南联大毕业生黎宗献、赖才澄也被吸收进来，组成了一支精干的学术研究尖兵队。

研究室分边疆语言、人类学（包括社会人类学及地质人类学）、人文地理、边疆教育4组。每个成员都能独当一面，迅速开展大规模的社会调查工作。一是从昆明出发，经玉溪、峨山、新平、元江、金平沿江河而下，分别对红河哈尼族、彝族、文山苗族、傣族、纳苏族等少数民族聚居地及其分支的语言、民俗、社会经济、人文地理等领域进行实地调查。二是对"石佛铁路"沿线的澜沧江、宁江、江城、镇越、车佛南等沿边一线的茶业、土地利用、彝族社会组织及宗教、手工艺术等进行调查。

正是这些调查带来的丰硕果实，催生了《边疆人文》这本油印杂志的诞生。

抗战最艰难时期，人们很难想象，一批可歌可泣的南开学人，直面环境的险恶和物质的匮乏，将个人安危置之度外，深入西南边陲，艰辛跋涉，流汗奔波，在遥远的西南边陲，搜集、抢救了大量的原始传说和少数民族文化史实物资料，为中华民族文化遗产的保存、传承，做了拓荒性的贡献。

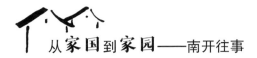
南开"经研所"何以绽放光彩

1929年9月，张伯苓外出返津回到南开，突遭数位著名教授集体离校的"人事震荡"，像是被闷棍猛然一击。骨干教授蒋廷黻、萧蘧、李继侗等出走清华，萧公权去了东北（后亦转赴清华），饶毓泰休假出国，陈礼外做了工业工程师，黄钰生感到"教授班子几乎垮台"，吴大猷更是形容当时的南开"确有如遭大劫之难"。[①]

国内著名大学之间的人才争夺，已经不是什么新鲜事。自1928年起，公立大学由于有国库正常拨款，日子过得滋润多了。特别是清华大学，早先就享有庚子赔款带来的资金保障，再加上国库的锦上添花，学校运转起来财大气粗，为吸引高端人才提供优厚薪金，也是理所当然。相形之下，南开经费不足的短板就很明显了。"人往高处走"乃人之常情，仅就养家糊口而言，趋利避害的本能选择，亦无可厚非。

面对这次"人事震荡"，最受不了这个事实的是年轻学生，他们习惯于南开是一个"大家庭"的相处方式，对几位尊敬的教授突然离去，深感不解，甚至有些惊慌。经商讨，他们决定行动起来，分别找到老师，以最大的热情恳请他们留下，怎奈离职教

---

① 华银投资工作室：《思想者的产业》，海南出版社，1999年，第132页。

授去意已决，最后学生们只能眼巴巴看着他们的背影渐行渐远。

南开大学经济研究正是在极其困难的境地"异军突起"的，为实现"文以治国，理以强国，商以富国"的教育理想，创造了圆梦的舞台。这证明，在南开，异于常规的人和事总是会有的。私立南开的薪水待遇一般要低于国立甚至省立学校，这个事实难以改变，之所以能留住一些知名教授，从来就不靠财力优势，而是在这里可以自由展示身手。

何廉博士自1926年旅美回国，就成了各名校争夺的对象，他却在南开工作了整整10年之久，1947年一度还是南开大学代理校长。

何廉（1895—1975年），又名淬廉，湘籍，与南开历史系教授蒋廷黻同年出生，且为湖南邵阳乡党。他早年留学美国，博士毕业于耶鲁大学。1926年，何廉回到中国，岭南大学曾以每月300元银圆的高薪聘他为商学院院长，他却选择了月薪只有180元银圆的南开，其中重要原因，就源于张伯苓的行事风格和个人魅力。他记得，拜见校长的当天，张伯苓曾带着他登门拜访隐居在家的严修，不觉之间，就被两位南开创始人的不俗谈吐深深地吸引了。

何廉刚入南开的第二年，北大社会学系陶孟和就向他抛出了橄榄枝。陶教授不顾自己与母校南开的情面，邀请何廉进京担任"中华文化教育基金会"的社会研究部导师，开出的薪水竟是南开的两倍之多。何廉有些为难，便找到张伯苓咨询意见。张伯苓也是"中华文化教育基金会"的董事，理解陶孟和爱才心切，但更懂得何廉的志向与兴趣，便诚恳谈了自己的看法，给出挽留他的理由："你应当留在南开，因为南开比'中华文化教育基金会'更需要你。"张伯苓答应会对陶孟和说明情况，并承诺减少何廉的授课时间，以利于他把更多时间和精力投入科研，同时决定从大学财政预算中拨出 5000 银圆经费，支持何廉在学校设立社会经济研究委员会，做自己想做的事。

何廉被深深打动，俩人一拍即合。感受到张伯苓对自己的倚重和信任，有如鱼得水的感觉。

在南开大学，除了讲授中国文科和中国文学课的教师外，大多数教员都是从留美学生中延聘的，平均年龄在 30 岁左右，朝气扑面，思想活跃。何廉相信，严修与张伯苓创办的南开，是中国教育未来的希望。特别是何廉为张伯苓的堂堂仪表和精神气质所折服，"我与他的交往发展到十分亲密的程度，对于他的为人，我了解得也比较多了，张伯苓成了我的工作动力"[①]。何廉投桃报李，献出自己从美国带回的英文打字机、数字统计仪，还个人出资雇了研究助手。

面对这次南开几位教授的同时辞职出走，张伯苓一度情绪很坏，认为清华大学做这种挖墙脚的事不够仗义，但冷静下来，又觉得要怪就怪南开实在缺少吸引和留住人才的财力，眼下要做的是如何亡羊补牢，走出困局，强大自身。张伯苓把何廉叫到办公室，俩人推心置腹，就困境和出路商讨对策，都认为私立南开没有必要在综合实力上与国立清华和国立北大一争高下，应当挖掘自身优势，以特色取胜。在这方面，天津这座城市具有中国北方独有的天时地利优势，如何充分利用，打出自己的天地，张伯苓与何廉达成了一种共识。

19 世纪后半叶，贫弱落后的中国被强制性地拽入西方世界打造的贸易轨道，是国难造成的，但也提供了某种生存发展的

---

① 南开大学校史研究会编：《巍巍我南开大校长——纪念张伯苓先生》，南开大学出版社，2016 年，第 30 页。

机遇。同时代的英国经济史学家汤尼谈起这件事，用一个比喻形容，"现代的流苏被缝到了古代的衣服边缘上"①，形象而传神。清末民初，多国租界大模大样地堂皇出现，新式的工业、商业、银行组织在津沽以移花接木的方式纷纷植入，四处盘踞，形成不同区域的产业群，由陈旧手工业向现代工业化迈进了一大步，这意味着在西方工业革命初期的成功一幕，势必会在中国天津上演。

南开大学坐落于天津，拥有得天独厚的区位资源优势。天津是名副其实的中国北方商贸和金融中心，中华民国诞生以来的一二十年中，天津经贸的繁华程度仅次于上海，在某些领域甚至保持领先。比如，以这两个城市拥有保险公司的数量为例，天津有300余家，上海则为200余家，天津明显占优。在原名"大法国路"的解放北路上，曾密布着许多国家的银行和金融机构，民国初期至中期有"东方华尔街"之称。何廉认为，南开完全可以借此优势，专注于国家亟需解决的经济课题，把重点放在培养专业经济人才和工程技术人才上。这个想法得到张伯苓的支持，由此成就了南开大学经济学领域响当当的一块金字招牌，并吸引来美国洛克菲勒基金会的研究经费拨款，走上了良性循环的发展路径。

何廉是南开经济研究所的创始人，上任伊始，对症下药，提出"要用现代经济学的方法来研究中国实际问题"。他的研究课题包括山东、河北向东北移民的"闯关东"潮流，河北高阳土布织造业与开滦煤矿的由来与现状等项目。最值得称道的成就，是建立了反映当时市场变动的"南开价格指数"（后被简称为"南

---

① [美]司徒雷登、胡适等：《别有中华——张伯苓七十寿诞纪念文集》，南开大学出版社，2019年，第83页。

开指数"），它包括天津工人生活指数、津沪外汇指数、天津零售物价指数、华北批发物价指数等，别有风景，独领风骚。这些科研成果，得到新西兰裔美国教授康德利夫的高度评价："这些单纯的统计研究背后，投入了持之以恒的辛勤努力，渐渐赢得了国内与国际的认可。时机一到，这些统计分析将持续成为一份学术期刊的附录，由此可分析中国的经济发展。"①

那些年月，何廉给同事的印象就是一个"工作狂"。他做事的专注程度非常人可比，在生活中常常走神，思考工作，一副"呆相"。有一次浇花，他在懵懵懂懂中提着正冒热气的水壶过去，热水"哗哗"喷涌，仍浑然不觉，这件事在校园里一时成为趣谈。每逢年节假期，他总会摇头叹气，无精打采。他不喜欢放假休息，是因为这意味着课程中断、工作停摆。

随着方显廷、张纯明、鲍觉民、刘朗泉、吴大业等学者的先后加盟，南开经济研究所在教学和科研领域齐头并进，在各高校一枝独秀。1936年，何廉身不由己地出任了国民政府行政院政务处处长一职，研究所工作由方显廷主持。

方显廷（1903—1985年），浙江宁波人。其少年时因家境窘迫，曾在上海厚生纱厂当学徒，因其天资聪敏，深得厂长穆藕初先生赏识，资助其到南洋模范中学高中读书，并赴美国留学，获得耶鲁大学经济学博士学位。1928年，方显廷回到中国，在上海曾谋得一份每月收入高达600银圆的职业，当何廉邀请他北上天津，方显廷毅然放弃高薪工作，受聘于南开大学，任社会经济研

---

① [美]司徒雷登、胡适等：《别有中华——张伯苓七十寿诞纪念文集》，南开大学出版社，2019年，第86~92页。康德利夫提到的刊物，是1928年创刊的《南开统计周刊》，1934年更名为《中国经济月报》，1935年改为《南开深惠经济季刊》，每季中英文各发行一期，战时停办，后恢复两期，终因财力不支而止步。

究委员会（后改为经济研究所）的研究主任兼文学院经济系教授。

方显廷很快进入工作角色，带领助手走进工厂、作坊，向从业者调查、了解其历史演变、生产过程、组织管理、设备技术和生活状况，以及厂房和工人的生产、生活状况，撰写了不少相关文章，成为何廉的默契搭档。

何廉与方显廷和美国经济学家康德利夫一直保持学术联系，康德利夫谈到中国现状："当一个飞机场需要平整，数以千计的工人需箕畚负土，而一台推土机完成这项工作只要花几分之一的时间和几分之一的花费。我们容易跳转到这样一种吸引人的结论中：中国需要的是最现代的工具，以及经济生活的完全转变。"①何廉、方显廷深以为然。中国确实需要"经济生活的完全转化"，收集整理各种资料，但在具体实施的过程中，他们不主张照搬西方经济理论，而是运用实证研究方法和经济数据，为中国的经济运行提供动能。

在全国顶尖大学中，南开经济研究所开了实地调查的先河。在这些貌似枯燥的统计数据背后，凝聚着所内同人持之以恒的艰辛付出，并赢得了国内外业界专家的认可。不少年轻学子受到学科带头人的激励，也不断写出一批有见解的论文和专著，发表在南开经济研究所主办的《经济与统计季刊》（后改名为《经济与政治季刊》）、《中国经济学报》（前身为英文版的《南开统计周报》，后改名为《南开社会经济季刊》）等刊物上。此外，《大公报》也专设经济副刊栏目，展示南开经研所的成果，也因此确立了何廉、方显廷与马寅初、刘大钧等著名经济学家等量齐观的学术地位。

---

① [美]司徒雷登、胡适等：《别有中华——张伯苓七十寿诞纪念文集》，南开大学出版社，2019年，第86~92页。

1934年，南开大学迎来了经济研究所另一位支柱性人物——陈序经。

自晚清以来，中国被西方列强弱肉强食，学界很多人认为症结出在中国封建文化本身，必须将其全盘抛弃，学习、借鉴西方的思想和行为方式，才能走出循环往复的困境。此观点的主要代表人物便是胡适、陈序经等。胡适的观点后来有了改造，变全盘西化为"充分世界化"，也只是换了种说法；陈序经则始终坚持己见，坚持为摆脱民族危机，只有通过"全盘西化"来矫枉过正的立场，以此创新民族文化，强化民族意识。

陈序经（1903—1967年），字怀民，出生在广东文昌（今海南省文昌市）清澜港瑶岛村一个普通人家。他在新加坡就读小学，后回国，分别在广州和上海完成了中学和大学学业，又相继赴美、德攻读硕士、博士学位。1933年，返回广东任教于岭南大学的陈序经，同时接到北京大学和南开大学的邀请，最终接受了天津的召唤，到南开经济研究所任职。

30岁的陈序经选择南开而放弃北大，出于他独特的价值评判尺度。一个时期，国立大学在许多有识之士的心中光环大减，比如朱光潜，就曾批评国立中山大学徒有其表。陈序经则在《公论耶？私论耶？》一文中更尖锐地指出："国立大学，固可以成为政治上的党派人物所利用，而不得其公，国立大学，也可以成为教育上的学阀所用，而不得其公。所谓国立者、公立者，在这种情形之下，只是假公济私而矣。反之，私立大学，虽名其为私，固未必是为私，除了一些办学以敛钱的外，办教育总是为公。"[1]在他看来，南开大学不像岭南大学那样是由外国传教士开办的格致

---

① 陈其津：《我的父亲陈序经》，南开大学出版社，2020年，第79页。

书院发展而来的，也不属于清华大学那种"庚子赔款"的产物，而完全是由追求教育图强的爱国开明人士创办的。

陈序经把家安在天津，进入角色很快。平日里，他给人以谦谦君子的形象，骨子里却有一股"好辩"的冲劲儿。他喜欢这里自由的学术氛围，并受到重用，转年就被任命为经济研究所研究主任。同一年，他的儿子陈其津在天津出生，日后也在南开学校就读。

1936年，陈序经开始介入有关工业发展对于社会影响的课题研究。他经常辗转于高阳、保定、定县、塘沽、宝坻、静海实地调研，以事实为依据，在《独立评论》杂志发表了《乡村建设运动的未来》一文，立即引起激烈论战。针对梁漱溟主张中国要以农立国，大力发展乡村建设的观点，陈序经指出这是国人基于中国工业太过落后而产生出的"自暴自弃"，"世界是一个向现代化转变的世界，农业的发展，有赖于高度的工业化"，因为"农耕之需要机器，农品运输之需要便利的交通工具，以至农田肥料之依赖于新式化学工业，都可见得工业之于农业的关系的密切。农村或乡村的建设，主要是要看农业是否发达，可是农业的能否发达，又要看工业是否发达"。他的结论是，今后的乡村建设，应该是"以工业为前提，以都市为起点"。①参照80多年后全球化背景下的中国发展状况，不能不说他的观点颇具某种前瞻性。

同何廉一样，陈序经也是个工作狂。他每天早上4点钟起床写作，著书立说，成果丰硕。1947年，胡适提出发展大学教育的"十年计划"，建议"在第一个五年，由政府指定北京大学、清华大学、中央大学、浙江大学、武汉大学做到第一等地位"。

---

① 陈其津：《我的父亲陈序经》，南开大学出版社，2020年，第83页。

陈序经出来"抬杠",指出此主张会导致教育资源分配不公,这个所谓"十年计划","专仰政府的鼻息,以讲求学术独立,从学术的立场来看,是一件致命伤","只能说是政府的言论,而非社会的公论",引起舆论大哗。[1]这也是第三次由他发起的全国性大讨论。

陈序经在南开经济研究所的治学生涯充满传奇,亦不乏争议。他的学术经历真实地映照了中国文化发展变迁中部分知识分子留下的颠簸轨迹。

从1935年至1946年,南开经济研究所像是一个巨大的经济容器,先后在天津、昆明、重庆三地共吸收了11届研究生,培养和造就出一批高级专业人才,成为许多著名经济学家的学术摇篮。

---

① 陈其津:《我的父亲陈序经》,南开大学出版社,2020年,第127页。

第九章

壮哉南迁

与国难共跋涉

1937年京津失守，国难当头，如何延续中华文脉，避免中国高校教育被连根拔起，成了南京政府战时必须面对的一大任务。经多方商讨，教育部决定，将北京及周边的重点高校和研究机构尽快转移到相对安全的后方。限于资金不足，除南开大学外，这里不包括整个华北地区其他几所著名的私立大学（包括燕京、辅仁），以及一些有生存能力的私立文化科研机构，其未来的生存发展，皆需自行解决。有的学术机构由于断了资金，只得暂时解散，各奔出路。

按照教育部的要求，1938年1月，国立清华大学、国立北京大学、私立南开大学很快就组成"长沙临时大学"（以下简称"临大"），稍作准备，便一路仓促南下。同时三校通知散落在全国各地的师生校友迅速向长沙集中。

所谓"临时"，也就是"暂驻足"，由于条件简陋，大部分在长沙，小部分在衡阳，简称"衡山湘水"。毕业于南开大学数学系的陈省身，先就读于清华大学研究生院，后留学欧洲三载，三校南迁时，他由香港辗转至上海，再赶赴长沙"临大"报到。"我们那个时候都痛心于祖国的弱啊，恨日本侵略啊。但是一个念书的学生，也没有什么很具体的办法，所以先回来再说了。"[1]

---

① 张曼菱：《西南联大行思录》，生活·读书·新知三联书店，2019年，第46页。

就这样，3所著名大学化整为零，撒豆为兵，因陋就简，为的是整合教育资源优势。特别时期，也只能如此。

1937年11月1日，"临大"在长沙开课。开学时，学生人数达1496人。只是开课不足3个月，随着上海沦陷，南京失守，武汉告急，危及长沙，为躲避不断蔓延的战火，只能再做迁移。1938年2月，"临大"决定向西转移，进入滇境。其中不少学生响应政府的号令，离校做出不同选择，或北上延安，或辍学归乡，或参加国军奔赴前线，以至于减员严重。鉴于此，教育部再次作出指示，长沙临时大学落脚昆明，另行组建"国立西南联合大学"。

"临大"最初的目的地并非昆明，而是位于中越边境红河地区的蒙自，一个距昆明约300千米的云南小城。蒙自原是世人并不知晓的偏远村落，因1885年清廷与法国签订的《中法新约》而被辟为商埠，为云南省第一个海关，一度成了西南贸易热络的边境重镇。后来因故冷寂下来，留下一些空落落的房子，可改造成部分校舍，但终究难以容纳3所著名大学庞大规模的师生数量，这时候，昆明就成了相对理想的迁校之地。

"临大"的离去与到来一样仓促不堪。陈寅恪曾写《别蒙自》一诗，真实道出一种"乱世心境"：

> 我昔来时春水荒，我今去时秋草长。来去匆匆数月耳，湖山一角已沧桑。

吴宓也写七律一首《离蒙自赴昆明》，以表达人生的某些无奈：

半载安居又上车，青山绿水点红花。群飞漫道三千苦，
苟活终知百愿赊。坐看西南天地窄，心伤宇宙毒魔加。死生
小已遵天命，翻笑庸愚作计差。①

经统计，愿意同赴昆明的"临大"师生共有830余人，分成
了3条路线，曲径通幽，百川归海，赶赴目的地：

一线是水路，分批次经粤汉铁路至广州，取道香港，乘海船
到安南（越南）海防，由滇越铁路到昆明，共计600余人。其中
除了少数年迈的教授、教师及其家眷，更多的是不适合步行的体
弱男生和全体女生。

另一线，以朱自清、冯友兰、陈岱孙、钱穆等十几位教授为
主，乘长途汽车经桂林、柳州、南宁，辗转绕河内，再转滇越铁
路抵达昆明。

第三线，全称是"长沙临时大学湘黔滇旅行团"。之前，"临
大"用两天时间对全体报名男生进行体格检查，符合条件者为
"旅行团"成员，同时很细致地规划出一条赴滇行走线路：

一、自长沙至常德一百九十三公里，步行。

二、自常德至芷江三百六十一公里，乘民船。

三、自芷江至晃县六十五公里，步行。

四、自晃县至贵阳三百九十公里，乘汽车。

五、自贵阳至永宁一百九十三公里，步行。

六、自永宁至平彝二百卅二公里，乘汽车。

七、自平彝至昆明二百卅七公里，步行。②

---

① 《西南联大的遗产·特集》，中信出版集团，2018年，第34页。
② 《西南联大的遗产·特集》，中信出版集团，2018年，第27页。

应"临大"请求，国民政府军事委员会任命驻湘中将参议黄师岳担任"旅行团"团长，军训教官毛鸿上校任参谋长，负责对此次长途旅行过程进行军事化管理。

1938年2月20日，"旅行团"从长沙出发，迈出远行的第一步。横跨贵州，一路翻山越岭，夜宿晓行，或宿农家茅舍与猪牛同居，或挤在破庙和野店躲避风雪，历时两个多月，跋涉1600余千米，创造了中国教育史上亘古未见的"长征"。

据"旅行团"成员申泮文回忆，年已不惑的黄钰生是旅行团中的最年长者。

黄钰生（1898—1990年），字子坚，祖籍湖北沔阳。1912年考入天津南开中学，与周恩来同龄同窗。他于1916年考入清华学校，1919年留学美国攻读教育学，1925年应张伯苓之邀提前回国，开始了在南开大学长达25年的教育生涯，并长时间位于学校管理层，与南开风雨同舟、荣辱与共。

在"旅行团"中，黄钰生是"临大"指定的"指导委员会"主席，兼管全团财务，相当于后勤部长。行前，他表示："到了昆明，我要刻一图章，上刻'行年四十，徒步三千'。"[1]在长途跋涉的日子里，200多人的食、住、行，甚至顿顿打灶，夜夜扎营，事无巨细，他都要过问。每每天还未亮，他总是最先从地铺上爬起来；晚上，别人已经躺下打鼾，他还在煤油灯下听汇报，处理当天事务，计划明天的行程。在湘西、贵州的疟疾区，他还监督同学每天服两颗疟疾丸，少数不懂事的同学私下议论，觉得黄教授不免过于婆婆妈妈了。

---

① 申红、车云霞编：《申泮文与西南联大》（内刊），2022年，第5页。

　　"旅行团"成员着装统一，这还是湖南省政府主席张治中按人头赠送的。其标配是：土黄色军服、绑腿、干粮袋、水壶、黑色棉大衣、油纸雨伞。闻一多、李继侗、曾昭抡、袁复礼等11位专家则组成辅导团，整个后勤保障由南开大学秘书长黄钰生负责。参加步行入滇的男生，还有后来成为著名学者的穆旦、任继愈、何善周、季镇淮、丁则良、唐敖庆、屠守锷等，200多人。最初几天，每个人都被磨出脚泡，走路疼痛难忍，为了转天继续走路，刺破脚泡便成了大家每晚的功课。日子久了，脚泡磨成厚茧，大家便习以为常，足底也感觉好受多了。

　　学校给"旅行团"预先拨了一些经费，不是汇单，也非支票，而是包括钞票和银圆在内的现金，这是"旅行团"的活命钱，无人愿意承担责任，黄钰生索性自己保管。他把现金装进一条有夹层的长布袋子，缠在腰间，为了不招眼，外边套上土黄色军服，样子也显臃肿，就这么一路负重、蹒跚地走下来。他后来形容自己的样子，自嘲中透出几分骄傲，"那时我可是'腰缠万贯'下西南呵!"

　　黄钰生爱护学生是出了名的。刘兆吉读南开哲学系时是他的得意高徒，南开毁于日军轰炸，刘兆吉被迫逃回山东老家，待到长沙"临大"筹建时，黄钰生立即写信召唤弟子来复学报到。"临大"师生告别大城市的"象牙塔"，刘兆吉体验底层民生，决心把这次步行经历当作一次难得的采风活动。他克服了语言不通、民俗差异、文化距离的种种障碍，收集了2000余首歌谣，分成6大类。几年后出版了《西南采风录》，朱自清、黄钰生、闻一多等几位教授分别为该书写序，肯定了它的文献价值。黄钰生在序中谈到了自己亲眼所见的弟子采风过程：

太阳已西，"先锋"早已到了"宿营地"，我还在中途。好几次（末一次，记得是在到曲靖的路上）我在中途遇到刘君，和老老少少的人们，在一起谈话，一边谈，一边写。这样健步的刘君时常被我赶上……语言学者，可以研究方言；社会学者，可以研究文化；文学家可以研究民歌的格局和情调。刘君除了喜爱文学之外，对教育也有专长，此番采集，想必也有教育的用意。①

两个月后的4月28日上午，"旅行团"抵达昆明东郊贤园。欢迎的人群正式打出"国立西南联合大学"的旗号，齐声歌唱，场面如沸。率队的黄师岳团长与早已迎候的梅贻琦校长紧紧握手，然后一同点名确认人数，正式移交花名册。天津籍教授赵元任还为"旅行团"的壮举作词谱曲：

遥遥长路，到联合大学，/遥遥长路，徒步。/遥遥长路，到联合大学，/不怕危险和辛苦。/再见岳麓山下，/再会贵阳城。/遥遥长路走罢三千余里，/今天到了昆明。②

"旅行团"中有一位眉眼清俊的年轻学生。他与闻一多教授结伴而行，一路上边走边请教诗歌问题，稍有空闲，就背英汉词典，背一页撕一页，抵达目的地时，那本词典也快被他撕光了。

他在荒凉景色中且行且吟，留下数篇传世诗作，《赞美》便是其代表作之一：

① 申红、车云霞编：《申泮文与西南联大》（内刊），2022年，第13页。
② 岳南：《大学与大师·清华校长梅贻琦传·下》，中国文史出版社，2017年，第534页。

走不尽的山峦的起伏，河流和草原。

数不尽的密密的村庄，鸡鸣和狗吠。

接连在原是荒凉的亚洲的土地上。

在野草的茫茫中呼啸着干燥的风，

在低压的暗云下唱着单调的东流的水，

在忧郁的森林里有无数埋藏的年代，

……

然而一个民族已经起来，

然而一个民族已经起来。[①]

　　此诗一经问世，便引起轰动。这位诗的作者，便是被新诗界视为中国"现代诗歌第一人"的穆旦。

　　穆旦（1918—1977年），原名查良铮，祖籍浙江，生于天津，与作家金庸（查良镛）为同族的叔伯兄弟。1929年，11岁的查良铮考入南开中学，开始对写诗产生浓厚兴趣，后将"查"姓上下拆分，"木"与"穆"谐音，取"穆旦"为笔名。高中毕业后，他考入清华地质系，1938年随西南联大迁移昆明，40年代末赴美留学攻读英美文学，1953年初由美国回到天津，一直在南开大学外文系任教。

　　1942年2月，还在西南联大读书的穆旦响应号召，毅然参加了中国远征军，并以中校翻译官的身份随军进入缅甸抗日战场，长达1年，亲历了滇缅大撤退和震惊中外的野人山战役。他曾有5个月与所属军队失联，独自在遮天蔽日的热带雨林硬撑，与遍

---

① 《西南联大的遗产·特集》，中信出版集团，2018年，第29页。

布的毒蛇、巨蟒、蚂蟥及奇异爬虫为伴，后来被美军一架直升机发现，才被营救出如死亡陷阱般的胡康河谷。这段九死一生的惨烈经历，他只对恩师吴宓和个别好友提及，吴宓曾在日记中形容穆旦那段经历"惊心动魄，可泣可歌"。

在乱世流亡中，三校师生终于汇聚在晴空朗朗的这座西南春城。

往昔，仿佛与世隔绝的昆明倚仗崇山遮蔽，远离时代风云，老百姓过着知足常乐的日子。京津名校的突然迁入，昆明热度陡增，老百姓看到从未见识过的另一道风景，纷纷睁大好奇、惊讶的眼睛。安静的小城里来了一大群人，他们大都是来自遥远京城大学里的大文人，省主席龙云对他们恭恭敬敬，请客吃饭，礼若上宾。他们不肯做屈服于日本人的亡国奴，抛下安乐的生活，跋山涉水地来到云南，养精蓄锐，以待重整山河。

位于北方大城市的三校师生也由此视野大开，见识了辽阔江河的重彩纷呈，接触了偏远地域的民族文化与生态。闻一多总结那段经历，感叹不已："那时候，举国上下都在抗日的紧张情绪中，穷乡僻壤的老百姓也都知道要打日本，所以沿途并没有做宣传的必要。同人民接近倒是常有的事。但多数人注意的还是苗区的风俗习惯，服装，语言，名胜古迹等。"①

1938年7月，教育部发文让报送各校的校歌、校训。10月，西南联大常委会成立"校歌校训委员会"，聘请冯友兰、朱自清、罗常培、罗庸、闻一多为委员，冯友兰任主席。11月26日，西南联大常务会开会确定校训，公布的校训是"刚毅坚卓"，但校歌一直迟迟没有确定。

---

① 岳南：《大学与大师·清华校长梅贻琦传·下》，中国文史出版社，2017年，第533页。

几经反复，1939年6月30日，校歌委员会通过张清常的乐谱和《满江红》词。校歌采用的词式和曲韵与岳飞的《满江红》相同，旋律激扬悲壮，荡人魂魄。

> 万里长征，辞却了，五朝宫阙。暂驻足，衡山湘水，又成离别。绝徼移栽桢干质，九州遍洒黎元血。尽笳吹，弦诵在山城，情弥切。
>
> 千秋耻，终当雪。中兴业，须人杰。便一成三户，壮怀难折。多难殷忧新国运，动心忍性希前哲。待驱除仇寇，复神京，还燕碣。①

这首校歌的词作者，有的说是冯友兰，有的说是罗庸，至今各执一词，仍无定论。

校歌从1939年传唱至1946年抗战胜利后各校回迁，对于一代热血学子产生的巨大激励作用和影响力，已被历史永远铭记。

"三巨头"的个性风采

西南联大不设校长，实行的是常务委员制，由蒋梦麟、梅贻琦、张伯苓三位校长及秘书主任杨振声组成。有联大学生调侃"三巨头"的体形，张伯苓像是一头大象，重量可等于蒋、梅二

---

① 岳南：《大学与大师·清华校长梅贻琦传·下》，中国文史出版社，2017年，第536页。

位校长之和，大嗓门的天津腔一出口，会场上保证没人打盹。梅贻琦是南开中学一期毕业生，蒋梦麟长期担任南开大学校董，两人与张伯苓的关系，于公于私，都不是一般交情。

在西南联大三常委中，张伯苓年龄最大、资历最老，在教育界德高望重，有多项社会兼职，所以他的自我定位非常清晰。三人尽管彼此熟悉、相互信任，但在工作上还是需要有些具体分工。三人达成默契，主席一职由常驻昆明掌控校务的梅贻琦担任，张伯苓更多时间是在重庆，便由黄钰生替他参加筹备工作。

张伯苓与梅贻琦同为天津老乡，关系根深蒂固，是实打实的亲传弟子，让梅贻琦放手做事，乐得超脱，但也由此引起外界有关三校合作并不愉快的传闻。张伯苓认为有必要向师生表态，澄清社会上的流言。

一天上午，学校通知师生集合开会。大家发现，梅贻琦身旁站着一位不很年轻的壮汉，穿一件大褂，身形高大，戴着墨镜，样子有些威严。南开同学都认得，他是张伯苓。梅校长简单说了几句，便请张校长讲话。张校长操一腔天津口音侃侃而谈，说自己"是搞体育的，在运动场上，以裁判最有权威，裁判凭以计算时间的，是他袋中的表。我是南开校长，我已经将袋中的表交给梅校委，他就是我的代表，大家要听他的话，有人说联大的负责人不能合作，这是没有的事"[1]。接着他又说，左边站的梅先生是自己的学生，右边站的蒋先生是自己的朋友，有学生和朋友在昆明，他就可以安心了。张伯苓之所以强调梅贻琦的作用，是因为蒋梦麟的工作重点也在重庆。

---

[1] 岳南：《大学与大师·清华校长梅贻琦传·下》，中国文史出版社，2017年，第584页。

南开与清华、北大之间，一直被视为有某种"血缘"之亲。胡适以自己和梅贻琦、汤用彤等先生为例，说明三校原本是"通家"，荣辱与共，休戚相关。但在一些办学理念和方式上，也并非高度一致，没有分歧。

一天上午，张伯苓、蒋梦麟、梅贻琦三常委由秘书主任杨振声陪同巡视学生宿舍。蒋梦麟看到这些房屋破旧不堪，不禁皱起眉头，不满之词脱口而出，他批评如此不堪的居住条件会影响学生的身心健康。

张伯苓则不认同，当场表示，政府在极度困难中仍能顾及学生完成学业，已经很不容易，非常时期学生能有宿舍安身，应该知足，况且学生还都年轻，也需要在困难中接受锻炼。

蒋梦麟便有些恼火，负气直言道："倘若是我的孩子，我就不要他住在这种宿舍里！"张伯苓听罢，脸色一沉，不甘示弱地反驳说："倘若是我的孩子，我一定要他住在这里！"

见两位年长者话不投机、各不相让，被大家称为"寡言君子"的梅贻琦不好再沉默下去，便出面打了圆场："如果有条件住大楼，自然要住。不必放弃大楼住破房；如果条件不允许，就该适应环境，大学并不意味着大楼，有大师才称得上是大学。"① 此话不偏不向、分寸得体，张伯苓、蒋梦麟也不再争论。

若说到三校的关系，南开与清华的渊源更深且长。

早在1911年，张伯苓就代替胡敦复成为清华学堂的教务长。1920年夏，曾是南开中学首届毕业生的金邦正被推举为清华校长，仅任职1年8个月，就因处理学生运动不当而黯然辞职。1923年7月，留学归国不久的张彭春，以现代教育新锐的面貌被

---

① 岳南：《南渡北归·第一部·南渡》，湖南文艺出版社，2015年，第176~177页。

清华代理校长曹云祥聘为教务长，任职达3年有余，成为南开出身的第三位曾参与清华园教育改革顶层设计的重要人物。1926年2月，张彭春因改革受到阻力而卸职回津。直至1931年10月，金邦正的同窗，被称为"南开系"的梅贻琦正式掌舵清华，围绕清华校长一职的风雨波折才算平息。

梅贻琦（1889—1962年），字月涵，祖籍江苏武进，生于天津城内照壁胡同一处普通院落。他的父母共生育10个孩子，男女各半，因家族大排行故，被称为"五哥"。梅贻琦不是严馆（严氏家塾）的学生，1904年，15岁的他考入南开私立中学堂，成为该校第一届学生，也被学界视为张伯苓的亲传弟子。

梅贻琦在全校品学兼优，深受严修和张伯苓的赞赏。他性格内向，不喜说话，后来得了个雅号——"寡言君子"。1909年，梅贻琦报考首批庚款留美生，到美国深造5年。1915年春季，他由美国伍斯特理工学院学成归国，面临人生的十字路口。

据梅夫人韩咏华回忆，梅贻琦回国后曾在天津基督教青年会任干事，为教会服务了1年。机缘巧合，韩咏华业余时间也在女青年会做些工作，两个人相识相恋，结成鸳鸯。不久梅贻琦受聘清华，讲授物理、数学等课程，大约有几个月，他认为自己不适应教书生活，于是"回到天津见张伯苓先生，表示对教书没什么兴趣，愿意换个工作。张先生说：'你才教了半年书就不愿干了，怎么知道没有兴趣？青年人要能忍耐，回去教书！'月涵（梅贻琦）照老师的教导回京继续去清华教书"[1]。梅贻琦从此踏踏实实在清华教书，先后任物理系教授、教务长等职，逐渐显示出管理才干。1931年他出任校长，一直干到1948年，以其理念、风度

---

[1] 梁吉生撰著：《张伯苓年谱长编·上卷》，人民教育出版社，2009年，第145~146页。

和雅量开创了清华的一片新天地，获得无数弟子拥戴。

老清华学子不会忘记，在昆明的联大岁月，每次响起警报，人们在惊慌不安中纷纷躲藏，梅贻琦却手杖在握，闲庭信步，一派风轻云淡，视警报为无物，那副淡定神色像是一颗定心丸，缓解了师生们的紧张心理。校长如此，大家又有什么可慌的？

1948年岁末，梅贻琦辗转赴台。国民党政府曾再三邀请梅贻琦入阁，皆被婉拒。当新闻记者一再提出这个问题时，他表示，自己属意教育的心一直未变。后来他同意任教育部门负责人，条件是兼任清华校长。1961年，他先是患中风，接着被诊断出患前列腺癌。这类恶疾不能不说与他喜欢喝酒有关。梅贻琦善饮酒，也以"酒德"闻名。他的社会应酬多，与酒打交道是家常便饭，他从不拒绝任何敬酒者，畅怀豪饮，态度亲和。同时他也注意不因喝酒而误事，常在日记中自我提醒。

梅贻琦一直负责掌控数额巨大的清华基金。不少地方官吏想象他如何腰缠万贯、出手阔绰、挥金如土，有意接近他，以为能捞些好处，事实却完全不是这么一回事。梅贻琦的弟弟梅贻宝也是南开中学校友，曾任燕京大学代理校长，抗战结束前夕，一次因公过路昆明，在"五哥"家住了一夜。他察觉侄子梅祖彦有些闷闷不乐，就问梅贻琦何以如此，"五哥"沉吟着道出事因：前两天学校跑警报，慌乱中的祖彦把一副眼镜连盒给跑丢了，但家里无钱再配一副，正常学习受到影响，为这件事，父子俩的情绪都不佳。梅贻宝深感吃惊，没想到堂堂清华校长的生活境况竟如此困窘。

1944年，教育部征调一批学生做美军的翻译员，梅祖彦报名被录取，那时他读到大学二年级，一去就是3年，没有再回来，所以名义上是西南联大的学生，却没有联大文凭。人们叹服不已，即使是西南联大"总管"梅校长，对于自己的独子，也不会网开一面，打破惯例。

梅贻琦公私分明，两袖清风。他的从容、坚毅与笃定，深刻影响了一代代清华学子的人格形成。

晚年的梅贻琦住在台大医院期间，治疗费用昂贵，家里负担不起，胡适带头捐助，并与同人发起募资活动。意外的是，胡适在1962年2月4日竟先于梅校长撒手人寰，享年71岁，令人唏嘘。仅3个半月后，5月19日，梅贻琦病逝于台大医院，享年73岁。人们在医院整理梅的遗物时，发现在床下的隐秘处有个手提皮包，有人猜想是遗嘱，秘书打开包，在场的人都惊呆了，原来里面是历年的清华基金账目，每一笔都清清楚楚、干干净净。韩咏华解释，夫君没有任何财产，所有的事都在病床上交代清楚了，无须留下遗嘱。①

位子声名显赫，日子却廉洁俭朴，老北大校长蔡元培也是如此。

蔡元培（1868—1940年），字鹤卿，又字仲申、民友、孑民，浙江绍兴山阴县人，原籍浙江诸暨。1916年至1927年任北京大学校长，应张伯苓之邀曾在南开多次发表演讲。他任过国府委员、监察院院长、教育总长等显赫职务，却从不看重这些"身外之物"。早年他为抗议张勋复辟愤而辞职，后来，因"中日防敌军事协定"反对政府变相卖国再度辞职。按说他的薪水工资不低，但支出更多，除喜欢购买中外图书，还经常赞助公益事业，接济有困难的学生、亲友，其中包括承担佣人子女的教育费用，入不敷出便成为寻常事。

---

① 岳南：《大学与大师·清华校长梅贻琦传·下》，中国文史出版社，2017年，第790页。

　　蔡元培晚年客居香港，经济拮据，日子捉襟见肘，每每无钱就医。1940年3月3日晨，蔡元培起床后走向浴室，忽然口吐鲜血，跌倒昏厥，两天后在医院故去。此时的蔡元培房无一间地无一垄，且欠下千余元治疗费用，入殓时的衣衾棺木都是商务印书馆的好友王云五代筹，其景其境令人难以置信。蔡校长一生与清贫相伴，留下八字遗言，"科学救国，美育救国"，被后人视为无价之宝。

　　与蔡元培、张伯苓、梅贻琦相比，曾为北大辉煌奠定基础的校长蒋梦麟，其境界与志趣，不能不说还是有些差距。

　　蒋梦麟（1886—1964年），原名梦熊，字兆贤，号孟邻，浙江余姚人，北京大学历史上任职时间最长的校长，多年来曾也是南开大学的校董。

　　蒋梦麟年轻时就被称为"江南才子"，个人综合能力也很出色，但他对于人生荣华富贵的种种向往，在其内心深处从来不曾熄灭。1945年，抗战胜利在望。宋子文出任国民政府行政院长伊始，便请蒋梦麟担任行政院秘书长一职，此动因也是基于对蒋的充分了解。果然，蒋梦麟经过一番利弊得失的思虑，不惜违背自己制定的"大学校长不得兼任行政官吏"的律条，在学界同行惊诧的目光中，悄然入主宋子文幕府，完成了"学而优则仕"的华丽转身。蒋梦麟弃学从政，另谋高就，这一决定招致北大师生的"倒蒋风潮"。他未受干扰，在自己并不熟悉的仕途很快适应，并在多次转换角色中彰显不俗的才干。至1949年，他跟随蒋介石退居台湾，已是花甲之人。

　　蒋梦麟的后续故事同样不无戏剧性看点。

　　他有过三段婚姻。最后一段发生在1960年，他已是74岁老翁。在台湾圆山饭店的一次宴会上，蒋梦麟迷上了小他22岁的徐贤乐，一位出身于名门大族，真正是风姿绰约且极有心计的人。起初他遭到对方拒绝，却依然穷追不舍，不顾宋美龄、胡适、陈诚、张群等老友的善意劝阻，飞蛾扑火，一意孤行。

作为蒋梦麟与其亡妻陶增谷牵手证婚人的胡适，在一个深夜给蒋梦麟写了封推心置腹的长信："我万分诚恳的劝你爱惜你的余年，决心放弃续弦的事，放弃你已付出的大款，换取五年十年的精神上的安宁，留这余年'为国家再做五年的积极工作，这是上策'。"①蒋梦麟向来个性固执，认准的事，让他改弦更张很难，此时更是利令智昏，对胡适的良药苦口哪里听得进去，终与徐贤乐秘密成婚，美梦成真。结局恰如他的许多老友所料，人财两空，彼此反目成仇，甚至不惜对簿公堂，各揭老底。经此打击，年事已高的蒋梦麟身心健康日趋恶化，仅仅过了4年，这位78岁的老人抱恨离世，成为人们茶余饭后的新闻谈资。

西南联大"万花筒"

今云南师范大学东北侧，绿树环合之中，耸立着一块由冯友兰撰写、闻一多篆刻、罗庸手书的"西南联大纪念碑"，云"八年之久，合作无间，同无妨异，异不害同，五色交辉，相得益彰，八音合奏，终和且平"②，掷地有声，充满诗意，将一部中国现代史中的传奇大书化繁为简，高度概括，令人高山仰止。

---

① 马勇:《蒋梦麟传》，红旗出版社，2009年，第379页。
②《西南联大的遗产·特集》，中信出版集团，2018年，第52页。

据闻一多回忆，战事初起，学校虽然勉强维持运转，但情形已变，普遍心思不静，不少血性文人幻想着能投身前线，或服务后方，为抗战尽一份力量。只是政府的征调迟迟不来，师生也就回到日常教与学的状态中，默默成为陈寅恪说的那种"救国经世，尤以精神之学问为根基"的读书人，相信自己的读书与研究，是在为战后重建做准备。[①]

西南联大由三校组成，关系平行，却有侧重。联大校级办事机关多以清华为主，北大、南开只派出得力干将参与管理。清华的历史，比不上北大，也比不上南开。清华学堂成立于1911年，当时只是清政府建立的留美预备学校，1912年更名为清华学校，借庚子赔款的有利条件，1925年成立大学部，1928年正式以国立清华大学面世。一亮相即卓然自立，不同凡响。进入西南联大时期，其作用更是显要。用梅贻琦的解释，西南联大好比一个戏班子，运作起来，总要有一个班底。这个班底就是清华，班长自然就是梅贻琦了。梅贻琦经营清华多年，口碑极佳。他很在意清华的声誉，将校舍建设这一重大事项交给黄钰生承担，也是出于表达相互协作的考虑，谨防清华在三校中"一家独大"。

1939年，张伯苓（前排左六）与西南联大部分南开师生合影

进入昆明，联大选定并购置城外三分寺

①《西南联大的遗产·特集》，中信出版集团，2018年，扉页。

120余亩土地用于建筑校舍。接纳几千名师生落脚，遇到的难题可谓千头万绪。1938年4月28日落定昆明，直到12月1日，水和电的供应仍是问题。学生没有书桌，住宿也成问题，联大的第一个学年就在混乱不定的状态中开始了。1年来，大家过够了漂泊、迁移的日子，尽管困难重重，仍激情昂扬，同仇敌忾。用冯友兰的说法，"肝胆俱全，有了这座校舍，联大可以说是在昆明定居了"①。

教育部批给三校的经费并不宽裕，联大因陋就简，拟出校舍建设的设计方案，交给同时迁移昆明的中国营造学社建筑设计家梁思成、林徽因夫妇。设计草稿被不断修改，总是无法确定，好不容易形成最后一稿，送到建筑设备组主任黄钰生手里，仍没能通过，被告知："经校委会研究，除了图书馆和食堂使用砖木结构和瓦屋顶外，部分教师和校长可以使用铁皮屋顶，其他建筑一律覆盖茅草。"林徽因的眼眶湿润了，一向性格持重的梁思成按捺不住不满情绪，直接找到梅贻琦办公室，把设计图纸狠狠拍在桌上，大声嚷道："改，改，改！从高楼改到矮楼，又到茅草房，还要怎么改？！"

梅贻琦深叹一声，好言相劝："思成啊，大家都在共赴国难，以你的大度，请再最后谅解我们一次，等抗战胜利回到北平，我一定请你为清华园建几栋世界一流的建筑物，算是对今天的补偿，行吗？"

梁思成潜然泪下，无语点头。②

当时还是学生的青年杨振宁，对那段特殊经历记忆犹新：

---

① 岳南：《大学与大师·清华校长梅贻琦传·下》，中国文史出版社，2017年，第538页。

② 岳南：《南渡北归·第一部·南渡》，湖南文艺出版社，2015年，第175页。

"那时联大的教室是铁皮顶的房子，下雨的时候，叮当之声不停。地面是泥土压成，几年之后，满是泥垢；窗户没有玻璃，风吹时必须用东西把纸张压住，否则就会被吹掉……"[1]他和李政道就是在这种环境里打下知识基础、羽翼渐丰的。

尽管联大办学条件如此简陋，还是吸引了很多沦陷区的学生投奔而来，他们越过重重艰难险阻长途跋涉赶来报考，有的甚至中途丧命。原在上海交通大学读书的蒋梦麟之子也曾一路惊魂，来到昆明，插班就读，就住在蒋梦麟非常看不惯的茅屋宿舍，一段时间后，才搬到了新校舍。

沦陷区学生奔赴昆明报考联大，一路行程五花八门，各有招数。汪曾祺当时住在新校舍25号，他记得下铺是一位刘姓同学，"河南人，他是个农家子弟，到昆明是由河南自己挑了一担行李走来的。到昆明来考联大的，多数是坐公共汽车来的，乘滇越铁路火车来的，但也有利用很奇怪的交通工具来的。物理系有个姓嬴的学生，是自己买了一头毛驴，从西康骑到昆明来的"[2]。

1938年5月，联大学生总数有1300人左右，到了1939年初，已增至2000余人，再到同年9月，联大学生突破3000人大关，师资也超过500位。人数的剧增，社会治安如何提供保障，也成了无法回避的现实问题，最突出的便是失窃现象屡有发生。清华的美籍外教温德在校外租的房子，接连两次遭窃，衣物尽失，便想个奇招，买了两只猴子为自己看家护院。美国专家费正清曾来此探访，眼前的一幕使他目瞪口呆，两只猴子正蹲在院内，其中一只系着铁链，凶猛地见人就咬，假如有谁再想闯入，除非先开枪

---

① 岳南：《南渡北归·第一部·南渡》，湖南文艺出版社，2015年，第176页。
② 汪曾祺：《新校舍》，《芒种》，1992年第10期。

把它打死。①

三大名校组成西南联大，很快就成为中国教育界的金字招牌。三校之所以从长沙迁到昆明，看重的是与前线相比，西南大后方毕竟相对安全一些，但事实却并非如此。

1938年9月28日，日军悍然开始了以破坏滇越铁路和滇缅公路为目的的昆明大轰炸。毫无准备的百姓，骤然间遭受冰雹般从天空倾斜而落的炸弹，顿时乱成一团，惊慌四散，当日即被炸死190人，各类伤者达230多人。此后防空警报一响，大家不分男女老少、贫富贵贱，一起都往空旷的郊外跑，故被称为"跑警报"。那几年，躲避恐怖的日机空袭，成了所有昆明人的生活常态。

昆明虽称山城，却不像重庆，没有修筑过防空洞。频繁的警报搞得人如惊弓之鸟，心力交瘁，正常教学受到很大干扰。校委会决定，白天"跑警报"耽误的课程，要用晚上补回来。补课一般是从晚饭后7点开始。大家逐渐适应了这种特殊作息。月色里，刘文典谈《月赋》《海赋》，竟意外生出别样情趣。烛光下，有"中国比较文学之父"之称的吴宓讲授中西比较文学，东拉西扯，声情并茂，很受学生们欢迎。理科教授的补课，学生的感觉就没有这么美妙了。借着昏暗灯光抄写枯燥的公式，不仅无浪漫可言，学生们还困得不行，终于熬到9点半结束补课，回宿舍就到了熄灯时间，身心俱疲，倒头就睡。如此这般，周而复始，难免使人心生烦躁。

不过，据西南联大的一些史料记载，也有不少同学能在"跑警报"中自得其乐。一些人用跑警报的时间下棋、打桥牌，但更

---

① [美]费正清：《费正清对华回忆录》，陆惠勤等译，上海知识出版社，1991年。

多是在树荫底下聊天交心，越聊越投机，同学之间的亲密关系就是这样形成的。诗人冯至甚至有超凡脱俗的看法，跑警报可以亲近大自然，"认知了自然，自然也教育了我"。在《吴宓日记》中，吴宓提到，跑警报"为少年男女提供爱情绝佳之机会"。①同学们跑警报，跑着跑着，就出现了成双成对的情形，且越来越多。跑警报虽不至于到同生死、共患难的地步，但毕竟有身处险情的异样特殊，便于女生小鸟依人，男生显示骑士风度，彼此亲近，互为依赖，次数多了，滋生男女恋情，也是顺理成章。

日机的频繁轰炸，给昆明的交通出行带来的混乱无序更为明显。乘坐公交车自然是危险的，住在乡下的教授们为了保证按时到校上课，只能各自想方设法寻觅其他代步工具。多年后任北大校长的周培源，当时还是物理系教授，有几天居然骑马进入学校，那副威风的姿态被师生戏称为"周大将军"。却有一天，马走在路上突然受惊乱窜，他从马背上被猛地抛出，倒在路边沟渠，差点丧命。

物理系教授吴大猷也遇到过类似情况，多少年后回忆当时惊险的场面，仍心有余悸："有一天我从岗头村搭一辆马拉的两个轮的板车去西南联大上课，马惊跳起来，把我摔下车到路边。因为后脑震荡，晕倒卧床差不多一个月。"他这段卧床养伤的日子，全靠体弱多病的妻子勉力照顾，待他刚刚痊愈，妻子却倒下了，实在苦不堪言。②

周培源、吴大猷的前车之鉴，使得一些教授宁肯徒步，也不轻易搭乘安全系数小的交通工具。闻一多住在龙泉镇司家营村，

---

① 张曼菱：《西南联大行思录》，生活·读书·新知三联书店，2019年，第158页。
② 岳南：《大学与大师·清华校长梅贻琦传·下》，中国文史出版社，2017年，第554~556页。

距离学校约10千米，为了确保上课准时，每日早早起来，安步当车，从不间断。王力的家也不近，每次进城，都要穿过一段长长的崎岖山道，匆匆地往学校赶路。他们步行中的装束各异，有人穿长袍，有人着西装。陈岱孙穿了件发旧的猎装，朱自清在西装外面裹了一条云南骡夫常披的灰色毯子，着装很有几分怪异。这些在后人眼中完全是大师级人物，就这样千姿百态地穿越时空，定格在西南联大的辉煌史册中。①

刚到昆明，学校家眷来不及赶来团聚，常常是几个教员同屋合宿。一直在钻研数学的陈省身，与被人戏称"恋情多、校花多、八卦多"的吴宓被分配在同一个房间，其年龄、籍贯、专业、个性、审美全然不同，却能各忙各的，相处和谐，互不打扰。吴宓对抽象高深的数学基本上不懂，也没兴趣，陈省身自然不会跟他谈这些，却由于喜欢文学，两人总能够跨越学科，找到某些共同的话题。

日军持续不断的封锁，无良商人的哄抬物价，使得曾经薪水不低的名校教授，日子过得捉襟见肘。蒋梦麟回顾在写《西湖》的时候，"载运军火的卡车正在从缅甸源源驶往昆明，以'飞虎队'闻名于世的美国志愿航空队战斗机从我们头上轧轧掠过。发国难财的商人和以'带黄鱼'起家的卡车徜徉街头，口袋里装满了钞票。物价则一日三跳，有如脱缰的野马"②。

梅祖彦是梅贻琦唯一的儿子，那时候就读于昆明天南中学，后考入西南联大机械系。他曾经对记忆中的北平和昆明做过对

---

① 岳南：《大学与大师·清华校长梅贻琦传·下》，中国文史出版社，2017年，第554~556页。
② 张曼菱：《西南联大行思录》，生活·读书·新知三联书店，2019年，第177~178页。

比。抗战以前，在清华大学有专门提供的校长住宅、官邸，学校还提供两个工友的工资，包括每年提供过冬取暖的煤块，购物有许多东西可以报账，但梅贻琦上任后，这些规定都取消了。然后到了西南联大，"在昆明生活非常艰苦，也使得大学消除了一些从前存在的某种等级上的差别。真是上下一致，完全一致。所以也就无所谓什么差别"①。

因长期的入不敷出，许多教授营养不良、体质衰弱，但是正常教课不能中断，更要养家糊口，所以不得不自谋出路，做些五花八门的小买卖以贴补生活。

教授、学者最便捷的挣钱方式就是给报纸投稿，被他们自己戏称为"换米吃"。费孝通写稿很勤，每每来不及再抄一遍保存底稿，就匆忙交给报纸。闻一多并不擅长写短文章，但他的篆刻很见功力，干脆挂牌摆摊，刻章治印，自言"文字是斗争的武器，刻章刀是挣钱养家的工具"。那几年他刻了多少枚印章，难以计数，时间久了，手指磨出一个大疙瘩。夫人看着心疼，就用织毛衣的毛线给他一道一道缠上，看上去很有些带伤上阵的架势。

梅校长夫人韩咏华著文回忆当年，"教授们的月薪，在1938、1939年还能维持三个星期的生活，到后来就只够半个月用的了。不足之处，只好由夫人们去想办法。有的绣围巾，有的做帽子，也有的做一些零食去卖"②。韩咏华先是做围巾穗子，后自制上海式的米粉碗糕，取名"定胜糕"，寓意"抗战必胜"，每天步行40分钟送到冠生园，交给老板寄卖。冯友兰夫人亲手做芝麻饼卖

① 张曼菱：《西南联大行思录》，生活·读书·新知三联书店，2019年，第85页。
② 张曼菱：《西南联大行思录》，生活·读书·新知三联书店，2019年，第177~178页。

给学生，王力夫人则织毛衣、绣手帕、种菜、做咸菜，以种种尝试贴补家用，乐此不疲。

直至日军投降，苦日子总算熬到了尽头。

联大中的南开"影像"

联大校史告诉读者，当年取得"长沙临时大学湘黔滇旅行团"甲种许可证的学生，计为244名，而据联大档案记载，"旅行团"队伍中其实还有一名沉默寡言的"自费生"，故而实际学生人数为245名。这位唯一的"自费生"，便是南开大学化学系二年级学生申泮文。

申泮文（1916—2017年），籍贯广东从化，出生于吉林省吉林市。他在1935年毕业于南开中学，1936年考入南开大学化工系。1937年"七二八"日军轰炸南开时，申泮文的个人衣物和书籍悉数尽毁。他从废墟里逃生，投奔南开大学在南京的办事处，此时已无学可上，遂投笔从戎，参加了南京中央军校教导总队教育队，被派到上海前线作战，即遭惨败。他奉命带领20余名伤病员突围，回撤南京。彷徨中，他得知北大、清华和南开三校在长沙组成"临大"，并决定11月1日开学，便向上方提出返校复学的申请，得到批准。

他从下关乘小艇渡江，然后由浦口绕道徐州、郑州、武汉，转去长沙，在艰难的返校途中，他的两腿患了无名肿毒，满面青黄，行走困难，因而返校迟到1个月，未能赶上学期考试。按照规定，没有学期成绩者会被教务处布告除名。对这个结果，申泮文怎能甘心，便找到校务负责人黄钰生，再三申明自己的特殊境况。黄钰生表示校规只能如此，却理解其苦衷，告诉他，现在只有随步行团前往昆明这条路了，只是别的学生是公费，你只能自费。申泮文欣然答应。

在西南联大读书期间，申泮文需要勤工俭学维持生活。1940年他正常毕业，此时已有在甘肃玉门发现石油的新闻，他选择参与国内石油开发，直奔大西北，一干就是5年。抗战胜利前夕，经黄钰生推荐，他回到联大化学系任教。

1946年5月，清华、北大和南开三校开始推动复原返校。申泮文受命承担了公物押运的重任，率领三校共7位同事，督押300吨图书和器材，北归平津。由于运输承包商失职，混乱事故频发，为找回失踪公物，他历尽千辛万苦，曲折奔波，跨越3500余千米路途，在旅途滞留了整整1年，回到天津、北平，完整无缺地完成了公物运输任务。申泮文以这一系列独一无二的传奇经历，为西南联大的壮观历史画上了圆满句号。

南开人在西南联大中体量最小，某些位置却举足轻重。较之清华、北大，南开是一所规模不大的私立大学，就院、系、所的拥有量和师资雄厚程度而言，在联大中都没有什么优势。只有化学系精英荟萃，旗鼓相当，清华有黄子卿、高崇熙、张子高、张大煜、张青莲，北大有曾昭抡、钱思亮、朱汝华、孙承谔、刘云浦，南开则有邱宗岳、杨石先、严仁荫等，属于西南联大的一个强系，堪称国际一流，有史上"绝无仅有"的美誉。[1]

来自南开的杨石先在当时化学界威望很高。

---

[1] 申红、车云霞编：《申泮文与西南联大》（内刊），2022年，第64页。

杨石先（1897—1985年），名绍曾，又名允柱，号石先，蒙古族。其出生于浙江杭州，原籍安徽怀宁，少时曾就读于天津民立第二小学。他于1923年提前结束了在美国的学业，选择任教于南开大学化学系。张伯苓爱惜人才，为杨石先争取到洛克菲勒奖学金的机会，杨赴美完成博士学位回国，终身服务南开，奉献南开。在联大的8年岁月，一直是无可替代的系主任、公认的领军人物，同时还兼任联大教务长，工作繁重，日理万机，

杨石先先生

但仍然坚持每周4次步行十几里路给工学院学生上"普通化学"课。1938—1946年间，有227名学生毕业于化学系，名师出高徒，大多成了气候。新中国成立后，联大化学系中被选为中科院院士的师生多达16人。

在联大，除了杨石先任教务长兼化学系主任，南开出身的黄钰生任建设长兼师范学院院长，查良钊任训导长，陈序经任法商学院院长，冯文潜任哲学心理学系主任，丁佶、陈岱孙任商学系主任，张克忠任机械工程系主任，柳无忌任外国语文系主任。

黄钰生和查良钊分别是西南联大师范学院（今云南师大）的第一、二任院长。黄钰生擅长对联。1946年7月，联大师生正忙于返校事宜，传来闻一多惨遭国民党特务暗杀的消息，黄钰生彻夜难眠，愤而撰写一副挽联，痛悼这位当年一同步行赶赴昆明联

大任教的知心好友："同乡同学同事同步行三千里，回首当年伤永诀；论品论文论学论豪气十万丈，纵观古今有几人。"他在悼词中，将闻一多比作普罗米修斯，表达了一种崇敬和怀念，在社会和学界深获共鸣。[①]

有一年联大校庆，黄钰生谈到三校同人珠联璧合，应归功于清华智慧如云，北大宽容如海，南开稳重如山，便出了"如云、如海、如山"的上联。查良钊也喜欢对联，提起以前曾有朋友投其所好，就他做人的品格，书一副对子送给自己，上联为"无有如有是大有"，下联为"人谋心谋不自谋"，叹其精准到位。这次见到黄钰生出的上联，兴之所至，即对出下联"自然、自由、自在"，在场人士一致称其工整、传神。查良钊解释，自然是求真不贵做作，自由是同善不尚拘束，自在是务求有所不为，在"如云、如海、如山"的气氛中，三校同人必然向往"自然、自由、自在"的境界。[②]

如今被人们高山仰止的西南联大，在抗战初期也只是诸多"联大"之一。除了西南联大，当时还有过西北联大与东南联大，皆半途夭折，被遗落在历史暗角。

东南联大由当时在上海的暨南大学牵头，收编沪、苏、浙的几家专科学校，在福建建阳筹备国立东南联合大学，却因实力不平衡，各自为政，合作困难。1943年6月，教育部出面调整，指令其文、理、商学院并入暨南大学，法学院与艺术专修科并入英士大学，东南联大正式宣告解体。

西安"临大"开课于1937年9月，与长沙"临大"几乎同时

① 南开校史研究中心编撰：《南开校史》（内刊），2015年，第232~233页。
② 胡海龙：《口述津沽：南开学子语境下的公能精神》（下），天津古籍出版社，2020年，第95页。

起步。由于战乱蔓延，西安告急，随之迁往陕南，并更名为国立西北联合大学，设6院23个学系。它的体制与西南联大如出一辙，同为校务委员会制，由北平大学校长徐诵明、北平师范大学校长李蒸、北洋大学校长李书田为常委，负责管理校政。后因高层内部意见不合，加之屡有学潮，难以为继，只能"化整为零"。至1939年7月，西北联大正式撤销，只存在了1年多，状如昙花一现。

冯友兰曾引用蒋梦麟的一个形容，说明西北联大之所以"短命"的症结，"它们好比三个人穿两条裤子，互相牵扯，谁也走不动"。同时，冯友兰也道出了西南联大引以为荣的成功奥妙。他比喻当时的联大，"好像是一个旧社会中的大家庭，上边有老爷爷、老奶奶作为家长，下边又分成几个房头。每个房头都有自己的'私房'。他们的生活一般靠大家庭，但各房又各有自己的经营的事业。'公中''私房'，并行不悖，各不相妨，真是像《中庸》所说的'小德川流，大德敦化，此天地之所以大也'"①。

在西南联大的师生中，黄钰生的大局观受到一致好评。当梅贻琦问这位昔日南开学弟，是否愿意带队，并承担"湘黔滇旅行团"的后勤管理时，黄钰生没有迟疑，慷慨应允。他在把西南联大"旅行团"安全带到昆明的一路中，表现出卓越的协调力和凝聚力。在辅助校委会的日常工作中，他总是强调三校一家，如兄如弟，如果说他对南开有点"偏私"，那就是要求得更加严格。

一次，因住宿分房和铺草问题，南开学生有些情绪，向黄钰生抱怨，北大、清华人多势大，我们吃亏了。黄钰生当即表示，我不爱听这校那校的，三校是一家，不要计较太多，彼此熟悉就好了。后来谈到学校管理，他还半开玩笑道："如果南开同学与

① 岳南：《大学与大师·清华校长梅贻琦传·下》，中国文史出版社，2017年，第586~588页。

264

南开同学吵架，各打五十大板；如果南开同学与外校同学吵架，对南开同学加倍打。"①这件事传开来，三校师生无不称道，既感动，又钦佩。

后来成为南开大学副校长的郑天挺，在西南联大的作用同样不可或缺。

郑天挺（1899—1981年），又名郑庆甡，字毅生，笔名攫日，福建长乐首占乡人，生于北京。他在1920年毕业于北京大学国文系，1924年后任教于北京大学、浙江大学，抗战时期在西南联大任教。1940年，西南联大总务长沈履转入川大，梅贻琦推荐郑天挺继任总务长。学校常委会送来聘书，郑天挺最初是推辞的，因为终生读书教学是他的一贯想法，后来实在难以推却，他就和梅贻琦"谈条件"——只做半年，要求得到满足，这才上任，且做了远远不止半年，广受好评。他的感受是："西南联大的八年，最可贵的是敬业和团结的精神，教师之间、师生之间、西南联大三校之间均如此。"②

《郑天挺西南联大日记》起于1938年1月1日，讫至1946年7月12日。那天，他突然接到23岁还在西南联大外文系读书的爱女郑雯在回北平途中飞机失事的噩耗，日记至此戛然而止。《郑天挺西南联大日记》其价值"不只是一部个人史，更是一部西南联大史"。

1939年，北大文科研究所所长胡适因在美国忙于外交求援，其所长职务由傅斯年代理，郑天挺任副所长。傅斯年不常在，所内事务多由郑天挺主持。傅姓与郑姓的语音，在遇到官职称呼上很容

---

① 南开校史研究中心编撰：《南开校史》（内刊），2015年，第232~233页。
② 岳南：《大学与大师·清华校长梅贻琦传·下》，中国文史出版社，2017年，第586~588页。

易闹笑话。有拜访者来此，看门师傅一定要问清：您是找正所长，还是副所长？还会细心解释，正所长姓傅，副所长姓郑。某次，一位少壮派军官来访，听得不耐烦，以为对方故意为难自己，一巴掌呼过去，说你啰唆什么，我找傅所长。结果郑天挺被叫出来，尴尬的一幕出现了，两人愣在那里，互不认识，一时成为笑谈。

西南联大名师云集，举国瞩目，但对于未来走向，三校一直没有放弃"分家"的打算。这从联大的机构设置、各校师资延聘的思路和做法就可以看出端倪。

西南联大设置为五院、三长：五院是理、文、法、工和师范学院，三长是教务、总务、训导。联大对外统一招生，只有研究生由三校分别招考录取。三校教授亦为各自聘任，然后报联大加聘，可获得联大统一教授资格。最显著的例子，就是被称为"清华三才子"之首的钱锺书，1938年秋从海外留学归来，由清华报送为特聘教授，之后得到联大复聘，方任教于联大。

这也体现出杨石先总结出的"联大之大"的特色。

也正因为"联大之大"，三校师生之间的区别还是比较明显的。仅以着装为例，就可以大体辨认出三校男生的各自特色：北大人喜穿长衫，仪表文质彬彬，善于高谈阔论；清华人多有留洋背景或留学梦想，西装革履，谈吐时髦，看上去像是归国华侨；南开人则不免带有洋租界的混合文化之风，不乏身穿夹克，头戴礼帽者，有的用墨镜遮住眼睛，似有某些神秘之感。只是大家回到教室和图书馆，皆称得上是勤奋忙碌的读书人。

抗战结束，三校如愿北归，许多学生在专业定向上也一度陷入"选择的烦恼"。大体去向是，工科专业的继续留在清华，喜欢国学的选择北大，对从商感兴趣的则去了南开，各自开始踏上新的人生途程。

第十章

巴渝岁月

"沙坪坝"的南开旗帜

1935年11月，张伯苓以全国禁烟委员会委员的身份，由上海搭乘轮船入川。途中，他站在甲板上，目睹滚滚江水，诗兴大发，遂口占一首，满满的期待尽在其间："大江东去我西来，北地愁云何日开；盼到蜀中寻乐土，为酬素志育英才。"此行目的很单纯，选择、考察新的校址。入川一路，张伯苓以阅人无数的经验，横向比较，与合作同道大谈四川人文地域的优势和魅力，"珠江流域的人活泼，长江流域的人聪敏，黄河流域的人沉着，四川人兼有这几种优点，足以担负复兴民族的重任"。①

他把新校址锁定在了重庆。

早在1931年九一八事变后，张伯苓就已预感，日本吞并中国的野心远不止于此，不久必然危及华北，学校将很难自保，必须早做打算，以防不测。此后不断严峻的形势证实了张伯苓的先见之明。他开始与几位南开核心人士商讨选址地点，张彭春建议最好在西南一带建立分校。张伯苓认为可以考虑，此次四川之行，促使他做了最终决定。他的想法一经披露，有"中国船王"之称的实业家卢作孚立即找到张伯苓，表示愿意提供自己北碚的地亩用于建校，川军名将唐式遵也积极响应，提出可将他在南温泉的

---

① 张兰普、梁吉生编：《铅字流芳大先生——近代报刊中的张伯苓·上》，天津社会科学院出版社，2021年，第226~231页。

几千亩林地捐充校基，皆被婉拒。张伯苓还是希望自行购地，在重庆亮出南开的旗帜。

1936年初，张伯苓委派喻传鉴、严伯符、宋挚民赴重庆筹划建校的具体事宜。他们购地800亩，5月破土，8月竣工，仅用了7个月的时间就完成了一系列异常繁重的基础性工作，效率惊人。9月10日，学校定名为"南渝中学"。"升帐"庆典之日，张伯苓再度入川，几次召集师生开会，通报南开学校在重庆设立分校的过程，直言没想到费用如此之大：

> 我到南京，见了蒋委员长，谈到发展四川，必先从教育、交通、实业各方面着手，尤其是教育，很是重要。我便谈到在四川设校的动机，当时蒋先生便捐助五万元，又在平津等地捐募十万一千二百余元，一共捐得十五万一千余元，作为南渝中学开办费用。……我起初不知道需要这样大，想起南开刚一成立，才有七十余人，南渝还没有成立，便有近千人来考，现在校中学生二百数十人，想起明年人数增加，但校舍不敷应用，所以我便想办第二期的募款。[①]

社会各界了解张伯苓的心愿和境遇，不少知名人士纷纷慷慨解囊。刘甫澄、吴受彤、康心如、陈芝琴、范旭东都伸出援手，分别捐助校舍建设资金，或捐赠实验设备、图书资料，加上南开大学账上的可动用资金共15万余银圆，成为南渝中学建校的启动经费，帮助学校运营走上正轨。

---

① 张兰普、梁吉生编：《铅字流芳大先生——近代报刊中的张伯苓·上》，天津社会科学院出版社，2021年，第270~272页。

1938 年 5 月 8 日，张伯苓由重庆飞抵汉口，拜访孔祥熙等要人，出示了学校规划图和相关照片，报告其筹建与教学进展，目的还是"化缘"。

重庆南渝中学校门

孔祥熙问："你为什么好好的跑到四川重庆去开学校？"

张伯苓答："不但我跑到四川来开学校，现在连国民政府也跟我们一样的跑到四川来了。"

张群说："我虽然是南渝的校董，但是我很惭愧，因为我一点事情也没做。"

张伯苓回答："现在有事做了，请你这次多帮忙吧。"①

16 日，张伯苓由南京乘飞机抵渝，落实筹组南渝中学董事会一事。他先去重庆拜访各方政要，后抵成都，专程拜会省主席刘湘和有关厅长。刘湘允诺拨款 5 万元补助学校建设费，由财政厅厅长刘航琛如数拨付。回渝后，他提议组建南渝中学董事会，聘请 9 名董事，其中有南京政府的吴达诠（吴鼎昌）、张岳军（张群），四川省政府的刘航琛、卢作孚，重庆市的吴受彤（银行公会主席）、康心如（美丰银行行长）、何北衡（公安局长）、胡子昂和胡仲实。

① 梁吉生撰著：《张伯苓年谱长编·下卷》，人民教育出版社，2009 年，第 11 页。

适时，已有许许多多来自长江沿岸和华北地区的家长和孩子纷纷涌入山城，一时街上熙熙攘攘，南渝中学不缺生源。

南渝中学的初中生以"童子军"打扮出现在校园。平时他们身穿米黄色的衣服，扎一个领带，一旦投入军训，则穿灰色军衣，打绑腿，一副随时赶赴阵前的装束，让张伯苓感觉眼前一亮。他很满意童子军的军训状态，自然少不了在会上一番鼓励："刚才我看了看你们的营地和营帐，现在你们吃饭是自己烧火、自己煮饭；睡觉是露宿在野外的土地上，住的房子也是自己搭成的，这些刻苦、耐劳、创造、开拓、互助的精神，便是童子军的真精神！你们不仅现在做童子军时应当具有这种精神；等到将来退出了童子军团，你们仍要本着此种精神干下去！做一个终身的童子军！终身用童子军的精神和心灵，为社会服务，为国家效劳！"①

"童子军"源于1907年的英国，由贝登堡首创，是组织少年在野外进行的一种准军事化活动，以利于其身心全面发展，很快便被许多国家效仿。重庆南开对童子军近乎军事化的管理，还被学生写进诗里，多年后收在1944级学子刘鹤守编的《沙坪岁月——南开校园回忆录》一书中：

学生一律要住读，平时无事勿外出。
男生发式最简单，入校一律光葫芦。
女生齐耳剪短发，不烫不卷向下梳。
初中男女童军装，紫白领巾土黄布。
高中女生蓝旗袍，男生灰麻军训服。

① 张兰普、梁吉生编：《铅字流芳大先生——近代报刊中的张伯苓·上》，天津社会科学院出版社，2021年，第270~272页。

皮带绑腿军训帽，教官带着学步走。①

学生们喜欢军事露营活动。首先是营地选址，需要考虑地形、水源、燃料来源、安全等多种因素，预先在四周挖好排水沟，再搭起帐篷。一日三餐野炊之间，进行爬山、追踪、寻物训练，晚上睡觉还要安排人员轮值站岗放哨。夜间班级学生之间可以偷营，如能在偷营中取得对方某个物件，便成为一种智勇双全的军训业绩，次日必得炫耀一番。

此后的1944年秋，日军进逼贵阳，威胁重庆，30多位南开"童子军"男生跃然奋起，投笔从戎，远征缅甸抗日，此外也有几位学生参加空军。抗战后，几位重庆南开学生还被充实到解放军"四野"，成为其中一员。

一所中学有这么多学生投笔从戎，训练有素，扛枪卫国，在那个年代极为罕见，不能不说，这与曾经的艰苦磨炼有直接关系。

张伯苓谈起自己的兴学办教过程，曾感叹："没有子坚（黄钰生）就没有南开大学，没有传鉴就没有南渝中学。"②

喻传鉴（1888—1966年），祖籍浙江嵊县，南开中学首批毕业生。他亲身经历了学校草创时期的艰难。从严氏偏院拥挤在一间教室中上课，到搬进私立第一中学堂崭新的教学楼，在学期间，喻传鉴就非常活跃，积极参加社团活动，曾任自治励学会的会长。1908年，中学毕业的喻传鉴考入北京大学法学院，攻读经济。离开南开时，他依依不舍。从北大毕业后，喻传鉴

---

① 侯杰、秦方：《张伯苓家族》，新星出版社，2018年，第336页。
② 胡海龙：《口述津沽：南开学子语境下的公能精神》（中），天津古籍出版社，2020年，第116页。

义无反顾地回到母校，任南开中学教务主任，之后又赴国外留学深造两年。

1932年，喻传鉴进入美国哥伦比亚大学师范学院学习时，遇到来美参观的吉鸿昌。两人交谈几许，很对心思，即成至交。喻传鉴为吉鸿昌忧国忧民之心而感动，吉鸿昌则对喻传鉴立志献身中国教育的真知灼见心怀敬佩。俩人越走越近，吉鸿昌邀请他一同赴欧考察中等教育情况，喻传鉴欣然接受，不久即返回南开。

1937年7月，日本军机轰炸南开中学，喻传鉴不顾个人安危，掩护南开教职员家属躲避在学校旁边的电车公司，后几经辗转，带领大家安全地来到重庆，并很快成为南渝中学的主要管理者。

喻传鉴善于发现问题，制定对策。他习惯利用学校开会的机会，对学生管理中出现的问题苗头，讲几句话。最初，对于学校管理层有关装束的严格规定，同学们不太适应。一次开会，有学生问，男生一律剃成光头，女生只许留齐耳短发，为什么这样规定？喻传鉴笑一笑回答，这是抗战时期适应军训的需要，接下来的一番解释，话里很有几分"段子"的味道：

"不是不要你们留头发，你们现在还小，留了头发，头发一留起来，就有很多事，就影响学习。头发留起来不外乎两个结果。第一个结果，你天天去洗，梳了还要擦油，弄出一个油头，你们说油头下面两个字是什么字？"

底下同学讲："粉面！"

"油头粉面你们干不干？"

"不干不干不干。"

他说："还有，留了头以后，也不梳也不洗，就弄成个蓬头，蓬头下面是两个字，诟面，你们干不干？你们既不愿意油头粉面，也不愿意蓬头垢面，那就等你们毕业以后，尽管可以留头发，现在把精力用在学习上。"[1]

在一阵欢笑中，全校师生在这一校规上达成了共识。

张伯苓喜欢巡游新校区，每次都有意外发现。学校的绿化率高得惊人，有一处插满"南开菊"标签的花圃在校园里格外显眼，象征着蓬勃旺盛的南开活力。张伯苓看到后，不禁喜上心头。四川大学校长任鸿隽来此参观，惊讶道："南开菊都到南渝了！"张伯苓听了，一脸的得意之色。

美化南渝中学校园的"建功立业"者，是南开校友王九龄。他其实并不承担建筑工程，而是整个校园绿化的设计者和实干家。对于学校整体建筑设计与花木绿植的呼应、配合，他怀揣校长的"尚方宝剑"敢想敢做。他平时不声不响，一次次爬上歌乐山，根据重庆的气候，发掘野花种子，选择不同品种的林木、灌木和花卉，捧回一批批奇特树苗，然后带着当地花匠天天一起忙碌。同时，他又很重视校园的文化内涵，校内"三友路"的设计别出心裁，在两侧栽有青桐树的基础上，加种了松树、竹子和梅花，构成松、竹、梅"岁寒三友"的幽深意蕴。

为了体现校训精神，王九龄利用体育场空间阔大的优势，用冬青树在看台上部植出"允公允能 日新月异"8个大字，每个字可以容纳19个人，看上去格外壮观。许多老校友回忆，他们之所以对校训心心相印，一生铭记，与看台上的8个巨型大字密切相关。抗战期间，学校的园林已成为远近闻名的沙坪坝一景，在重

---

[1] 胡海龙：《口述津沽：南开学子语境下的公能精神》（中），天津古籍出版社，2020年，第261页。

庆有"学生大花园"的美称，总能吸引来许多人驻足观赏，流连忘返。

到了1937年秋，南开学校已分成两大板块：大学部在昆明，与清华、北大三位一体，组成西南联合大学；中学部随着天津南开中学被毁，在重庆再起炉灶，规模越来越大，且承载了总校性质的特殊功能。在重庆南开的档案中，曾有明文记载："南开大学迁昆明组成西南联合大学，而南开本部即留在南渝中学，为此南渝中学更名为重庆南开中学。"当时，南开大学某位学科带头人出国考察费用，或教师的津贴费，函批都是南开中学。南开大学经济研究所也设在重庆南开，并在山城开展人口、市场调研统计，并提出战时经济统制的主张，被国民政府采纳。这意味着抗战初期的一段时间，南开大学实际是接受南开本部所在地重庆南开中学和常驻于此的校长领导，只是张伯苓不参与具体管理。

此状况容易造成财务模糊。鉴于此，1938年9月初，黄钰生自昆明致函重庆南开总负责人孟琴襄，提出建议，希望转告校长，"津渝、津昆之间应有账目往来；南大与南渝之账应分立，否则时日既久，虽费力亦难清楚矣。前在长沙，即建议在校长之下设一总会计处，将南开各部之动产及不动产整理登记，并将各各部之财产关系整理清楚。……南开大学与南开中学本是一个机关，账目之或分或合，皆无不可。南大与南渝中学，既有两个董事会，分账之外，期间之财务关系，似应有相当手续"。黄钰生对此还做了自我检讨："南开兄弟之中，大房收入最多，而实最糊涂。我忝为南大负责人之一，过去未能管事，深自歉愧，思其前途，又惴惴不安也。"[1]

---

[1] 梁吉生撰著：《张伯苓年谱长编·下卷》，人民教育出版社，2009年，第29页。

　　关于两个南开中学的历史衔接背景和过程，喻传鉴是亲历者，曾谈到，"七七事变，南开被毁，虽然重庆的南渝改称南开，但天津的南开已不复存在，所以在抗战时期自1937至1944年可称南开的毁灭时期"[①]，这是有事实根据的。不过，这个事实背后还存在着另一面，张伯苓对于劫后的天津南开中学并没有撒手不管。

　　1938年6月6日，伉乃如在天津致函远在昆明的黄钰生，说明他此时依张校长所嘱，正在沦陷的天津与同事处理一些后事，提到，"前由经理暂委弟维持津店，至早九月前不离津店"，信中"经理"代指张伯苓，"津店"代指南开。[②]可知，遭至毁灭性重创的天津南开中学，其命运并没有被彻底击垮，它顽强的生命力，可歌可泣，光可鉴人。

　　1937年10月，中学教务处副主任关健南被委任为天津留守处负责人，负责滞留天津的南开教职员处理的遣散工作，给南开各年级在津学生发放肄业证，方便他们转学继续学业。同时，在耀华中学校长赵天麟支持下，关健南组织滞津南开教师转移到耀华中学，办起临时教学班，又被称为"南开特班"，本校及外校失学学生千余人因而得以就学。每日下午耀华学生下课后，他们在4点和晚上各上两节课，关健南及杨旭才、杨坚白、徐凌影、孙养林、顾子范、李尧林等人都曾在特班担任授课老师。

　　1938年6月27日，颇具民族气节的赵天麟校长因拒用日本教材，抵制奴化教育，倒在日军特务实施暗杀的血腥现场。"南开特班"被迫停办，在校友的暗中努力下，特班被并入浙江中学，由南开教师负责校务和教学。在那段艰难暗淡的时日里，他们以

---

① 梁吉生撰著：《张伯苓年谱长编·下卷》，人民教育出版社，2009年，第457页。
② 梁吉生撰著：《张伯苓年谱长编·下卷》，人民教育出版社，2009年，第16页。

不挂牌子的"留守"南开中学顽强存在着，象征了南开精神的另一脉薪火相传。[1]

弦诵在山城

抗战期间，重庆有"陪都"之称，而这座山城的处境，却并不如人们想象中的那般风平浪静。

南开中学与重庆市中心隔着一座山，从校园不能直接看到市区，却常能望见火光冲天。最骇人听闻的是发生在1941年6月5日的重庆大隧道惨案。那次，日军出动24架飞机，分3批轮番轰炸重庆，空袭时间长达5个小时。空袭中，防空警报信号灯损坏，有人用煤气灯罩着红布代替信号灯，导致避难群众误以为有毒气袭击，惊恐之下慌作一团，大批人群拥挤在十八梯大隧道公共防空洞，造成洞口堵塞，疏散困难，救援迟缓，致使上万人不幸丧命。[2]

自1939年起，几年间，沙坪坝南开校园遭受了3次大规模的轰炸。其中，1940年8月的日机轰炸最为惨烈。那一次，日军轰炸目标直接锁定南开校园，数十架轰炸机围绕这个没有任何军事抵御设施的学校狂轰滥炸，投掷了30多枚巨型炸弹。亲历者齐邦

---

① 天津南开校史研究中心编撰：《天津南开中学校史简明读本》（内刊），2015年，第29页。
② 胡海龙：《口述津沽：南开学子语境下的公能精神》（中），天津古籍出版社，2020年，第97页。

媛，多少年后回忆起当时的场面，仍心有余悸：

> 民间赶修的防空洞只能挡住爆炸碎片，若被直接击中则只有毁灭。重庆四周高山之上设立了许多防空监视哨，空袭时便在哨前长杆上挂起一只红色灯笼，接着响起紧急警报，急促的一长一短的警报响彻山城内外。那种尖锐凄厉的声音，惊心动魄，有大祸临头的死亡之音，尤其月夜由睡梦中惊醒立刻下床，扎上腰带穿鞋逃命，那样的惶惑和愤怒，延续数年的警报声，在我心上刻画了深深的伤口，终生未能痊愈。[1]

当初，学校的建筑设计考虑到了防止某些不测，布局尽量分散，拉开楼间距离，宿舍住宅之间预留了比较宽敞的火巷，但在被轰炸中还是有多处建筑或中弹起火，或被震毁。有些军政要员搞特殊化，想给在南开就读的子女请假，暂时躲避一下，张伯苓不同意，并申明态度，可以退学，但请假不准。他认为南开已从天津退到重庆，现在不能再退了，学校要做好与大重庆共存亡的准备。他要求学校尽快恢复被损害的建筑，以免耽误学生正常上课。有人担忧，修复建筑，日机再来轰炸怎么办，张伯苓的回答是："再炸，再修！"[2]

沙坪坝校园宽阔敞亮而不失端庄，一眼望去，令人舒畅。但学校管理整齐划一，严丝合缝，没有那么多的诗情画意，甚至带有某些军事化味道。一天中，千余人从起床到早饭，上课与下课，包括熄灯就寝，统一听从于一种声音。学校专配一名号手，

---

[1] 齐邦媛：《巨流河》，生活·读书·新知三联书店，2011年，第71页。
[2] 侯杰、秦方：《张伯苓家族》，新星出版社，2018年，第337页。

号声何时响起由闹钟决定，吹号者一丝不苟地把控着全校千余名师生的作息起居。每日，天刚蒙蒙亮时，起床号声划破晨空，唤醒了睡眼惺忪的学生，学生迅速翻身下床。

"童子军"是齐邦媛的初中阶段，成为高中生，允许自由换装，她的心态也轻松多了。正是16岁花季，她换上了长旗袍，春夏季节为浅蓝色，秋冬季节则是阴丹士林布面。重要的是，齐邦媛开始把功课当作学问来享受，睁大眼睛，由浅入深地打量、领悟更多的人间课题，她甚至把高二那年选修国文老师孟志荪的课，陷入如醉如痴的状态，称为"幸福的一年"。

孟志荪（1901—1978年），天津人，1926年毕业于金陵大学社会学系，先后在天津南开和重庆南开担任国文教师。他主编了南开中学的国文教科书，从初一到高三，总计6年12册。他学问深厚、讲课生动，被聘为南开中学首席国文教师。他的学问和讲课有口皆碑，却愿意执教中学，曾谢绝过不少大学许以教授的聘请。他一向觉得，教中学生比教大学生更有意义，个体人生的"型"，往往是在中学时代被塑成的，这也是教育成才的重要节点。

孟志荪一直把学生当自己的儿女对待，妻子侯锦荪夫唱妇随，常常为学生飞针走线，缝制棉衣，有如慈母一般，稍有条件，她还招呼学生到自己家吃饭。每逢春节，那些无家可归的流亡学生都可以在孟老师家感受到过年的温暖和欢乐。齐邦媛去孟老师家吃过炸酱面，记忆中，那是她此生最难忘的一道美味佳肴。她当时选修孟志荪的"唐诗"和"宋词"课，与考试无关，全然出于热爱。她记得初次上课，这位操着干涩的天津口音、年岁显老的教师并不被学生看好，但随着讲课的深入，学生们如沐春风，大呼过瘾，称其为"激情孟夫子"。①

孟志荪授课时重在融会贯通，而不是有板有眼地诠释课文。讲文学，从曹雪芹到莎士比亚、狄更斯、莫泊桑，几乎无所不涉。讲先秦诸子孟荀墨庄四家，其文学精神、哲学思想尽在其间闪烁。他讲解庄子《逍遥游》，寥寥几句，尽显庄子的思想精华，"孔子抓住一个'仁'，孟子抓住一个'义'，庄子什么都不抓，却拥抱了全世界"。讲"诗言志"，他引出刘邦《大风歌》，认为这位泼皮起家的皇帝，短短几句就把市井无赖的嘴脸暴露无遗："威加海内兮归故乡"，是流氓闯江湖得势后的"回老家炫耀"。

孟志荪在讲课中习惯与学生互动，前后左右穿梭于课桌之间，冷不丁会站住，突然提问。一次，他问身边一个学生："你来说，'奸巨猾'上面是个什么字？"那学生跟孟老师很熟，调皮心起，手指老师回答："老！"孟老师眼睛一瞪，随即哈哈笑道："骂得好，骂得好！"一时在学校成为趣谈。②孟志荪注重给学生打下扎实的国学基础，以文学影响人的灵魂。韦君宜、查良铮（穆旦）、周祜昌和周汝昌兄弟、黄裳等，当年都是他的得意学生。

后来成为中科院院士的魏荣爵，当时是重庆南开的物理教师。一次物理考试，学生谢邦敏交了白卷，却又心有不甘，在卷子上填了一首词《鹧鸪天》，"晓号悠扬枕上闻，余魂迷入考场门。平时放荡几折齿，几度迷茫欲断魂。题未算，意已昏，下周再把电磁温。今朝纵是交白卷，柳七原非理组人"，检讨自己复习不够，又表达了准备补考的意愿。照理说，白卷应判零分，魏荣爵却感觉这首即兴词写得不错，便在卷子上赋诗一首："卷虽

---

① 齐邦媛：《巨流河》，生活·读书·新知三联书店，2011年，第67页。
② 龙飞、孔延庚：《张伯苓与张彭春》，百花文艺出版社，1997年，第152页。

白卷，词却好词。人各有志，给分六十。"

魏荣爵爱才，并不限于本课业，对于有潜质的学生果断放行通过，谢邦敏因此获得一条生路。许多教师闻之，纷纷感慨，皆称自己如遇此事，绝不会有这样的胆量。受到激励的谢邦敏，各门成绩大有长进，不久便考上了西南联大法律专业，更是成为新中国成立后的第一任刑庭庭长。[①]

这种因爱才而在考试中打破惯例、网开一面的事，闻一多教授经历得更早。1931年，一次他主持青岛大学考试，有位考生的数学成绩竟为零分，国文试卷也只写了短短的三行白话杂感诗。闻一多读了心头一喜，不仅破格录取，还打出98分，是所有考生语文试卷中的最高成绩，一时传为佳话。这个考生，便是时年26岁的青年诗人臧克家。

两个故事异曲同工，有相似的妙味，但不能不说魏荣爵更具胆识。毕竟闻一多是文科教授、诗歌名家，喜欢偏文的青年才俊可以理解，而对于纯粹的物理学家魏荣爵，中国古体诗词与其专业之间，实在是天差地别。

重庆云集了大量高官与上层人士，有人以给学校捐款做筹码，有人靠关系走后门，企图为自己的子女入校开绿灯。这样的事情不乏其例，在张伯苓这里却行不通。不过，后来还是有不少看似背景不凡的子弟进入南开读书，社会上不免有了"重庆南开是不是贵族学校"的质疑。其实人们只是注意到了现象。

南开中学坐落在"陪都"，达官、显贵、富商如云，办出特色、名声在外的学校，自然会吸引他们愿意把孩子送进来，也很正常，与人们说的"贵族学校"无关。所谓贵族学校，是指那类

---

① 胡海龙：《口述津沽：南开学子语境下的公能精神》（中），天津古籍出版社，2020年，第354页。

专为贵族阶层设立的学校，寒门子弟望尘莫及。南开中学不是这样，这里的入校学生，绝不会因各种其他因素降格录取，所有科目都必须及格方能转正，否则走人。此外，南开还有个规定，凡连续两年留级者，一律劝退，没有例外。

津南村是重庆南开的教师宿舍。张伯苓一家住在津南村3号长达14年。他的隔壁住着喻传鉴一家。一些各界名人，如傅作义、柳亚子、范旭东、马寅初、翁文灏、侯德榜、谭熙鸿等，曾在津南村暂住。在抗战时期的陪都重庆，津南村是一个高朋出入的社交中心。毛泽东、蒋介石、周恩来、吴国桢、张道藩、张平群、蒋经国、

重庆南开中学《狂欢之夜》全体演职员

陶行知、郭沫若、曹禺、陶金、舒秀文等各界要人名人，也都曾来此拜访张伯苓。2009年，津南村的部分旧址被列入重庆市级国家文物保护建筑。

在校园里，张伯苓喜欢拄着拐杖散步，身边常有事务主任相伴。他一面走，一面观察，发现问题，随时解决。齐邦媛读高二那年，被指定参加一个全校性辩论会。辩论的题目围绕男女生的读书趋向展开，海报张贴后，被散步的张校长看到了，觉得题目格局太小、视野太窄，皱眉道："都什么时候了，天天跑警报，还教孩子们辩论这'没有出息'的问题。"指导老师觉得校长的批评有道理，就把主题改为"美国会不会参战"。原定出场的正、反两方共6名同学，看到新辩题觉得过于重大，难度不小，想打

退堂鼓，没有得到指导老师的同意。

大家只好沉下心来认真准备，大约有1个月时间，学生们的思考逐渐深入，辩论会开得紧张而热烈，齐邦媛代表的一方赢得辩论胜利。无论赞成或不赞成彼此观点，同学们都感觉获益匪浅。①

事实很快证明，这个辩题暗含了惊人的预见性。仅仅过了3个月，即1941年12月8日，日本海军突袭夏威夷的珍珠港，招致美国强力报复，"美国会不会参战"答案立即揭晓。大家纷纷议论，抗战胜利有望，不会拖得太久。

张伯苓鼓励学生有自己的见解。20世纪40年代初，张伯苓被选为国民党中央监察委员，一位15岁的南开学生写了一篇文章——《走错了一步棋的张伯苓》，发表在《新闻天地》杂志，令人惊诧。张伯苓读了，非但没有计较、怪罪，反而很赏识，认为这个学生不管说得对不对，能够独立思考，敢于指名道姓写文章公开批评校长，说明南开的教育是成功的。

《南开百年传奇》摄制组曾采访过多位重庆南开校友，新奇地发现，他们普遍会讲一口流利的四川话。1994年，重庆南开举办了隆重的校庆活动，来自世界各地的老校友相聚在一起，满口川音。原籍湖北的陶恒生是陶希圣的儿子，旅居美国已逾40年，且一直没有再回过重庆，他在现场慷慨发言时，居然还是一口四川话。

重庆南开与原天津南开的生源不同，不再是华北地区的生源占据主流，而多为四川、重庆的本地学生，此外，从江浙、两湖过去的学生也占比不小。江浙位于长江下游，学生在四川一带被

---

① 齐邦媛：《巨流河》，生活·读书·新知三联书店，2011年，第81页。

称为"下江人"，经济富庶，条件优越，文化底蕴也较厚，难以适应四川当地的风土与民俗。只是时间久了，这种矛盾就被淡化了。南开校风历来具有包容意识、平等精神，地域和身份的歧视在南开难以容身。随着四川话的普及，大家也就习以为常了。重庆南开的"南开话"，不是老南开那种带有天津味的普通话，而是地道的四川话。如此一来，不同省籍的地域隔阂感，不知不觉之间消失殆尽。

李汉浩是重庆南开1944级毕业生，1939年插班进来的，他的二哥由于此前在天津南开读过两年书，还是满口津腔。当时，大一些的班级里的天津人看不起四川的"土包子"，四川同学也不服气，因为一些不大的事，常常争论不休。班里有几位上海人很抱团，在一起时说家乡话，别人听不懂，自成小圈子。但是到了1944级，类似的隔阂逐渐消失，重庆南开学子成了他们的统一身份。学校里无论哪个省籍的同学都会说四川话，这是大家对重庆南开教育的一种认同，由此生成少见的凝聚力，伴随一生，不曾消逝。

半个世纪后，1946级同学编了一部歌本《嘉陵江上》，内容选的都是当年耳熟能详的重庆校园歌曲，里面还有民间小调和英文歌曲，很受关注。编书动议出自曾是学校歌咏队的台柱子楼雪明，为了编这部歌本，一连几年，已经年迈体衰的楼雪明组织一些同学，分头在南京图书馆、中央音乐学院、上海音乐学院和北京图书馆大海捞针，搜集资料，生怕有一丝遗漏。此歌本内容皆为手抄，前后出了四版，每一版都有增删变化，各年级同学，无论身在国内还是国外，都希望能保留一本，以至于一印再印，二十几年过去，仍有同学四处打听讨要。

重庆南开的音乐老师叫阮北英，山东聊城人，1928年毕业于国立上海音乐学院。在整个学校，阮北英是唯一拥有钢琴的人，把钢琴当作宝贝，不许别人触碰。楼雪明曾偷偷翻过窗子进琴室弹过两回，后来听说有个男生因溜进琴室而被开除，就再也不敢冒险了。对于阮北英在重庆南开的音乐教学岁月，傅国涌曾在《呼唤人的教育》中谈过，"音乐教室里，阮北英几乎不分昼夜地教每个班、每个组，从中国民歌、抗战歌曲直到西洋古典乐。80年代，当几个60多岁的当年学生在80多岁的阮老师面前，流着泪唱起他从前教的歌时，已经几十年没有听过这些歌的老师也激动得哭了"①。

重庆南开，1944级学生之间的交往联系最为密切。从1984年到2010年，他们组织了20次同学旅行，有的一次长达二十几天。中国工程院院士李玶是1944级学生，他曾感慨，他一生中的好朋友，都是南开中学同学。何以至此？李玶认为原因就在于大家"生活在一起，生死在一起，朝夕相处，从初中到高中，这个友谊很关键。那是最困难的8年，天上有飞机炸，我几次差点被炸死，逃掉了。白天一读书警报来了，赶快跑"②。这样的共同经历很难遇到，亦难以复制。

重庆南开在编年史上只经历了16载岁月。1953年，学校改名为重庆市立第三中学，老名称不复存在，这也成了几代沙坪坝学子的心头隐痛。80年代初，许多校友呼吁恢复原来的校名，终于在1984年，已经中断了30年的重庆南开中学名称得以恢复，消息传来，南开校友互相转告，无不称快。

---

① 胡海龙：《口述津沽：南开学子语境下的公能精神》（中），天津古籍出版社，2020年，第161页。
② 李玶：《我一生的好朋友，全部南开中学的》，《张伯苓研究》（内刊），2021年第4期冬季号。

战乱中的一束"蜀光"

南开大家庭还有一个"特殊"成员，即自贡蜀光中学。之所以特殊，是说这所中学的校名中虽无"南开"字样，但同样属于断不掉的"南开血脉"。

初创于1924年的蜀光中学，为适应自贡产业，特别是盐业发展的需要应运而生。最初只是一所名不见经传的普通私立初中，设备简陋，校舍窄小，生源有限。其校址原在东兴寺，规模很小，勉力维持，一些当地盐商及有志之士一直为之心忧，常聚在一起商讨学校的发展出路。1937年8月，他们给上方写信，寻求外来专家帮助管理，"有见于天津南开大学校长张伯苓创办南开蜚声中外，乃联名致函四川盐务管理局局长缪剑霜，转托张校长代办本校以资整顿"①。

1937年10月，张伯苓应邀偕南开中学部主任喻传鉴等人抵达自贡，受到校董及几百师生的热烈欢迎。张伯苓和喻传鉴在自贡逗留3天，参观了盐业及中、小学校。张伯苓临走时表示："鉴于自贡为盐产重心，前途发展，无可限量，而蜀光中学学子又皆聪颖可爱，极愿对于自贡教育有所效劳。"②

接下来，蜀光增聘张伯苓、缪秋杰、喻传鉴为新校董，并推举张伯苓为董事长。根据张伯苓的意见，董事会就选新址建新

① 梁吉生撰著：《张伯苓年谱长篇·中卷》，人民教育出版社，2009年，第480页。
② 梁吉生撰著：《张伯苓年谱长篇·中卷》，人民教育出版社，2009年，第487页。

校，增设高中部，选聘校长、教师，增拨办校经费等重大问题做出决定。伍家坝为新校址，校园占地350亩。伍家坝属于空旷的平地，离市区不远，依山傍水，钟灵毓秀，视野辽阔。张伯苓专请于右任题写了"私立自贡蜀光中学"牌子，并制定了《三年改进计划》。1939年6月，张伯苓来到蜀光中学，在师生大会上强调注重校风："校风为学校之灵魂，亦即命脉。学校无优良之校风，如人身之无灵魂。"①蜀光中学由此脱胎换骨，声誉鹊起，名震川西，进入了全新的历史阶段。

蜀光中学从被接办的那天起，就被定格在具有一流办学水平、蜚声国内外的南开模式上。根据张伯苓先生的教育思想，学校的教学面貌发生了全方位的变化。

经张伯苓推荐，校董会聘重庆南开中学主任喻传鉴为接办后的蜀光中学第一任校长。为加强师资力量，喻传鉴从开掘自身资源入手，把女儿喻娴令、喻娴士派到蜀光中学执教，分别担任自然科学和数学课老师。其后，又由南开中学的韩叔信、陈著常先后为继任校长、代理校长。这所四川名校越办越出色，吸引了一批师资人才，藏龙卧虎，底蕴渐深。国家文物局原局长王冶秋、中国社科院原副院长李慎之等，都曾在蜀光中学任教。

孙伯蔚，是老蜀光人念念不忘的国文教师。他出生于19世纪末，燕京大学毕业，其教学足迹曾遍布大江南北。1926年至1933年，他先后执教于湖北襄阳中学、河南南阳师范、北京汇文中学、上海圣约翰大学、奉天女子师范专科学校、山东齐鲁大学等。1937年10月，因战乱他随校西迁，途中两个孩子病倒而困在南阳。在一筹莫展中，有人向喻传鉴介绍了孙伯蔚，急需教师

---

① 沈卫星主编：《重读张伯苓》，光明日报出版社，2006年，第213页。

人才的喻校长求贤若渴，立即向张伯苓推荐，促成孙伯蔚于1938年9月来自贡临时任教，由于工作出色又被续聘两年。其间，齐鲁大学催他回校，孙伯蔚却决定不再返回，从此终其一生不曾离开，他的名字也与蜀光中学融于一体。他曾对儿子谈到当初自己的选择："正因为我教过大学，才知道大学生的语文底子必须从中学抓起。中学打不好基础，到大学很难补救。"[1]

抗战时期，西北军将领冯玉祥来过自贡，曾在一次集会上慷慨激昂地动员抗日。百姓积极响应，捐款踊跃，有人把家里的金箍子、戒指、手镯拿来捐助，并鼓舞带动了不少盐商、实业家和财主都来捐款捐物。由此创造了一个奇观，小小的自贡市，为抗日捐献的金额竟为全国之冠。

这件事惹恼了日军，特别是他们了解到蜀光中学是由有着抗日传统的天津南开代办管理的，便记恨在心。日军在天津没有放过天津南开，在重庆也没有放过重庆南开，在自贡，他们同样出动军机对蜀光中学实施报复性轰炸，但到头来，也未能阻止蜀光中学的蓬勃壮大。喻传鉴对此颇有感触，"精神不死，物质易复，第一个南开虽毁，将有第二个第三个南开出现……南开不亡，此其证明"[2]。

南开接办后的蜀光中学景观一新：学生全面发展，各项成绩斐然。第一届高中生于1941年毕业，毕业68人，其中55人报考大学，考取39人，占报考人数的70.9%。在1940年自贡市运会上，蜀光中学夺得高中男、女团体总分第一名，初中男、女总分第一、四名，高中男、女篮球、排球及初中男子足球冠军。短短

---

[1] 胡海龙：《口述津沽：南开学子语境下的公能精神》（下），天津古籍出版社，2020年，第242页。

[2] 梁吉生撰著：《张伯苓年谱长编·下卷》，人民教育出版社，2009年，第22页。

3年，蜀光中学面貌一新，声誉鹊起，社会各界为之一震，川西南莘莘学子纷纷慕名而至。

喻传鉴接手的蜀光和重庆南开一样，基本遵循一种"三点半"的课余模式，立竿见影，行之有效。学校上午有半天课，下午上两节课，"三点半"一到，教室锁门"清场"，学生一律到室外，参加校内的各种社团活动或体育运动。久而久之，蔚然成风。显然，不能把"三点半"理解成简单的时间分配，其内涵相当丰富，意义也很深远。关于这一点，南开校史专家胡海龙有着非常独到的认识：

> 比如说上午是一静，下午是一动。上午在室内，下午在户外，一个人一天。上午的团体是被动组织的团体，它是分班的；下午是主动组织的团体，学生自主自由组织的，他们自己去当领导人。上午是学理论的，下午是实践的。上午是动脑的，下午是动手脚的、动身体的。上午班级上课是统一的，是不太强调个性的；下午是培养个性发展的。上午是被动地接受，下午是主动地探索。上午是"公"，下午是"能"。上午是严格的，下午是自由的。很多方面都体现了南开的哲学思想。实际上就是"一阴一阳之道"，这样它就让人从身到心，从个人到团体，从共性到个性，各方面都得到了全面的发展、全面的呼应、全面的配合。[1]

随着抗战胜利，一些外省教师陆续离开了蜀光中学，学校董事会找到张伯苓求助，张伯苓表态，蜀光中学属于南开系列，旗

---

[1] 胡海龙：《口述津沽：南开学子语境下的公能精神》（下），天津古籍出版社，2020年，第218页。

子不能倒。鉴于蜀光中学优良的办学条件、突出的办学效益、良好的社会信誉，1953年被四川省人民政府命名为首批重点中学。

蜀光人感激张伯苓以出色的教育理念带动蜀光中学的飞速发展，在毕业于蜀光中学的学子中，王方定、胡海涛、侯朝焕、王亚辉4位成为不同年代的两院院士。此外，清华大学原副校长张思敬，北京大学原哲学系主任黄楠森，中科院近代物理研究所原所长罗亦孝，传诵一时的《红珊瑚》《太阳最红，毛主席最亲》作曲者王锡仁，著名电影演员陈戈，共和国将军王寿云、徐心得，西昌卫星发射中心原副总工程师谭友彬等，不一而足。新中国成立前牺牲在渣滓洞的郭重学等12位英烈，至今仍是蜀光人的骄傲。

经过数十年风雨岁月，蜀光中学已是今非昔比。

1986年，申泮文教授从天津只身来到自贡。他背着相机、扛着幻灯机，面见时任校长李英华，亲手放出当年第一任蜀光校长喻传鉴的历史影像，在座者竟无人认识，不免令人唏嘘。令申泮文欣慰的是，蜀光中学后代学生毕竟接触到了学校的源头，从而将南开与蜀光再次连接，血脉长存。

其实，当年的蜀光中学老学子从不曾忘记自己的母校。2001年7月，移民美国多年的1942级校友王蜀龙，以已故夫人的名义捐资5万美元，设立了蜀光中学"王氏爵玎奖学金"，至今已发放了近20年。2016年，王蜀龙不顾92岁高龄回到蜀光中学，将一枚中共中央、国务院、中央军委颁发的抗日战争胜利70周年的纪念章，一枚美国总统杜鲁门当年授予他的自由勋章捐赠校史馆，展现了对母校的一往情深。[①]

---

① 胡海龙：《口述津沽：南开学子语境下的公能精神》（下），天津古籍出版社，2020年，第2页。

蜀光中学老校友王典徽患了老年痴呆症，常年住在海军总医院，院方下过 3 次病危通知。王典徽平时脑子糊涂，连家里人都不认识。校友会一直牵挂他的病情，一次派代表去医院看他。他脸部僵硬，没有任何表情。来人慢慢聊起蜀光中学，他开始有了反应，逐渐地，他的深层记忆被唤醒，竟有滋有味地聊了 40 多分钟。这一幕，令在他身旁的陪护连连惊叹，这简直太神奇了！[1]

解读南开大学校歌，可以清楚看到南开大学与重庆南开和自贡蜀光的"血亲"关系。南开校歌创制于五四运动前夕，正式确定于 1919 年春。词作者魏云庄，天津人，前清附贡生，时任南开中学文牍课主任，也是张伯苓的秘书兼老师。作曲者为同时代在南开中学任教的天津基督教青年会的美国人饶伯森（中文名为韩慕儒），南开校歌穿越百年时空，传唱至今。

> 渤海之滨，白河之津，巍巍我南开精神。
> 汲汲骎骎，月异日新，发煌我前途无垠；
> 美哉大仁，智勇真纯，以铸以陶，文质彬彬。
> 渤海之滨，白河之津，巍巍我南开精神。[2]

歌词短小而规整，旋律铿锵而奔放，展现了南开学子"允公允能，日新月异"的精神风貌，也表达了地域特色。南开校歌，同时也是重庆南开中学和自贡蜀光中学的校歌，近似复制粘贴，只是根据各自地域，开头与结尾处的两句歌词稍作变动。重庆南开校歌的首尾两句为"大江之滨，嘉陵之津，巍巍我南开精神"，

---

① 胡海龙：《口述津沽：南开学子语境下的公能精神》（下），天津古籍出版社，2020 年，第 260 页。
② 沈卫星主编：《重读张伯苓》，光明日报出版社，2006 年，第 389 页。

自贡蜀光的首尾两句为"沱江之滨，斧溪之津，巍巍我蜀光精神"。除此，在漫漫岁月里，三曲校歌以同一种旋律激荡南北，谱写了惊世骇俗、举世瞩目的世纪传奇，其亲近感与凝聚力，早已融为一体。

第十一章

沧桑北归

"比任何勋章都让我高兴"

抗战初期，一股子悲观情绪曾一度四处蔓延。

张伯苓在南京时，常与一些朋友聊起国家时局和个人出路。每个人想法不同，一些不太看好国家前景的人，有的打算躲在一个僻静地方退休归隐，有的希望去南洋谋生，有的想去美国发展。一向健谈的张伯苓却沉默了。大家问到张伯苓的想法，他神色坚定道："我哪儿也不想去，虽然我快六十二岁了，可是从来没有想到退休，更不愿到国外避难。我想办一辈子教育，我不能离开青年人！……无论战争前途怎么样，也不管将来环境如何，我一定要把南开这面旗子扛下去！"[1]

晚年张伯苓

在重庆沙坪坝的岁月，张伯苓已是一位拄杖行走的花甲长者。为了学校的生存与发展，他不得不经常应付繁多的社交活动，出行在外，自然就成了大家

① 龙飞、孔延庚：《张伯苓与张彭春》，百花文艺出版社，1997年，第146页。

297

的重点保护对象。

　　一次，在北碚走山路，考虑到张伯苓的年纪，当地主人特意准备了一乘滑竿，张伯苓却怎么也不肯坐上去，说自己人高马大，那些扛滑竿的人很瘦弱，"精神和身躯都不及我，那我又何必坐上去呢？"与师生相处，大家确实也感觉不出他有多老，从来都是精神旺盛、谈吐诙谐。提起老的话题，他侃侃而谈，自有一套说辞："人之老，有两种：曰老相，如发白眼花是也。曰老态，如萎靡颓废是。我之老相，当然胜于诸君，而诸君之老态，却又未必不胜于我，此态万不可有，盼大家努力收拾一下。"①

　　张伯苓在重庆一住就是9年，在这里活成了古稀老人。抗战结束后，国民政府曾有过大规模清查附日汉奸的运动，清算结果是，没有一个汉奸是战前的南开学校毕业生。一向以救国为己任的张伯苓，不禁喜上眉梢，连连说："这比接受任何授勋，都让我高兴。"②长期以来，爱国行为对于南开学子，源于一种底线意识，就像儿女对于母亲的深爱。

　　1942年1月，中、苏、美、英等26个属于反法西斯阵营内的国家，聚在一起谋划加强对德、意、日轴心国的打击力度，并在华盛顿发表宣言。嗅觉敏锐的张伯苓认为复校有望，随即跟进。他利用寒假，召回常驻昆明的南开大学核心人员，以"南开大学复兴筹委会"的名义，分别于2月17日、3月1日、3月3日、3月7日，在其津南村寓所连续开会商讨，紧锣密鼓，未雨绸缪，就有关工作做了筹划和分工。

　　1944年6月底，战事前景愈发明朗，日军的进攻已成强弩之

---

① 张兰普、梁吉生编：《铅字流芳大先生——近代报刊中的张伯苓·下》，天津社会科学院出版社，2021年，第223页。
② 侯杰、秦方：《张伯苓家族》，新星出版社，2018年，第390页。

末。张伯苓又一次把南开驻西南联大的重要人员召集到重庆，强调南开复校"是一项适时而需要的工作"，必须早做准备，妥善安排。他分别从校址、系统、组织、经费及训练方针五个方面提出了关于南开复校的构想。①

概而言之：南开继续保持私立性质，天津设南开本部，各地设南开分校，继续维持重庆南开中学；经费问题，战时愿受政府补助，战后则自筹自给；依据"公能"校训，训练青年，使人人皆有远大世界眼光和广博知识。稍后，张伯苓要求具体落实会议讨论的三个重点，即经费拨付问题、设备订购问题、敌产处理问题。

而此时的私立大学正面临着种种压力，张伯苓表示要坚决扛起来。

经历抗战的中国，满目疮痍，经济委顿，百废待兴，私立南开的经费筹措遇到了重重困难。无奈之下，张伯苓只得屈身求助政府。1946年4月9日，教育部宣布拨付西南联大复校经费30亿元，南开分得8亿，北大得10亿，清华得12亿。对于这个数字，南开师生认为自己学校受到的创伤最重，而分得最少，有失公允。而北大、清华师生认为，按联大三校的人数比例，分给南开8亿，未免"偏心"。围绕这一问题，联大三校站在各自立场，曾有过一阵争议。

北归复校，南开与清华、北大并非处于同一条起跑线，这是显而易见的，南开因日寇入侵而深陷其间的已经不是困境，而几乎就是绝境。被日军轰炸后的南开面目皆非，其校园需要的不是修复，而是重建，无疑需要更多经费支持。张伯苓给蒋介石写

---

① 梁吉生、张兰普：《张伯苓画传》，四川教育出版社，2012年，第210~212页。

信，希望"拟请按照北大、清华经费项目，由政府拨付"，提供10年建设费用。蒋介石表示可以增加费用，同时考虑将南开改为国立，张伯苓察觉出蒋介石的意图，只得后退一步，自降条件，"拟请对复校第一年所需经费，准照北大、清华两校经费比例由政府全数补助。嗣后逐年递减十分之一，至第十一年即全由该校自行筹措"[①]。

然而这个退而求其次的要求，也被告知无法得到满足。教育部做出的最终决定是，原私立南开大学改为国立，与清华、北大享受同等待遇。

事关私立南开存亡，单枪匹马的张伯苓已经别无选择，只能同意南开国立。他自言自语，满脸无奈，"我的一切委曲求全，都是为了南开啊"，身旁的南开

1946年南开大学在天津复校

同道，无不动容。他的内心还抱有一种坚持，希望10年后南开大学能够恢复私立性质。而后来的事实，证明张伯苓过于一厢情愿了。

张伯苓与南开核心人物商定了具体的复校方案。大学部，派张彭春、黄钰生飞往天津，察看校园情形，接收校产，筹备复校。南开大学是"全锅端"，整体由昆明迁回天津，除整修残存的废

---

① 梁吉生撰著：《张伯苓年谱长编·下卷》，人民教育出版社，2009年，第192~197页。

旧校舍之外，又由市政府拨出位于甘肃路的一所日本学校旧址，作为大学东院，站住脚跟，投入招生开学的准备之中。

为使复校工作顺利进行，张伯苓推荐黄钰生出任天津市教育局局长。黄钰生向来对做官不感兴趣，张伯苓理解这种心理，但还是让人写信给黄钰生，转达自己的想法，为南开计，希望他能在这个位置上干五六个月，可以方便做事。黄钰生接受劝告，会同南开大学复校筹备处，收回八里台原校舍852亩，接收六里台敌产中日中学、农场、综合运动场、苗圃等110亩。南开在战后之所以能迅速恢复，与黄钰生所做的大量工作是分不开的。同时，张伯苓派喻传鉴、丁辅仁等人直接赴津，筹备南开中学部复校。临行前，张伯苓只是简单说了句："你们只管扛着南开这面大旗去干吧！"如同定心丸，三员大将信心倍增，一到天津就忙碌起来。

丁辅仁曾这样形容那段干劲十足的快乐时光，"校长给了我这面大旗，我扛着它真是无路不通。刚回来，中学部这几所楼都破烂不堪，大礼堂里面空洞洞，图书馆被日军用来做马棚，现在都修起来了，真是焕然一新。又在甘肃路接受了一所日本女学，作为女中部宿舍。一切教学设备也全有了，大礼堂的一排排的座椅，能容纳两千人。这些东西，光有钱是买不来的。我们只是跑跑腿，动动嘴，全靠这些位社会人士、校友们，有出钱的，有出力的，没费什么劲，就把工作全做好了，这不是奇迹吗？"[1]喻传鉴抽空还去看了南开大学，发现仅思源堂、芝琴楼尚存，经过修缮，曾被充作日本医院、食堂和日本中学，其余尽毁。

复校不是简单的事情，需要解决大量难题，与许多部门打交

---

[1] 梁吉生撰著：《张伯苓年谱长编·下卷》，人民教育出版社，2009年，第192~197页。

道，方方面面，巨细无遗。张伯苓亲自出面，动用一切社会关系，分别呼请教育部、国防部、北平图书馆、河北政府和有关机构予以支持，致函天津界内的地政局、海关、电信局、敌伪产业处理局、警察局、铁路局、海河工程局、工务局等部门及军方，竭尽全力为复校疏通关系，清除障碍，理顺渠道。梁吉生曾搜集到的张伯苓从20世纪20年代到40年代末的3000多封信函中，绝大多数是张伯苓为办学求助捐款的内容，这位老校长在抗战后为复校发出的那些信函，也只是其冰山一角。

张伯苓自称是"不倒翁"，几乎是全程跟着校长艰难创业的黄钰生，曾对此做过最真实、最生动的诠释：

在南开本身的历史里，就有许多抗命的表现。我且说几宗来。民国六年，天津大水，南开中学被水淹了，本来一放假就可以了事。然而不！一面借房舍，一面搭席棚，三日之后，依然上班。南开抗天灾，民国十五年，李景林在天津作战，人心惶惶，枪炮时闻，本来可以停课，然而不！南大的学生要大考。南开抗人祸。南大的校址像俄国的圣彼得堡一样，在大泽之中，在荒原湿地上，建筑楼台。南开抗争的结果，不见得处处成功，南开大学就失败过两次。失败了，不服气，拧着脖颈再干。①

1945年冬，长期受病痛折磨的张伯苓听从张彭春的劝说，赴美国纽约做了外科手术，切除掉全部的摄护腺，手术很成功。出院后，他在张彭春家度过70寿辰。那一天，许多旅美校友从不同

---

① 张兰普、梁吉生编：《铅字流芳大先生——近代报刊中的张伯苓·下》，天津社会科学院出版社，2021年，第127页。

地方赶来为老校长贺寿，高朋满座，欢聚一堂。他们带来书法贺词，当场展示，曾为南开中学的老师老舍、学生曹禺，合作写出一首祝寿诗，并现场朗诵，庄谐并陈，妙趣横生，把聚会氛围推向高潮：

> 知道有个中国的，
> 便知道有个南开。
> ……
> 不是胡吹，不是乱讲，
> 一提起我们的张校长，
> 就仿佛提到华盛顿，
> 或莎士比亚那个样。
> 虽然他并不稀罕做几任总统，
> 或写几部戏剧教人鼓掌，
> 可是他会把成千上万的小淘气儿，
> 用人格的熏陶，
> 用身心的教养，
> 造成华盛顿或不朽的写家，
> 把古老的中华，
> 变得比英美还要棒！
> ……
> 他的雄心随着想象狂驰，
> 他要留着沙坪坝，
> 还要重建八里台，
> 另外，在东北，在上海，
> 到处都设立南开。

南开越大，中国就越强，

这并不只是他个人的主张，

而是大家的信念与希望！①

张伯苓容光焕发，作揖感谢。但他清楚自己，毕竟是年岁不饶人。由于身心交瘁，他的行动样貌体态已显出老态。自从他患了摄护腺肿大的顽症，多次住进重庆医院，不见起色，曾自我戏谑道："年轻时尿憋得住，话憋不住，老了，老了，话可憋得住，尿却憋不住了。"②此言是对自己一生过往和现状的微妙描述，无奈中颇具深意。

话虽如此，张伯苓身上特有的乐观、洒脱、豪爽及其进取精神，一直没有失色。那样一种不服输、不认命的倔强之气，仿佛与生俱来，他解释："南开之'南'，也许是困难之'难'字。不过我总是乐观的不怕困难，缺乏经费，决不能阻止南开之发展。南开之难，张伯苓之难，千难万难，难就难在这该死的经费上。"③但他还是逢凶化吉，一次次熬过了难关。

只是有一个遗憾，成为张伯苓的一块"心病"，挥之不去，难以痊愈。那就是，此生他再也见不到那口再熟悉不过的校钟了。

南开校钟最初悬于天津海光寺，其后迁移多次，最后只能在老照片中显形，成为一段屈辱历史的见证。

围绕这口大钟的历史，传说纷纭，扑朔迷离。南开校钟真实的历史经纬，当以张伯苓的记忆描述最为准确。1948年2月25

① 沈卫星主编：《重读张伯苓》，光明日报出版社，2006年，第374页。
② 龙飞、孔延庚：《张伯苓与张彭春》，百花文艺出版社，1997年，第163页。
③ 华银投资工作室：《思想者的产业》，海南出版社，1999年，第150页。

304

日，张伯苓致函中国驻日本军事代表团团长商震：

> 敝校于抗战期内，被日寇盗去大钟一口，重壹万叁千余斤，此钟具有历史价值，系德国克虏伯厂制，赠李文忠公寿辰纪念，铸有全部《金刚经》文。李公施于海光寺，"庚子之乱"，曾为英军取作警钟，嗣经该寺下院收回捐赠南开作为校钟。不幸竟为日寇盗去，深堪惋惜。近闻在日发现掠夺我国文物甚多，特函奉达，仰恳鼎力转嘱调查人员代为详细安访，倘使此历史之古钟原璧运还，岂惟敝校之幸，亦中华文物之光也。①

此后围绕寻钟之事，张伯苓与商震又有多次信函往来，最终由于大钟的下落如石沉大海，也就不了了之。

天津历史上有两口著名的大钟：一为天津旧城鼓楼的大钟，一为海光寺的大钟。鼓楼大钟为铁钟，由中国人铸造；海光寺大钟为铜钟，由德国克虏伯公司铸造，据传此铜钟的声音可传播数十里。

由于两口大钟的重量、材质不一样，撞击出的声音不尽相同。津门耆宿高凌雯曾以中国古代宫商角徵羽五音对这两口大钟作过比喻：鼓楼大钟为"宫"，海光寺大钟为"商"。

据史料记载，海光寺大钟于1878年铸造，重约13000斤。1881年5月，由德国运抵天津并送给中国政府，作为德国政府与中国友好的象征。清廷将安置大钟的事交给了直隶总督李鸿章。鉴于当年乾隆皇帝曾驾临过海光寺，李鸿章决定把这口钟悬挂在

---

① 梁吉生撰著：《张伯苓年谱长编·下卷》，人民教育出版社，2009年，第310页。

海光寺内。1900年庚子事变，日军攻占海光寺，由于此战得到英军协助，日军将大钟赠给天津英租界工部局。1921年，适逢第一次世界大战结束，直隶省长曹锐责令天津警察厅派员与天津英租界工部局交涉，允许将大钟归还中国，悬挂于八里台望海寺内，成为地方公物。

1929年12月，张伯苓向市政当局呈请将大钟拨给学校做校钟用，并计划为其建亭加以保护。经过实地考察，1930年1月9日，天津市市长崔廷献同意将海光寺大钟拨给南开大学，并于5月11日完成移交。

大钟安置在南开思源堂西侧，两面由红漆八字形梁柱做支架，悬于高约两米的台基之上。学校视校钟为文物，只有重大仪式方可鸣击。1932年8月22日，中国工程师学会第二届年会典礼在南开大学举办，鸣校钟21响，寓意中华民国21年，再鸣两响，象征第二届年会。最难忘的是南开大学特意为九一八事变的鸣钟场景，钟声沉重，令人震撼，因而遭至日方仇视。

1937年7月，日军野蛮轰炸南开大学，校内满目废墟，大钟随之失踪，至今下落不明，成为一个历史谜团。

1997年7月，为纪念南开大学校难60周年，学校决定重铸校钟。新的校钟由南京静海寺警世钟设计者王钟泉设计，江苏冶金机械厂铸造，重约3000千克，高达1.937米，钟的周边雕刻有60枚校徽图案，寓意南开校殇已有60年历史。校钟铭文由中文系王达津教授撰稿，著名书法家康默如书写。铭文曰：

河海泱泱，立学启庠；英彦蔚起，山高水长；翔宇负笈，邦国之光；七七事变，仇寇肆狂；毁我校园，景钟云亡；今兹重铸，宫声喤喤；莘莘学子，济济堂堂；允公允能，蹈励发扬；日新月异，科教腾骧；猗欤南开，宏业无疆。①

1947年3月19日，张伯苓从重庆回到阔别10年的天津，巡视、考察复校进展，车站迎接的南开师生、校友和各界群众人山人海，水泄不通。此盛况在天津堪称空前，却随着抗战后中国时局的新变化，竟成了张伯苓沧桑一生的分水岭。

"跑龙套"的政坛尴尬角色

早在北归之前，张伯苓的教育家身份，就意外地平添了几分政治家色彩。

1938年6月17日，在中共建议下，国民参政会组建成立。这是战时专门成立的一个民主机构，肩负着抗日统一战线的重要使命。

第一届国民参政会名单，依照《国民参政会组织条例》第三条丁项，遴选者遍及各个领域，有毛泽东（由周恩来代表）、董必武、秦邦宪、林伯渠、邓颖超、胡适、晏阳初、梁漱溟、陈嘉庚、张申府、黄炎培、颜惠庆、张君劢、邹韬奋、罗隆基、张东荪、沈钧儒、章士钊、章伯钧、梁实秋等100位重要人士。来自南开的张伯苓，不仅为参政员，还担任副议长和临时主席。②

陶行知对于这个组成名单有个形容，"两园桃李一手栽"，意

---

① 文轩：《王达津先生百年诞辰纪念》，《南开大学报》，2016年6月3日。
② 梁吉生撰著：《张伯苓年谱长编·下卷》，人民教育出版社，2009年，第16页。

在形容参政会的组成人员，国共两党中有多名来自南开。

在参政会议员中，张伯苓的高大身躯格外显眼：

> 许多知名人士如拿破仑、张作霖、袁世凯等人均身材短小。他们的知名度和他们的身躯不成比例。唯张伯苓先生的伟大表里如一。心胸伟大，功勋伟大，他的身躯也伟大。他身高6.3英尺，体重270磅。声如洪钟，走在一般人群之中，鹤立鸡群。……他坐在演讲台上，其他同坐在台上之人亦显得微小。[1]

如果说，此文作者宁恩承对于老校长的描述难免掺杂一些个人主观因素，那么来自外国人士的评价，完全可以作为观察张伯苓的另一种视角。抗战期间，美国总统罗斯福的私人代表威尔基访华时，特意参观了重庆南开中学，回到美国，他出版了《天下一家》的书，对张伯苓交口称赞，说这位校长"气宇轩昂，有严肃、沉思的学者风度，又具有爽朗的幽默感……我们无论谈到战争，还是谈到美国的大学，他的知识和判断力，美国人士都难以望其项背"[2]。

只是在兴学办教领域八面玲珑的张伯苓，一旦涉入政坛，内心的从容自信，不免多少会打几分折扣。

与张伯苓资历相当的著名民主人士黄炎培，多次在日记中对张伯苓在参政会的表现不以为然，"伯苓主持（会议）慌乱，致会场大乱"，"颇多失礼，闻者不满"，"副议长张伯苓致词，甚失

---

① 沈卫星主编：《重读张伯苓》，光明日报出版社，2006年，第404页。
② 龙飞、孔延庚：《张伯苓与张彭春》，百花文艺出版社，1997年，第157页。

当。此君总是如此，真无如之何"……此类微词，不一而足。[1]
张伯苓涉足政治是"初学乍练"，这样表现应属正常。周恩来了
解老校长，认为伯苓先生是教育家，从事政治，非其所长。

与黄炎培的看法正相反，胡适注意到，在国民参政会上，
"张伯苓很少发言，通常只是以莅临会场来发挥影响力"。张伯
苓对担任官职一向兴趣不大，他曾与严修明誓："宁以身殉，不
为利诱，终生从事教育，不为官。"[2]早在1926年，时任总统黎
元洪邀请张伯苓担任教育总长，他就以与严修有"终办教育，
不做官"的君子之约，婉言谢绝。之所以接触政治，在胡适看
来，是因为"张伯苓既热爱国家，对于国家的发展自然极为注
意，虽然如此，政府屡次畀以包括教育部长、天津市市长在内
的要职，他都予以谢绝，因为他想全心全意地去实现自己的教
育理想，直到抗日战争全面爆发，他才积极投入政治服务"[3]。
此看法中肯、公允、客观，在现代中国文化界，知张伯苓者，
胡适显然应是一位。

1939年，张伯苓被记者问到进入参政会的事，并没有躲闪回
避："我以前不愿做政治活动，我以教育为自己终生的事业，以
学生的成就作为自己的快乐，但是，今天我的想法变了，我的目
的是要救国，只要是关于救国的工作，我就干，参政会内各党派
及无党派的参政员，大家精诚团结，为国家为民族的精神，使我

① 南开大学校史研究会编：《巍巍我南开大校长——纪念张伯苓先生》，南开大学
出版社，2016年，第216页。
② 董润平：《精诚合作 共赴国难——严修与张伯苓》，《张伯苓研究》（内刊），
2021年第一期春季号，第11页。
③ 胡适：《一代师表》，《别有中华——张伯苓七十寿辰纪念文集》，南开大学出版
社，2019年，第23页。

非常感谢，我相信中国解放的日子不远了。"①此后，他还通过校刊，鼓励校友热心政治，向社会表达真实的个人意愿：

> 参政是国民天职，南开校友之过问政治，并非放弃自己职业加入政治舞台，吾等不应以政治为生活，亦不应以干政治而思得名，吾人之热心政治，乃纯为爱国心与责任心所驱使，预备牺牲自己时间、金钱与精神作政治建设。所以吾埋头苦干各有职业之校友，应当联合起来，主持正义公道。吾人作事更应廉洁、负责、不腐化，为国家图富强，为民族求生存。②

1938年国民参政会成立前夕，国民党通过一些在政府任职的南开校友，如行政院秘书长张平群、贵州省政府秘书长郑道儒等人，力劝他们的老校长加入国民党，张伯苓两次均以"不参加比参加更好"为由拒绝。后来，国民党秘书长吴铁城亲赴重庆沙坪坝张伯苓家中，敦请他参加国民党，并将国民党证放在桌上，张伯苓碍于情面，只得收下，却将其"束之高阁"，形同摆设，此后，也从未参加过国民党的党内活动。③

1948年4月，有记者曾问到张伯苓是否有意做副总统，他的回答诚恳而实在：

---

① 张兰普、梁吉生编：《铅字流芳大先生——近代报刊中的张伯苓·上》，天津社会科学院出版社，2021年，第338~339页。

② 张兰普、梁吉生编：《铅字流芳大先生——近代报刊中的张伯苓·上》，天津社会科学院出版社，2021年，第338~339页。

③ 南开大学校史研究会编：《巍巍我南开大校长——纪念张伯苓先生》，南开大学出版社，2016年，第230页。

当我在天津的时候，很多朋友劝我竞选副总统，我答复他们支持我的好意说，我没有政治兴趣，也没有这种精力，我一生不喜欢官，何况中国的官，做起来又不容易，你说坐官吗？今天的官已非坐的时代了，要确实拿出真本领来，要能吃苦耐劳，与人民生活打成一片。否则趁早不要干，免得将来在人民面前落不是。……我办教育五十年余，我有此兴趣，我便是用教育救国。假如强迫我做我兴趣以外的事，这不但是我的烦恼，也是国家的损失。①

张伯苓不从政、不做官的自律，不仅源于早年与严修的君子之约，还是其夫妇俩的多年共识。一次，王淑贞在记者的追问下，朴实地谈起过张伯苓"力戒从政"的来龙去脉："常人有称我们伉俪情深，到老迩笃，问起我有什么御夫的妙术。我说生平就只抱定不愿丈夫发大财，不许丈夫做大官的主张，切实做去，除此别无他法。"②

但无论如何，晚年的张伯苓还是"食言"了，进入他那个以往一直不肯近身的政界。聪明智慧如张伯苓者，又何尝没有意识到这一点。但这个世界，树欲静而风不止的事情，谁又会完全不受其干扰呢？于是，也可以理解他所表露出的"你不管政治，政治会管你"的那种无奈。不过，办法总是有的，他认为既然躲不开政治，却可以借助政治，达到为自己教育梦想服务的目的。

担任副议长一职，需要平衡各党派关系。张伯苓表态："我

---

① 张兰普、梁吉生编：《铅字流芳大先生——近代报刊中的张伯苓·下》，天津社会科学院出版社，2021年，第632页。
② 张兰普、梁吉生编：《铅字流芳大先生——近代报刊中的张伯苓·下》，天津社会科学院出版社，2021年，第653页。

既然不想做官，我自然不会偏袒了某一方，我只知道国家民族的利益，在民族利益第一的前提下，我既然负了这责任，当然有义务促进各党派更进一步之合作。不久我要到汉口去了，也许就此葬身于敌人的炮弹片中。但，既然是中华民国的国民，政府又用到自己，当然应舍此身以报国。我老了，我还等待什么？我只求报国机会的到来。"①话里话外，很有些视死如归的决绝意味。

如果说，张伯苓进入国民参政会只是一个战时的民主机构，南开师生还能接受，此后张伯苓接受考试院院长职位的性质，就有些不同了。

国民政府在推翻北方直奉军阀联盟后，依照孙中山建议，实行五权分立的中西合璧机制，即立法、行政、司法、考试、监察。1948年5月，国民党政府改组，原考试院院长戴季陶辞职，空出了一个炙手可热的位置。好几派势力觊觎其位，暗潮涌动，相持不下。蒋介石心中自有盘算，认为最合适的人选非张伯苓莫属，遂电请张伯苓出任考试院院长，嘱南开校友、时任天津市市长的杜建时负责转达，希望他能接任。张伯苓没有答应，一是违背了只干教育不做官的初衷，还有一个原因，这时他已72岁，年迈体衰，刚刚查出老年性血管硬化病症，夫人和医生都劝他以休息为主，不要风尘仆仆地来往于南京、天津、重庆之间奔波操劳。

张伯苓经过思考，致电蒋介石辞谢此职，却未被允许。蒋介石认准他是考试院院长的不二人选，让陈布雷出面致电张伯苓恳请他，"我公不出，将置介石公于万难之地"。加上蒋介石同时写来亲笔信，表示考虑把教育部划归考试院，为全国教育事业着

---

① 梁吉生撰著：《张伯苓年谱长编·下卷》，人民教育出版社，2009年，第19页。

想，请先生赴南京就职。最高权力者把话说到这份上，于公于私，权衡利弊，张伯苓不再推辞，"介石公为救国者，我为爱国者；救国者之命，爱国者不敢亦不忍不从"①。

蒋介石跟张伯苓提到教育部，并非无所用心。在一段不短的时间内，教育部部长都是朱家骅。抗战时期，朱家骅有个孩子进重庆南开上学，此学生不守校规，我行我素，屡教不改，学校认为这种现象会在学生中造成恶劣影响，最终做了开除处理。堂堂教育部部长的小公子居然被学校开除，实在有失颜面，朱家骅把不争气的孩子领回，转到他校，心里也由此憋了口气。私立南开大学合并到西南联大，改成国立，经费由教育部拨划。抗战胜利后，南开迁回天津复校，旧校址经日机轰炸早已体无完肤，若想复校，改回私立，仍绕不开教育部的资金支持，因此朱家骅作用之重要不言而喻。南开大学的复校资金压力可想而知，有些事情政府层面说得好好的，到教育部这一关就是另一回事了。对此，蒋介石并不糊涂。

教育部划归考试院管辖，许多事情就能理顺了，至少可以缓解南开大学的资金困难。特殊时期就任如救场，张伯苓有条件地答应临时履职，意在保留南开大学校长一职。于是他提出三个条件：

第一，只担任考试院长三个月。

第二，南开大学校长一职还要兼着。

第三，请沈鸿烈担任考试院铨叙部部长。②

---

① 梁吉生撰著：《张伯苓年谱长编·下卷》，人民教育出版社，2009年，第334页。
② 张锡祚：《先父张伯苓先生传略》，南开大学出版社，2016年，第84页。

　　蒋介石含糊其词，先答应了再说，随即派张群迎接张伯苓到南京就任。1948年7月2日，张伯苓召开校务会议，说明南京方面的恳请和自己进退两难的处境。他特别对校务工作做出安排，决定在自己任职考试院院长离校期间，以杨石先、陈序经、黄钰生为校务委员，参与管理校务，并电告教育部。同时他致信已经脱离南开，正在美国讲学的南开经济研究所原所长何廉，请其速归，负责主持校务工作。

　　上任后，张伯苓一改以往政界官场司空见惯的恶习，轻装简从，没有带去一名从员。张伯苓身着长衫马褂，从戴季陶手里接过印章，完成了72岁的新院长取代59岁的老院长"新旧"权力交接仪式，并向全体职员简单训词，算是交底："兄弟不才，未曾当过官，这是第一次，也是暂时的，只同意三个月，过几日我还要回去。我是外行，虽然学校也有考试，但规模等都不同。"①

　　这个"昙花一现"般的考试院院长轮替，也成了中华民国历史中的小小"趣闻"。

　　事实上，朱家骅对张伯苓兼任国立南开大学校长的合理性是有疑问的，他有理有据地提出异议，放出预谋的"大招"。此前，国民政府行政院曾有规定，凡国家公务人员，不得兼任国立大学校长。抗战胜利之初，蒋梦麟加入新组建的宋子文内阁，出任行政院秘书长，同时希望北大校长一职依然兼任，引发傅斯年、郑天挺、周炳琳等教授的强烈不满。在各方舆论的重压下，蒋梦麟不得不辞去北大校长一职，进入官场角色。不过，张伯苓这次的入职与蒋梦麟还是有所不同的，张伯苓在上任前就明确提出担任考试院院长的同时身兼南开大学校长，且三个月后辞去院长一职

---

① 梁吉生撰著：《张伯苓年谱长编·下卷》，人民教育出版社，2009年，第341页。

重回南开。这个先决条件皆经蒋介石同意，看似有"尚方宝剑"的加持，其实还是落入了某种"圈套"。

　　张伯苓怀着复杂心情走马上任，消息立即见了报纸。德高望重的老校长进入堪称顶层的政治圈子，这件事在南开校园不胫而走，众说纷纭，加上媒体的渲染在社会上不断发酵，天津、北平两地的南开学子与校友不明就里，激情聚会，一致挽留张伯苓续任校长，还引用胡适"学人难做官"的话，写信力劝老校长"珍惜暮年"，试图改变老校长的抉择。黄钰生对张伯苓的规劝更是苦口直言：难道校长非得去南京不行吗？先生一个人能挽回国民党的颓局吗？张伯苓郁闷表示："出任考试院，恳辞不获，只得应命"，并发出一声长叹："蒋先生让我去跑龙套，只好去跑跑吧！"①

　　9月，在美国的何廉被张伯苓叫到南京，和朱家骅见面，就南开校长问题予以磋商。朱家骅当场允诺，张伯苓的国立南开大学校长位子可以保持至三个月后。谁料仅仅过了两天，《中央日报》及天津各大报，以大字标题登载张伯苓辞去南开大学校长职务，由何廉继任南开大学校长的消息，不仅令张伯苓目瞪口呆，师生亦很惊讶，何廉更是不知所措。正在众人懵懂之际，南开校方接到教育部公文，里面转发了行政院第二十次会议决议：国立南开大学校长张伯苓呈请辞职，应予免职，任命何廉为国立南开大学代理校长。

　　张伯苓意识到，自己还是被朱家骅算计了，自此，他失去了长达30载的南开大学校长的位置。

　　张伯苓有苦难言，强打起精神到南京履新，不到一个月就大

---

① 梁吉生、张兰普：《张伯苓画传》，四川教育出版社，2012年，第225页。

失所望。他目睹了国民党员无官不贪、无吏不污的官场乱象，而如果没有近距离接触，则很难看清。他借故躲回了天津。南京方面接二连三地来电催返，他不得不回到南京。也不过两个月，他再次避走重庆，不顾南京政府屡次来电让他主持考试院工作，闷声躲在家里，还把老伴儿和儿媳接过去，同时递了辞呈。

很快，熟悉的亲朋好友发现，张伯苓这位曾被人们称为"不可救药的乐观派"，不知何时变成了悲观主义者。大家在一起聊起闲话，他会莫名其妙地连连叹息，说自己老了，活着实在没味。一些部门请他去演讲，他也常常摇头，顾左右而言他，说自己现在需要的是休息、休息。

"不倒翁"的坚持与彷徨

1948年底，北平城失守在即，国民党军队全线崩溃，败局已定，蒋介石决定辞职下野，以观望时局走向。1949年第一季度，天津、北平相继解放。4月，解放军横渡长江，攻克南京，国民党政府被迫转移重庆。蒋氏通过行政院任命陈诚为台湾省政府主席，为其撤退台湾、隔海相持做准备。

退守台湾前，蒋介石曾两次亲自登门，低下身段，劝张伯苓离开重庆，或去台湾或赴美国，可二选其一，皆被婉言谢绝。

蒋介石第二次来到张家，话语恳切，说只要张先生肯走，什么条件都可以答应。张伯苓低头不语，气氛便显得有些僵硬。打破僵局的是在一旁作陪的王淑贞，她说，自己的先生年老多病，也该退休了，请满足他辞去考试院院长的愿望。蒋介石说，老先生要退休，到美国去休养，跟仲述（张彭春）住在一起不好吗？夫人、儿子和孙子，全家都去，不更好吗？去台湾也可以，无论去哪生活，他都可以帮忙，还表示："坐飞机如果怕累，可以在飞机上放上两张帆布床，张先生和夫人可以睡在床上飞走……"

张伯苓不好说什么，王淑贞再次发声，说他老了，不能做什么事了，他离不开他的南开学校，离不开两千多位学生，也离不开北方的儿孙，他们说什么也不走了。蒋介石沉默良久，不再多言，起身告辞。张伯苓送蒋介石出来，在门口站住，两人相对无言，"蒋介石上汽车时，一头撞在车门框上，先生惊问：'撞得怎么样？'蒋捂住额头，半晌才应道：'不要紧！不要紧！'"[1]

张伯苓不肯赴台，与寄自香港的一封密信有关。

1949年初，西南地区解放战争形势发展迅速，在北平的傅作义很关心老友张伯苓的着落。一次见到张伯苓长子张锡禄，在交谈中，锡禄说起家父最听南开校友周恩来的话，希望傅长辈有机会能够转达一下家父对周副主席的问候。很快，傅作义就请锡禄过去，表示周副主席很关心老校长，"现在要紧的是想办法透消息给张校长不让他去台湾"。果然不久，张伯苓就收到寄自香港的密信："老同学飞飞不让老校长动。"这个"飞飞"正是周恩来在中学时代的笔名，张伯苓知道，这是他最欣赏的学生对自己的特别关照，心里就有数了。[2]

青年时代的张伯苓怀揣教育救国的梦想一路走来，硕果累累，问心无愧。

① 张锡祚：《先父张伯苓先生传略》，南开大学出版社，2016年，第88页。
② 梁吉生撰著：《张伯苓年谱长编·下卷》，人民教育出版社，2009年，第366页。

从天津到重庆，无论高层还是民间，张伯苓一直被比喻为"魔术师"。这个称誉源于20世纪40年代的一首白话诗：

> 戏法人人会变，
> 张先生的戏法整变了三十年。
> 他在一片空旷的场上，
> 变出了高楼多少间！
> 从前天津城的西南，
> 有一块荒地不值钱，
> 自从张先生在那里表演，
> "南开"两个字响到云南！
> 八里台是一片汪洋的水田，
> 种着芦苇走着渔船。
> 自从张先生铺上了变戏法的大地毯，
> 倏忽之间，楼阁相连接。
> 他从这楼房里变出了多少女和男，
> 他教给他们变戏法精神便是"干"！
> 变出来的人有的已经都鬓发斑斑。
> 张先生到如今还在变！①

张伯苓听说了并不赞同，笑呵呵纠正说："我不是魔术师，我是不倒翁。日本把我打倒，我又站了起来。今天，我在建设一个宏伟壮丽的教育基地，准备建设新中国。"②

张伯苓的内心朴实无华，却又博大精深。他的过人之处，就

___

① 吴堉培：《变戏法·祝母校三十周年》，《南大半月刊》，1934年第15期。
② 龙飞、孔延庚：《张伯苓与张彭春》，百花文艺出版社，1997年，第156页。

是无论身处顺境还是逆境，从不会失去理智，总能保持清醒自知。年轻时，他就拥有了令人高看的人生事业起点。一次，天津基督教青年会请他去东马路青年会礼堂做讲演，主持会议的董事长雍剑秋在开场白中，对张伯苓做了一番热情洋溢的夸赞，张伯苓不以为意，一上台就风趣地说："刚才雍先生把我大捧了一通，我现在先原封退回。因为一个人的好、坏，在他活着的时候下判断太早，必须盖棺论定。"①

日本宣布投降的1945年秋，张伯苓计划回天津故里。一些基督教界人士对张伯苓评价甚高，认为他的公民身份之伟大，相当于美国的富兰克林，准备在他到达天津时，安排全市教堂一起鸣钟，以示隆重欢迎。张伯苓知道后甚感不安，即刻来电制止："苓即将回津，惟因时局不清，教堂鸣钟事情请勿举行。"②

随着办学规模的不断扩大，张伯苓的巨大贡献和显赫名声，使得"大校长"成了永久性、标志性的"尊称"与"爱称"。即使岁至晚年，时局动荡，他仍是老骥伏枥、壮心不已，"苓行年七十矣！但体力尚健，精神尚佳，不敢言老。今后为南开，为国家，当更尽其余年，致力于教育及建国工作，南开一日不复兴，建国一日不完成，苓誓一日不退休，此可为我全体校友明白昭告者也"③。

这一切人生风光绽放异彩的背后，遭遇过怎样的千难万险，怎样的千辛万苦，也只有张伯苓自己清楚。他的一段夫子自道，至今读之，都会令人唏嘘不已：

① 南开大学校史研究会编：《巍巍我南开大校长——纪念张伯苓先生》，南开大学出版社，2016年，第65~66页。
② 南开大学校史研究会编：《巍巍我南开大校长——纪念张伯苓先生》，南开大学出版社，2016年，第65~66页。
③ 梁吉生撰著：《张伯苓年谱长编·下卷》，人民教育出版社，2009年，第404页。

人生当如拉马车之马，左右两眼被蒙着，只许往前走，而前面又是走不完的路⋯⋯四十多年来，我好像一块石头，在崎岖不平的路上向前滚，不敢做片刻停留。南开在最困难的时候，八里台笼罩在愁云惨雾之中，甚至每棵小树好像在向我哭，我也还咬紧牙关未敢稍停一步。一块石头只需不断地向前滚，至少沾不上苔霉，我深信石头会越滚越圆，路也会越走越宽的。[1]

确有一度，那块命运的石头越滚越圆，那条希望的路越走越宽，仿佛无限接近他的梦想，但在一个充满了不确定的风雨飘摇年代，终将也只是一厢情愿。

1948 年 11 月 30 日，重庆解放。南开学生在操场集会，要求学校"检讨我们在国民党反动统治下是怎样生活和学习的"，提出让校务主任"引退"，由此酿成罢课风波。张伯苓在津南村寓所亲自召见三位学生

重庆南开中学大操场。从主席台方向拍照，对面的草地可见校训：日新月异 允公允能。

代表谈话，沟通交换意见，舒缓了紧张气氛。

1949 年 12 月，张伯苓与喻传鉴商议，决定把苦心经营已久的重庆南开中学、小学及幼儿园一并献给国家，并让教务主任刘

---

① 侯杰、秦方：《张伯苓家族》，新星出版社，2018 年，第 108 页。

兆吉尽快列出详细清单，送交重庆军事管制委员会。

刘兆吉不熟悉财务，觉得所有的清单都是由会计室编造的，经校长核准，厚厚几大本，年代久远，时间紧迫，难以一一查对，因此对其真假虚实心里没底，就念叨了一句："这些账目是否真实，可不能出差错。"话音刚落，张伯苓瞬间怒形于色，问道："兆吉！你以为校长也有贪污行为吗？"刘兆吉赶紧解释："校长误会了，这么烦杂的账目，校长难以事必躬亲，经手人又那么多，难免出差错。"张伯苓脸色恢复了平静，点点头说："这样考虑有道理，再请几个人仔细检查一下，迟几天再送。"①

1950年1月，深居简出的张伯苓在家中患了中风。稍加恢复，他决定返回天津。3月上旬，张伯苓致函周恩来，表达了北归返乡的心情。5月4日，周恩来派军机把心事重重的张伯苓从重庆接到北京，并委托中央统战部秘书长童小鹏和自己的秘书何谦到机场迎候。傅作义和张锡禄同在机场迎接，把张伯苓安顿在北京市西城区小酱坊胡同傅作义的寓所，一住就是四个多月。其间周恩来、竺可桢、陶孟和、吴有训、梅兰芳曾去探望这位被一些人视为"前朝遗老"的教育家。

直到9月15日，张伯苓与家人一同返津。临行前，周恩来、邓颖超夫妇在中南海西花厅为老校长践行。

张伯苓的一生岁月，多半是在天津生活，也曾辗转于外乡多年，那是为了拓展教育，圆梦初衷。"历史上，凡是天津人，一旦成了人物，这个人就不在天津待了，天津人也就不把他再看作是天津人了。"②张伯苓不是这样。他一生乡音未改，生于斯，长于斯，逝于斯，即使蒋介石和其子蒋经国数次劝他同赴台湾，他

---

① 梁吉生撰著：《张伯苓年谱长编·下卷》，人民教育出版社，2009年，第369页。
② 林希：《其实你不懂天津人》，天津人民出版社，2007年，第17页。

也不肯离开故土。他属于南开，属于天津，也属于起伏跌宕的中国近代史和中国现代教育史。

1951年2月23日，张伯苓在寓所溘然长逝。享年75岁。他去世后，家人收拾遗物，发现他的钱夹里只有7元钱。

近百年来，对张伯苓一生功过、荣辱的评价文字，林林总总，多不胜数，其中有两位先生的结论，最贴近本质，最

伯苓亭——蜀光

感人肺腑。他们是与南开数十载风雨兼程、共同成长的见证者，更是参与者，同时也是最了解张伯苓的亲朋挚友。

一位是张彭春。1956年，张伯苓逝世5周年之际，远在美国的"九先生"泣泪撰写纪念文章《南开是怎样建成的》，提示人们："我们首先要记住那黑暗、悲惨的时代背景：永无休止的内战，到处泛滥的混乱，然后才能正确地估价在那险恶的多难之秋，这所四部一体的学校，所作出的无可比拟的贡献。"[1]写此文之后，也仅仅过了1年，张彭春亦追随乃兄，驾鹤西去。

另一位是黄钰生。他是张伯苓生前最信任的同路人之一，也是其遗嘱的执笔者。他在张伯苓追悼会上的致辞，字字含情、声声入耳，70多年来，曾令无数海内外的南开学子为之泫然：

---

① 龙飞、孔延庚：《张伯苓与张彭春》，百花文艺出版社，1997年，第203页。

我们怀念那个身体魁梧，声音洪亮，谈笑风生，豪爽豁达，性格中充满了矛盾，而能在工作中同意矛盾的人——这个人，机警而天真，急躁而慈祥，不文而雄辩，倔强而克己；这个人，能从辛苦中得快乐，能从失败里找成功，严肃之中又有风趣，富于理想又极其现实。我们怀念十五前，二十年前，三十年前，教训我们，号召我们团结合作，硬干苦干，指教我们，百炼钢化为绕指柔，不取巧，不抄近，随时准备忠实地报效国家的那个人。我们怀念，怀念十五前，二十年前，三十年前，每到一处，青年们争先恐后，满坑满谷，去听他讲演，爱护青年而又为青年所敬爱的那个人，国士，教育家，新教育的启蒙者，一代人师，张伯苓先生。①

张伯苓的音容笑貌，在他们的笔下和讲述中跃然眼前。他是个具有大胸怀、大气魄、大境界的性情中人，执着而不失机智，坚定却又灵活。他当然不是人们想象中的完人，唯其如此，才这般可敬、可爱、可歌、可泣。

---

① 南开大学校史研究会编：《巍巍我南开大校长——纪念张伯苓先生》，南开大学出版社，2016年，第142页。

第十二章

无远弗届

"假使全国学校悉如南开"

20世纪初，几乎在同一时期，津沽大地诞生了三位堪称"现象级"的大教育家，以年纪为序，分别是严修、张伯苓、李叔同。

与出身寒门的张伯苓相比，严修和李叔同的家世皆为津沽名门望族，祖籍同在浙江，一为慈溪，一为平湖，两地相距仅80余千米。

严修曾在一首诗的小注中提到，"先父及李丈筱楼倡办备济社"于"同光之交"。"李丈筱楼"即李世珍（字筱楼），是李叔同的父亲，因经营盐业和银钱业成为富商，在津门人称"桐达李家"。光绪五年（1879年），慈善团体备济社创立，"李世珍倡捐银五千两，严克宽（严修的父亲——引者注）、杨俊元、黄世熙、杨云章、李士铭等各捐银一千两"，"李世珍、严克宽董其事"。①严、李两家之间交好，并延续子辈，也是很自然的事。

李叔同（1880—1942年），5岁丧父，18岁时奉母命成婚。李叔同比严修小了整整20岁，但李叔同之父李世珍（字筱楼）又比严修之父严克宽年长17岁，严修与李叔同之间的交往，也就少了辈分讲究。有一段日子，严修身边聚集了赵幼梅、唐静岩、华世奎等一些才子名士，其中就有青年李叔同。他们意气相投，洒

---

① 章用秀：《严修对李叔同的影响》，《今晚报》，2022年5月13日。

脱不羁，品鉴文章诗词，切磋金石书画，议论时风世相。

百日维新时，李叔同赞同康、梁"老大中华非变法无以图存"的主张，曾私刻"南海康君是吾师"一印，为当局者视作逆党中人，被迫携眷奉母避祸于沪上。他于1901年入南洋公学，1905年东渡日本留学。1902年冬，严修由日本考察教育回国，途经上海时，曾到南洋公学会见李叔同。

1905年3月，李叔同的母亲王氏在城南草堂去世，7月下旬，李叔同扶灵携眷返津。严修特地赶到李家，参加了李叔同为母亲举办的特殊丧仪。李叔同不肯沿袭旧俗，以西餐和追悼会方式祭母。面对众多来吊唁的来宾，他弹奏钢琴，长歌当哭，此举惊世骇俗，《大公报》称之为"李三爷办了一件奇事"。[1]

1911年3月，李叔同回到上海，约一年后辗转去了杭州，在浙江第一师范学校教音乐和美术，被学生称为"温而厉"的老师。一次，学生丰子恺与学校训育主任发生口角，竟然动起手来，校方紧急开会要将丰子恺开除学籍。这时无人吭声，李叔同站出来说，学生打老师，是学生不好，但做老师的也有责任，说明其在教育方面有问题。他建议可以给丰子恺记大过处分，但保留学籍，使其完成学业，由此丰子恺艺术求学之路没有中断。李叔同在爱才的同时，注重对学生的培养。学生中的刘质平、潘天寿、吴梦非、曹聚仁等人，日后皆为卓有成就的艺术家。

1919年5月中旬，严修赴杭州见到李叔同，就教育问题进行了深入交流。据《严修年谱》记载，两位津门同乡，"偕章馥亭游山，访清涟寺弘一和尚，俗名李叔同，故人也，谈甚久，以佛经要目一纸示余，劝余先读择要数种，并劝提倡孔教。别出，至

---

① 金梅：《李叔同画传》，中华书局，2013年，第22页。

冷泉亭下，徘徊久之，饭于曹氏别庄。有诗云：笋舆行过复缘亭，千亩修篁一色青。忽觉悠然人意远，绿荫深处水泠泠"①。

李叔同内心深处有着挥之不去的孤独、寂寥，这在他早年写的《送别》歌曲中已见端倪："天之涯，地之角，知交半零落。一壶浊酒尽余欢，今宵别梦寒。"身处清末乱世，他对山河破碎并非无感。他在《李庐诗钟·自序》中曾描绘那些不堪的颓相："索居无厘，久不托音。短檠夜明，遂多羁绪。又值变乱，家国沦陷。山丘华屋，风闻声咽。天地顿隘，啼笑胥归。"但他认为，自己所能做的，就是安顿好灵魂归属。

1916年秋天，李叔同在一幅旧藏陈师曾荷花小品画上题写四句心曲："一花一叶，孤芳致洁。昏波不染，成就慧业。"同时决定，入山坐禅，实行断食，并于1918年7月3日，在虎跑寺实施剃度仪式，落发为僧。②

这位中国现代艺术的一代先驱和杰出教育家，因何在39岁的人生盛年"销声匿迹"，隐于佛门深处？这个谜团，至今难解。

而这一年，43岁的张伯苓，正在为新创建的南开大学而殚精竭虑，奔走呼号。两相比较，可以发现，李叔同更多的是"独善其身"，张伯苓则一生"心忧天下"，坚持"家事国事，事事关心"。

张伯苓从来就是一个不肯向命运低头的汉子，不仅个人如此，还身体力行地为底层百姓提供教育，唤醒爱国情怀，疗救国家命运，"何以为人？则第一当知爱国"，"公德之心之大者为爱国家"。③他特别强调："人之爱国，不可徒存消极主义，而独善其身，必也有动人之力，如火把然，自燃之后且能助燃，以次相

---

① 章用秀：《严修对李叔同的影响》，《今晚报》，2022年5月13日。
② 金梅：《李叔同画传》，中华书局，2013年，第56页。
③ 华银投资工作室：《思想者的产业》，海南出版社，1999年，第109页。

燃，则功著矣！"①也就可以理解了，梁启超何以如此视张伯苓为同道，认为如果更多一些南开那样的学校，则中国将大有希望。

南开历来注重学生的素质教育。早在20世纪20年代，就先后有梁启超、陈独秀、李大钊、蔡元培、梁漱溟等多位重量级思想家、教育家来南开大学演讲。其中，与南开渊源最深的就是梁启超。

戊戌变法失败后，梁启超从天津塘沽乘船流亡日本，并写下了著名的《少年中国说》："少年智则国智，少年富则国富；少年强则国强，少年独立则国独立；少年自由则国自由；少年进步则国进步；少年胜于欧洲，则国胜于欧洲；少年雄于地球，则国雄于地球"，令人读之，血脉偾张，激励了一代代爱国志士。②

1912年，梁启超回国住在北京，频繁受邀出席各种应酬，不胜其扰。后来他把家安在天津，总算清静下来。他是清华四大导师之一，任教于大名鼎鼎的清华国学院，却对清华时有不满，感觉其师生间缺乏充分的接触与交流，没有达到自己"当初的预期"，而对私立南开印象极佳。他在1917年1月31日的一次演讲中表达过一种看法："国中兴学多年，名效尚未大著，假如全国学校悉如南开，则诚中国之大幸。"演讲的笔录者，为当时的中学生周恩来。③

1921年9月，梁启超参加南开大学秋季开学仪式，发表了题为"大学的责任"的演讲，再次高度评价南开："我们要希望大学能办得像欧美那样好，能发扬中国固有的学术，不能不瞩望于私立的南开大学了。南开师生有负这种责任的义务，如是南开大

① 梁吉生主编：《张伯苓教育智慧格言》，人民教育出版社，2016年，第131页。
② 魏宏运：《影响中国历史进程的文化人——梁启超》，《光明日报》，2014年4月7日。
③ 沈卫星主编：《重读张伯苓》，光明日报出版社，2006年，第75页。

学不独为中国未来私立大学之母，亦将为中国全国大学之母。"①
受其影响，他的四子梁思达、女儿梁思懿和梁思宁、小儿子梁思
礼，曾先后就读于南开中学、南开女中和南开大学。

梁启超与张伯苓初识，还是严修引荐的。1915年1月30日，
严修"约梁任公与伯苓相聚于醒春居"。这是一次历史性的遇见，
一位"舆论达人"和一位"行动巨子"，在爱国信仰上方向一致，
志同道合，也由此开启了梁启超与南开教育的合作渊源。②1924
年，"笑萍"在《南开校刊》发表《轮回教育》，意外酿成教授集
体"罢教风波"，师生僵持，教学停摆。梁启超没有袖手旁观，
而是伸出援手，帮张伯苓谋划解决方案，研究制定"土货化"办
学方向。不仅如此，梁启超还长期在南开举办讲座活动，起的作
用类似于今日的驻校教授。

同为教育家的陶行知、晏阳初，都很认可张伯苓的办学方
向。张伯苓对官方"机械的"的会考制度向来不热心，也不看重
考试成绩。1934年的河北省会考结果，南开中学居然为第18名，
南开女中更是名列第37名。陶行知得知大为赞赏，不仅当面向张
伯苓道贺，还赋诗一首，语多风趣："什么学校最出色？当推南
开为巨擘。会考几乎不及格，三千里路来贺客。请问贺客贺什
么？贺您几乎不及格。倘使会考得第一，贺客就要变吊客。"③
1937年12月，陶行知的二儿子陶晓光带着弟弟逃难至汉口，陶
先生特意嘱咐晓光把弟弟送到重庆南开，托付给张校长，这才放
心。而晏阳初，更是把四五个子侄都送到南开读书。

① 王彦力：《张伯苓与南开——天津历史名校个案研究》，南开大学出版社，2015
年，第130~133页。
② 王彦力：《张伯苓与南开——天津历史名校个案研究》，南开大学出版社，2015
年，第130~133页。
③ 华银投资工作室：《思想者的产业》，海南出版社，1999年，第127页。

推崇南开教育的还有胡适。1922年，胡适与黄炎培在济南曾有过一段对话。黄炎培认为，我们信仰一个学校，是看我们肯不肯把自己的子弟送进去，胡适点头称许，并举南开为例，表示我的子弟，都让他们上南开了。

胡适（1891—1962年），安徽绩溪人，曾用名嗣穈，字希疆，学名洪骍，后改名适，字适之。幼年就读于家乡私塾，19岁考取庚子赔款官费生留学美国，1917年夏回国，受聘为北京大学教授，以倡导"白话文"、领导新文化运动闻名于世，并成为卓有影响的一代思想家、文学家、哲学家。胡适没有在南开读书或教学的经历，却与张伯苓惺惺相惜，交谊颇深，对南开的教育更是称赞不已。1946年张伯苓70寿诞之际，胡适写出长文《教育家张伯苓》，高度评价了这位长者波澜起伏的教育生涯，字里行间充满敬意。

南开大学的另一位创建者张彭春，属于全才型人物。抗战爆发后，他被招入外交领域，很快便在赴欧美争取国外抗战援助的外事活动中展示了出色的斡旋能力，并先后出任驻土耳其公使和智利大使。1946年，他成为驻联合国中国代表，活跃于国际外交舞台。转年，在联合国人权委员会第一次会议上，美国前总统夫人埃莉诺·罗斯福当选为人权宣言起草委员会主席，张彭春是唯一的副主席。

人权委员会由18个不同政治、文化、民族、宗教背景的成员所组成，"宣言"起草过程一次次陷于僵局。张彭春调解争端，化解矛盾，坚持多元主义哲学人权思想，用中国文化理念和智慧解决了许多难题，被称为"世界人权体系的重要设计师"。

1948年12月10日，大会以48票赞成、0票反对、6票弃权，通过这份历史性文件。埃莉诺在联合国大会上发表感言："我们今天就要面临一个无论对联合国的历程还是对人类生命来说都十分重大的事件。人权宣言很可能就成为全世界所有人的国际宪章。"①据此，学者萨尼·突维斯认为："中国代表张彭春把当年儒家的一些理念、观点引入《世界人权宣言》的审议过程，这种努力帮助了宣言的最后形成并通过。在智慧的高度上，张彭春对宣言的形成所尽的责任比谁都大，他将具有更为普遍性而非纯粹西方的思想注入世界人权宣言之中。"②

在此《宣言》基础上，迄今为止，联合国已产生了80多个国际人权条约。也因此，12月10日被全球公认为"世界人权日"。

晚年在美国的张彭春，曾谈到自己人生的心路历程："个人有时致力于教育，有时从事外交，也有时研究戏剧。表面上看起来，似乎所务太广。其实一切活动，都有一贯的中心兴趣，个人三十多年来，时时萦绕在脑际的中心问题，就是现代化，也就是中国怎么才能现代化。"③1952年6月，由于身体欠佳，张彭春辞去在联合国的所有职务。1957年7月19日，张彭春因心脏病突发而辞世，享年65岁。

1938年5月，张伯苓为重庆南渝中学筹款专赴武汉，应中华大学校长陈时之邀做演讲，陈在致辞中说："'中华'愿在南开的带领下，跟着南开前进。"张谦虚作答："我在北方，经常想到华中，想到华中，就想到'中华'。中华大学有恽代英，南开大学有周恩来，这都是杰出的人才，是我们两校的光荣！"④

周恩来（1898—1976年），字翔宇，曾用名飞飞、伍豪、少山、冠生等。其原籍浙江绍兴，1898年3月5日生于江苏淮安。1910年春，周恩来随三堂伯周贻谦到奉天省银州（今铁岭县），

① 侯杰、秦方：《张伯苓家族》，新星出版社，2018年，第412~413页。
② 侯杰、秦方：《张伯苓家族》，新星出版社，2018年，第412~413页。
③ 龙飞、孔延庚：《张伯苓与张彭春》，百花文艺出版社，1997年，第204页。
④ 梁吉生撰著：《张伯苓年谱长编·下卷》，人民教育出版社，2009年，第12页。

秋季移居奉天府周贻赓家，入东关模范小学读书。1911年的一天，校长亲自授课，问大家为什么要读书？答案各式各样，五花八门，13岁的周恩来回答："为中华之崛起！"校长惊讶，不相信自己的耳朵，又问一遍，周恩来加重语气再答："为中华之崛起而读书！"这年10月，辛亥革命爆发，周恩来率先剪去象征清朝臣民的辫子，许多同学纷纷效仿。①

1913年，15岁的周恩来考入南开中学。1917年9月，离津东渡日本留学。1919年4月，他在返国途中，写下抒发人生志向的七言绝句《雨中岚山》："大江歌罢掉头东，邃密群科济世穷。面壁十年图破壁，难酬蹈海亦英雄。"②之后免考进入南开大学，迈出了探索革命真理的第一步。

周恩来是张校长最引以为荣的南开学生，他在年轻时即胸有大志，敢想敢做，主张"想要想比现在还新的思想；做要做现在最新的事情；学要学离现在最近的学问"③，这其实也是南开人一贯做事风格的真实写照。

南开教育的"海拔高度"

一百多年来，名满天下的南开系列学校，之所以能够云集博学之士，吸引各路高端人才，荟萃文化精英，创造中国近现代教

① 毛胜：《周恩来的学生时代》，《湘潮》，2017年第3期。
② 周秉德：《一首荡气回肠的史诗》，《光明日报》，2012年6月29日。
③ 南开大学党委宣传部编：《百年南开爱国魂》，南开大学出版社，2023年，第26页。

育史的一大奇迹，绝非偶然。

打量那个风云激荡的年代，还可以看到有一些堪称基石和"栋梁"的人物，以不同时期的杰出奉献，隆起了南开教育的海拔高度。

陶孟和（1888—1960年），原名履恭，祖籍浙江绍兴，生于天津。幼时随父在严修家塾就读，受教于张伯苓，半日读四书五经，半日读西学。后严馆、王馆合并，相继改称敬业中学堂和私立南开中学，陶孟和在高级师范班就读，毕业后留校任教。1907—1913年，陶孟和以官费生身份先后留学于日本和英国，回国后执教于北京大学，并长期担任南开校董。他与李大钊、胡适、马叙伦等交往甚密，成为中国社会学领域举足轻重的领军人物。新中国成立后，德高望重的陶孟和曾任中国科学院副院长。他一生克己奉公，清白无私，廉洁自律。逝世后，儿子陶渝生遵照父亲遗愿，将其全部图书赠给中国科学院图书馆，留下的18000余元，捐赠中关村小学和科学院幼儿园作办学费用，一切家具赠送中国科学院行政管理局，后送到灾区救济灾民，人们将其定性为一代南开元老的风范。

黄钰生与喻传鉴一直被视为张伯苓的左膀右臂，在南开事业发展中起到了中流砥柱的作用。黄钰生肩负大学的教育与管理，认为大学的意义在于"润身"与"淑世"：前者是为个人，即"为学问而学问"；后者是为改良社会，学以致用。他是理论家，更是实干家。在西南联大期间，黄钰生身兼南开大学秘书长、代教务长，联大建设长数职，还为创建联大师范学院及其附中、附小打下根基。抗战胜利后，三校复原北归，联大师院却留在云南落地生根，枝繁叶茂。1984年，它更名为云南师范大学，成为联大留在大西南红土高原上的永恒纪念碑。

　　谈到学兄喻传鉴，黄钰生曾如此评价："南开中学柱石，喻先生当之无愧，喻先生兢兢业业，孜孜不倦，专心致志，无丝毫之旁顾者，四十有七年，晚年虽兼有他职，而家在南开、心在南开，萦回于心中者，仍为南开。"[1]喻传鉴与马寅初是浙江同乡，1927年，马寅初、蒋梦麟追随蔡元培从事浙江的经济建设，马寅初很欣赏喻传鉴的执行能力和敬业精神，多次请他回家乡合作，说这边待遇优良，发展看好。喻传鉴没有同意，答复是他离不开南开，南开也离不了他。

　　在重庆岁月，喻传鉴担任南开中学校长，并兼任四川自贡蜀光中学校长。抗战胜利后，喻传鉴回津主持天津南开中学的复校，很快打开了局面。喻传鉴用毕生心血浇灌南开的教育园地，口碑甚佳。综观中国近现代教育史，像喻传鉴这样执着于中等教育，一生在同属南开血脉的中学园地躬身耕耘达半个多世纪，且培养出近百位两院院士和中国顶级乃至世界著名的科学家、教育家、医学家、艺术家，在我国中等教育史上绝无仅有。

　　张伯苓之后，杨石先担任南开大学校长的时间最长。杨石先青少年时期不曾有过在南开求学的经历，却与南开患难与共、风雨同舟，长达60载岁月。从南开到西南联大再到南开，他立于讲台，桃李芬芳，有口皆碑。为了纠正一些教授只重视专业课的风气，他带头开设普通化学、高等有机化学等基础课，亲自讲授，率先示范。在一些日常生活细节上，常年担任学校主要领导的杨石先，持节守礼，和蔼平易。接听电话，他总是先对着听筒说，"杨石先在听电话"，使人倍觉亲近。

　　1952年全国重点大学院系调整，享誉史学界的郑天挺从北大

---

① 南开校史研究中心编撰：《南开史话》（内刊），2015年，第179页。

只身来到南开，任历史系主任，成了当时天津史学唯一的"一级教授"。他还鼓励同来天津的雷海宗，一定要"把南开史学建设好"。此后在天津一待就是数十年。他在南开创建了明清史研究室，主持校点《明史》。参加教育部文科教材编选，任历史组副组长，主编了《中国通史参考资料》8册（与翦伯赞合编）及《史学名著选读》6册。他长期任职南开大学副校长，其间担任中国史学会常务理事会兼执行主席和《中国历史大辞典》主编。他把最好的年华献给北大，把最成熟的学术成果留在南开。

雷海宗（1902—1962年），河北永清人。其早年毕业于清华学堂高等科，曾公费赴美留学，回国后在清华执教，任历史系主任。他于1952年与郑天挺转入南开大学，教学之余，著述颇丰，有"中国世界史学科奠基人"之誉。后人曾描述他，"声音如雷，学问似海，史学之宗"。1957年，雷海宗身体染病，却依然坚持教学。1962年初，他每天坐着三轮车来到教室门口，再挪到讲台上给学生们讲课。几个月后，他因尿毒症和心力衰竭而离世，年仅60岁。

陈序经的"南开情结"可追溯到1933年。那年，海外留学的他返回广东，同时接到北大等多所高校邀请，最终接受了南开的召唤。"一不参政，二不经商，以学报国"，是其一生信条。从1920年至1940年，陈序经数次拒绝官场诱惑，曾以"不改行"为由婉拒宋子文，不肯出任泰国大使，后又以香港公干为借口，推掉了蒋介石在广州的宴请。新中国成立前夕，他因故回粤，先后执教于中山大学和暨南大学。1964年，他被调回天津，任南开大学副校长，终老于此。

吴大任（1908—1997年），祖籍广东省高要县。20世纪20年代，他与哥哥吴大业、堂兄吴大猷一同来津就读，有南开"吴氏三杰"之誉。1930年吴大任毕业，正赶上清华大学创办研究院并招生，他和同班同学陈省身都被录取。陈省身随导师孙光远攻读微分几何，姜立夫则把吴大任召回南开当助教。1933年7月，中英庚款董事会招考留英公费生，他受到姜立夫鼓励，赴英深造，后转入汉堡大学。抗战期间，吴大任返国。1946年，他回到南开。1961年，出任副校长。1972年，中美关系解冻，陈省身回国访问，与老同学吴大任倾心交谈，表示愿将最后的年华献给祖国，吴大任主张他来南开。大学时代，他与陈省身成绩不相上下，如今老同学享有盛名，载誉回国，相形之下，负责接待工作的吴大任不免有些失色，人们介绍他的身份往往会加上"陈省身的同学""吴大猷的堂弟"的前缀。一些知情人为他惋惜，认为当年他若留在欧洲，情况就不一样了，吴大任则表示现在自己是以主人身份接待客人，意义不一样，对于当年选择回国，他永不后悔。

李何林（1904—1988年），原名竹年，安徽霍丘（今霍邱）人。1924年，他肄业于南京国立东南大学。1926年，他参加国民革命军。1927年，蒋介石发动 四一二反革命政变，李何林毅然加入中国共产党，并参加了八一南昌起义，而后在北平参加鲁迅组织领导的未名社。1949年9月，李何林出任南开大学中文系主任。有专家评价，李何林因捍卫鲁迅的文化传统而知名，在现代中国思想史、文学史、鲁迅研究史上的地位，应是独一无二的。

李霁野（1904—1997年），原名继业，祖籍安徽。1924年，他翻译了俄国作家安德列夫作品《往星中》，由鲁迅创办的未名社出版，并成为该社的一员。后来他又翻译出版俄国作家陀思妥耶夫斯基、涅克拉索夫等大量文学名著，特别是翻译的英国女作家夏绿蒂·勃朗特的《简·爱》，在海内外译界深获影响。20世纪50年代初，李霁野担任外文系主任，为南开大学服务了40余年，并将国家给予他的奖金用于设立"李霁野奖学金"，以奖励优秀学生。

穆旦曾于20世纪40年代后期留美深造，1953年回国，选择在南开大学外文系教书。至1958年，仅仅五年时间，署名"查良铮"的译著居然就有17部，一时间震惊了翻译界与读书界，并深刻影响了后世读者。王小波曾称查良铮为偶像，说读他的译著让自己知道了什么是最好的文字。查良铮逝世30周年的2007年，南开大学为他立了雕像，坐落在校园的"穆旦花园"内，花园围墙上铸有"诗魂"两个大字，以纪念穆旦为中国现代文学所作出的杰出贡献。

"土生土长"的南开大学毕业生申泮文，没有任何留学背景，也不曾获得博士学位，却以出色的专业成就入选中科院院士。他与南开大学结缘长达80余年，谈起这段经历，申泮文最大的感受就是"有国才有家"。从1929年考入南开中学时起，"爱国"二字深深地植入他的心底，并贯穿其百年人生。即使在耄耋之年，每年新生入学，南开的很多院系都会邀请他做"铸我南开魂"系列校史讲座，对于这样的安排，申泮文不论多累多忙都会竭尽所能，乐此不疲。

南开大学还有一对著名的夫妻教授，也是夫妻院士——何炳林、陈茹玉。

何炳林（1918—2007年），广东省番禺县沙湾村人。陈茹玉（1919—2012年），福建省闽侯县人。抗战爆发后，高中毕业的何炳林从广东千里迢迢赶赴昆明，结识了来自天津的女同学陈茹玉，他们一道考入西南联大化学系。1946年，何炳林与陈茹玉结为伉俪，并在南开大学任教，转年赴美留学，一同进入印第安那州立大学研究生院深造。1955年2月，夫妻俩又冲破阻力，双双回到南开大学。

1958年，何炳林主持建成我国第一座专门生产离子交换树脂的南开大学化工厂，发明、研制了多孔树脂。201树脂用于核燃料铀的提取，为我国第一颗原子弹的爆炸成功做出贡献。他研制的D390树脂用于链霉素，纯化达到世界先进水平，他也因此被称为"中国离子交换树脂之父"。1978年，陈茹玉团队在1970年的研究成果"燕麦敌2号"获全国科学大会奖。2005年新年，何炳林、陈茹玉夫妇决定：将多年积攒的各类奖金40万元，分别在他们曾任所长的高分子所和元素有机化学研究所设立奖学基金，资助优秀学生。其中，"爱国"是奖学金获得的第一标准。

胡国定（1923—2011年），生于浙江。他于1947年毕业于上海交通大学物理系，由陈省身推荐到南开大学数学系执教，从此牵手南开，不离不弃，并长期担任副校长。他曾赴苏联留学深造，进修概率与信息论，出色完成了信息论的著名论文，受到导师和国际同行学者的高度评价。回国后在南开大学展示才干，1961年开始招收研究生，成为我国信息论研究的开拓者。现在胡国定的不少学生已成为我国这个研究方向的学术带头人和中坚力量。

罗宗强（1931—2020年），祖籍广东揭阳。1956年，他考入南开大学中文系。1964年，研究生毕业的他被分配到江西赣南师专。1975年，他被调回南开大学，先后任博士研究生导师、中文系主任。他开创了中国文学思想史的研究方法与学科方向，荣获首届中国高校人文社会科学研究优秀成果一等奖、第二届思勉原创奖。10卷本《罗宗强文集》，2019年由中华书局出版，其《魏晋南北朝文学思想史》《隋唐五代文学思想史》《明代文学思想史》，被业内公认为中国文学思想史研究的经典之作。

刘泽华（1935—2018年），河北正定人。他于1958年南开大学历史系肄业，留校执教，后任历史系主任，为中国古代政治思想史研究的领军人物，著有《刘泽华全集（全12卷）》《先秦政治思想史》《中国政治思想通史（先秦卷）》。他最重要的学术贡献，"在于构建了极具阐释性的中国历史哲学体系。他从不满足于将政治思想史局限在狭隘的范畴史空间内，而是从历史本体出发，重视政治思想与社会的互动，而这种互动又是通过生态性政治文化来充当酵母和'软件'的"①。

大师与星空

南开的岁月时空星光闪耀，这里有众多走出去的人杰，亦不乏走进来的大师，皆以其亮眼而独特的学术贡献，成就了一片令人仰望的碑林风景。

陈省身（1911—2004年），生于浙江嘉兴秀水县。1922年，全家随父亲陈宝桢移居津门。4年后，陈省身考入南开大学数学系，后赴欧洲汉堡大学读博。1937年，抗日烽烟骤起，他毅然回国，执教于西南联大，声誉日隆。1943年，国际数学中心普林斯顿邀请陈省身访学，与爱因斯坦同在一个研究所。

① 何平：《唯思想者可以永生——怀念泽华师》，《今晚报》，2021年5月10日。

陈省身与杨振宁（范曾　绘）

　　1979年，年近古稀的陈省身从加州大学退休，有了落叶归根的想法。他的根在中国。由于陈省身的美籍身份，且为美国国家数学研究所所长，在刚刚改革开放的年月，母校请他回南开创建数学研究所，还是个从未有过的新事物。通过南开的积极运作，"中央引进国外人才领导小组"最终批准了教育部的请示。

　　从20世纪90年代起，陈省身以南开数学研究所为基地，连续11年举办了12次学术年活动，涵盖数学的多个领域，并首创全国数学研究生暑期学校，延续至今。这一切源于陈省身对南开的深厚情谊，他撰文感慨："我最美好的年华是在南开度过的，而且过得很愉快。"①

　　陈省身在南开的寓所"宁园"，是以夫人郑士宁的名字命名的。这座淡绿色的二层小楼，屋顶高低错落形似几何，整个建筑既朴素大气又清新脱俗。2004年12月3日，陈省身因心肌梗死在天津总医院辞世，根据他的遗愿，与夫人的骨灰合葬于南开园。②在国际数学界，陈省身被誉为继欧几里得、高斯、黎曼、

①《一百个南开故事》，南开大学出版社，2019年，第67页。
②张奠宙、王善平：《陈省身传》，南开大学出版社，2011年，第396页。

嘉当之后又一位里程碑式的人物，20世纪最伟大的几何学家之一。从南开走出、晚年又回到南开的陈省身，是学生，也是导师，更是南开人永远的骄傲。

曾任台湾"中央"研究院院长，被称为"中国物理学之父"的吴大猷，对于母校南开，既有血浓于水的感情，又持有深刻和精准的认知：

> 南开在声望、规模、待遇不如其他大学情形下，藉张伯苓识才之能，聘用年轻学者，予以研教环境，使其继续成长，卒有大成，这是较一所学校藉已建立之声望、设备及高薪延聘已有声望的人为"难能可贵"得多了。前者是培育人才，后者是延揽现成的人才。我以为一个优良的大学，其必需的条件之一，自然是优良的学者教师，但更高一层的理想，是能予有才能的人以适宜的学术环境，使其发展他的才能。从这观点看，南开大学实有极高的成就。[1]

吴大猷（1907—2003年），笔名洪道、学立，广东高要人，出生于广州府番禺县（今广州）。1921年，14岁的吴大猷随伯父来到天津，先后毕业于南开中学、南开大学，并留校在物理系任教，与夫人阮冠世的连理结缘也是在南开。他称"在南开的岁月是性格、习惯的形成，求学基础的训练的重要时期"。1957年，李政道、杨振宁接到获得诺贝尔奖的通知，第一时间分别致信就读于西南联大时的恩师吴大猷。吴大猷却在自传中认为，杨振宁与李政道是两粒钻石，不管放在哪里，终还是钻石。

---

[1] 侯杰、秦方：《张伯苓家族》，新星出版社，1999年，第151页。

1975年，吴大猷七卷本《理论物理》先后在台湾、北京出版，这部大著恢宏广博，涉及原子物理、分子物理、核物理、大气物理、等离子物理、统计物理和相对论等诸多领域，一经问世，反响不凡，李政道评价它："包括了'古典'至'近代'物理的全貌。"①

杨振宁对吴大猷的师恩一直铭记。他记得，1941年的西南联大，躲避日机空袭已成师生的日子常态，每每课后，在联大西北角的一扇小门外、一条破损铁路边，吴大猷教授常和一群学生聚在一起讨论物理学问题。那情景，使他联想到古时候，孔子和他的弟子在路边庄重对话的一幕。

杨振宁出生于1922年，籍贯安徽合肥。1938年夏，他入学西南联大，父亲杨武之时任西南联大数学系主任。陈省身与杨武之是同事，物理系学生杨振宁，也就同时成了陈省身和吴大猷的学生。大约半个世纪后，陈省身在南开创建数学所，第一个想到的，就是请杨振宁助阵并建立理论物理研究室。从1986年到20世纪初，他们彼此充分信任，为南开的未来发展合力共事。南开教授、中科院院士葛墨林回忆，1973年，杨振宁在北京做学术报告，那时自己还在兰州某高校，正巧在北京出差，有幸现场聆听，没想到十几年后，自己追随杨振宁来南开当助手，一干就是30多年。

1986年6月7日，杨振宁约葛墨林到北京饭店与陈省身见面。陈先生点点头说："你先来，其他以后再说。"到了9月，葛墨林在南开办妥各种手续，学校特批了房子。陈省身告诉葛墨林，以后有事给他打电话，葛墨林随口说，家中还没电话。3天后，学

① 南开校史研究中心编撰：《南开史话》（内刊），2015年，第275页。

校即有人来他家装座机，说是陈先生特别指示的。葛墨林去面谢，陈先生说："我办研究所，方针就是立足南开，面向全国，放眼世界。"并强调，方法就是"不开会，无计划，多做事"。葛墨林问："这个理论物理研究室，怎么个做法？"陈省身说："就做振宁的方向，谁不做谁就走，就这么简单。"[①]

近些年，在杨振宁的指导下，物理研究室的研究生迅速成长，1人成为中科院院士，3人获国家自然科学二等奖，6人获长江学者或杰出青年荣誉称号。[②]

1992年，南开大学为杨振宁70华诞庆寿举办国际研讨会，约有250位中外学者出席了会议。杨振宁在致辞中讲到家国情怀和自己的母亲时，潸然泪下，数次哽咽，令现场师友为之动容。是时正值杨振宁恩师吴大猷到北京访问，由此促成了吴大猷、陈省身夫妇、吴大任夫妇、杨振宁在津门的历史性聚首，非常难得。

2002年，陈省身为庆贺杨振宁80寿辰，在南开大学做了"数学之美"的报告，杨振宁为表达敬意，也做了题为"物理之美"的报告，有近30位中科院院士现场聆听，一时传为美谈。如今已是百岁老人的杨振宁，回顾自己重新回到中国近半个世纪的经历，有过一段深情道白：

> 我觉得自己特别幸运，因为我小时候看见了中国落后的情形，后来到外国去，看到了中国人被外国人欺负、藐视的情景。……没有这个经历，对于今天中国的成就跟我的感受不可能是一样的深。……大家都说20世纪是美国的世纪，我

---

① 葛墨林：《忆陈省身先生几件事》，《天津日报》，2021年4月2日。
② 葛墨林：《杨振宁先生与南开大学的情缘》，《天津日报》，2021年10月25日。

想现在要是问世界上有见识的人，同意不同意21世纪将是中国的世纪，绝大多数人都会同意的。[①]

在南开大学，叶嘉莹象征了一道中国古典诗词艺术的美丽风景。

2004年10月21日，"庆祝叶嘉莹教授八十华诞暨词与词学国际学术研讨会"在南开东方艺术大楼举办。陈省身现场献诗一首："锦瑟无端八十弦，一弦一柱思华年。归去来兮陶亮赋，西风帘卷清照词。千年锦绣萃一身，月旦传承识无伦。世事扰攘无宁日，人际关系汉学深。"杨振宁则将陆游诗句"形骸已与流年老，诗句犹争造物功"用汉语朗诵一遍，接着又翻译成英文赠予叶先生。东方艺术系的创建者范曾先生，特意绘制一幅班昭续固图，赶来为叶先生寿诞助兴。

叶嘉莹，号迦陵，1924年出生于北京的一个书香世家。她在北京完成了小学、中学学业，1941年考入辅仁大学，师从著名诗词大家顾随。她于1948年随夫赴台，在那里度过了人生中极为艰辛的18年。1969年，叶嘉莹赴温哥华，获聘加拿大不列颠哥伦比亚大学终身教授。1976年1月，她为联合国中国代表团举办周恩来追悼会撰写挽联；同年9月，再次为中国代表团举办毛泽东追悼会撰写挽联。

1979年，叶嘉莹申请回中国教书的愿望得以实现，没想到与南开这一结缘，从青丝到银发，如今已逾40年。南开，以至于全国各地，听过她讲座的各领域人士不计其数。作家蒋子龙回忆，他曾专程去南开"蹭课"，一下子惊呆，事后他对朋友自我调侃，

①《杨振宁先生与南开大学》，葛墨林口述并审定、金鑫整理，商务印书馆，2022年。

感觉自己像是个"文盲"。

早些年，在南开的叶嘉莹经常应邀到外地高校讲学，有大约20年时间，不仅分文不取，还要倒贴旅费，且数次拿出退休金奖励优秀学生。她只身来津，最初没请保姆，常用自制的三明治和从超市买的速冻水饺打发三餐。她的学生兼秘书可延涛知道她不肯花费宝贵时间做饭，有次来看她，买了足足10斤速冻水饺，把冰箱冷冻室塞得满满的，叶嘉莹连声感谢，说未来十天半个月，可以不用为做饭发愁了。可延涛劝她，总吃单一食品，不利于身体健康，叶先生笑道自己在美国、加拿大大学讲学那些年，一日三餐都是三明治，既省事，又节约时间。

叶嘉莹感怀自己生命中与南开的缘分，特意赋诗一首："结缘卅载在南开，为有荷花唤我来。修到马蹄湖畔住，托身从此永无乖。"诗中"永无乖"，叶嘉莹如此解释："其一自然是表示我将长久以此为家而不再远离；其次也暗喻着我将以湖中荷花的君子之德自相惕厉，永无乖违……"①

在叶嘉莹的古典诗词讲座中，常提到"弱德之美"，这不仅是美学概念，更是她的命运与性格的深刻描述。"弱德"之弱，非"弱者"之弱，不仅表现一种自我约束和收敛的姿态，且还寓意着一种对理想的追求与操守的坚持。②

叶嘉莹回顾过往，在诗中叹息自己，"转蓬辞故土，离乱断乡根"，她的一生都不是自己的选择，她去台湾、去加拿大皆如此。③但人们相信，她与南开的缘分，却是其一生中最为自觉和惬意的选择。

---

① 《为有荷花唤我来·叶嘉莹在南开》，中国大百科全书出版社，2022年，第19页。
② 《为有荷花唤我来·叶嘉莹在南开》，中国大百科全书出版社，2022年，第256页。
③ 《为有荷花唤我来·叶嘉莹在南开》，中国大百科全书出版社，2022年，第256页。

2018年，叶嘉莹变卖了京、津两处房产，把毕生积蓄的近3600万元捐赠南开大学，用作教育基金。为此，央视记者做了专访，问她捐这笔钱时，想没想到社会的关注度这么高？叶嘉莹淡淡地回答，她本来也没有要他们公布，捐了就捐了。在她的人生价值天平上，无论捐赠多少真金白银，就连生活中小小插曲都算不上。她的世界澄净无尘，除了诗词还是诗词。

如今已是百岁的叶嘉莹，实践了她与南开相守永恒的承诺。她把最执拗、最温婉、最深情的乡愁和归宿，留在了天津，留在了南开。

李济（1896—1979年），原名顺井，字受之，后改济之，湖北钟祥郢中人，11岁随父亲迁居北京。1918年，他在清华高等科毕业后，留学美国。1923年，他获得哈佛大学研究院博士学位，回国即被张伯苓聘为南开大学教授，并担任文科主任。1925年4月，29岁的李济受聘为清华国学研究院特约讲师，讲授普通人类学、人体测量学、古器物学和考古学等课程，学术声望仅在清华"四大导师"梁启超、王国维、陈寅恪、赵元任之下，被誉为"中国考古学之父"。

吴玉如（1898—1982年），原籍安徽。他于1912年考入南开，与周恩来同班，还是同一宿舍的上下铺。其早年号茂林居士，晚年自署迂叟。1936年，吴玉如曾在南开大学文学院任教，却因1937年日军轰炸南开而中断。他辗转重庆等地，后回到天津，居家著述，博学鸿儒。现在的"天津市南开中学"大门牌匾就是他题写的。他平生以书法、诗词、训诂名世，对其书法造诣，启功称"三百年来无此大手笔"，与沈尹默并称"南沈北吴"，身后更是被公认为一代文化大师，20世纪文化史的标志性人物。[1]2023年初，18卷本《吴玉如全集》出版，成为第35届北京图书订货会的一大亮点。

卞之琳（1910—2000年），生于江苏南通。1929年考入北大英文系，曾在南开大学外文系任教，并以诗歌名世。外文系前身是英文系，其诞生日也是南开大学的校庆日，因曾经是许多国内著名诗人和翻译家的栖居之地而声名远播。一百多年来，先后在此有过执教经历的有司徒月兰、黄钰生、柳无忌、梁宗岱、李霁野、卞之琳、查良铮、李广田、罗大冈、金堤、谷羽等。

抗战爆发，卞之琳与南开校友、著名诗人何其芳奔赴延安，被周扬安排到鲁迅艺术学院文学系教课。他的名作《断章》，"你站在桥上看风景/看风景人在楼上看你/明月装饰了你的窗子/你装饰了别人的梦"，曾被冼星海谱成歌曲。1946年，卞之琳再度回到南开外文系，与他一起从西南联大到南开的现代著名作家李广田，则在中文系任教。两个好友住在校内的百树村，与外文系主任司徒月兰为近邻，他们常聚在一起谈论文学艺术，由司徒月兰弹奏钢琴助兴，形成了优雅的音乐文学沙龙氛围。

据不完全统计，天津市南开中学、第二南开中学（前南开女中）和重庆南开中学，仅在20世纪三四十年代的毕业生中，就出了中科院院士、中国工程院院士和中国社科院学部委员57位，人才奇观，举世罕见。

郭永怀（1909—1968年），祖籍山东荣成。他在20岁那年考取南开大学预科理工班，两年后转入本科，选择了物理学专业，曾赴加拿大、美国深造，成为中国近代力学的奠基人之一。1956

---

[1] 魏署林：《识得读书真理在——吴玉如与南开的因缘》，《南开大学报》，2023年4月1日。

年，在钱学森的召唤下，他冲破阻力艰难回国，旋即被选为中科院学部委员（院士），继而于1963年扎根西部核武器研制基地。1968年，他在飞赴北京途中因公殉职。1999年，郭永怀被授予"两弹一星功勋奖章"。2018年7月，国际小行星中心正式将编号为212796号的小行星永久命名为"郭永怀星"。

叶笃正（1916—2013年），又名叶平斋，祖籍安徽，出生于天津。1935年，其就读于南开中学，其四个兄弟叶笃义、叶笃庄、叶笃廉（叶方）、叶笃成（方实），也于20世纪30年代先后考入南开中学。1940年，叶笃正毕业于西南联大。他曾任中科院副院长，为中国现代气象学主要奠基人之一、中国大气物理学创始人、全球气候变化研究的开拓者，2005年，叶笃正成为国家最高科学技术奖获得者。这位活了97岁的科学老人，生前念念不忘，反复强调："南开给了我真正的国家概念。"①

刘东生（1917—2008年），生于沈阳，籍贯天津。1930年，回到天津考入南开中学。1938年，他以南开学籍进入西南联大。他是中国地球环境科学研究顶级专家，被誉为"黄土之父"，2003年国家最高科学技术奖获得者。他为自己是南开人而欣然，曾表示："在南开中学学习的时候，和广大同学混在一起，感觉不出南开同学有什么不同寻常的特点。后来才发现，'不识庐山真面目，只缘身在此山中'。后来到了西南联合大学学习，碰到来自五湖四海不同类型的学生，这才知道，原来南开学生不同寻常。"②

何炳棣（1917—2012年），浙江金华人，生于天津。1928年，他考入天津南开中学，度过四年半的读书时光，因参加"学潮"

---

① 沈卫星主编：《重读张伯苓》，光明日报出版社，2006年，第3页。
② 沈卫星主编：《重读张伯苓》，光明日报出版社，2006年，第11页。

而被辞退。他是最负盛名的美籍华裔历史学家，被公认为用近代方法研究中国史的世界第一人。费正清认为，中国要有五六个何炳棣的话，西方就没有人敢对中国史胡说八道了。何炳棣在自传中坦承："我虽是南中开除的，决不后悔我的'南开经验'……南开是一所很好的学校，而且可能是近现代世界史上最值得钦佩的爱国学校。"①他在自传《读史阅世六十年》中，以整整一章的篇幅回忆了他的南开中学求学经历，怀念之情，溢于言表。

周汝昌（1918—2012年），与黄裳（1919—2012年）是同届南开中学同学，黄氏有八旗家世背景，周氏则为寒门学子，他们出身有别，却志趣相投。他们住在同屋，每日晚饭后，常沿着墙子河边散步，聊天中少不了争论。黄裳那时就注意到周汝昌喜爱诗词，特别是对《红楼梦》很有见解。而在周汝昌眼里，黄裳是真正一流的散文家、剧评家和藏书大家。

年轻时不幸双耳逐渐失聪的周汝昌，后来成了一位独辟蹊径的"红学"大师。1953年，他出版了专著《红楼梦新证》，正式将"曹学"纳入"红学"，具有开创意义。1975年，周汝昌几乎失明，稿纸上的字如红枣般大仍看不清。2009年后，他全盲了，写作只能靠口述，却在女儿的帮助下，有分量的新著源源不断。周汝昌的四哥周祜昌，在南开中学师从孟志荪6年，受其赏识，后转入南开大学国文系就读，因故肄业，过早去世。他在做其他营生的同时，从没有放弃对《红楼梦》的研究探索，且多有真知灼见，被业内尊称为"幕后的红学大家"。

朱光亚（1924—2011年），湖北武汉人，重庆南开中学校友，1942年转学考入西南联大，留学美国。1950年2月，朱光亚拒绝

---

① 程新建：《被南开中学开除却不后悔"南开经验"》，《张伯苓研究》（内刊），2020年第四期，第72页。

美国经济合作总署（ECA）的旅费，取道香港，回到北京，还牵头与51名留美同学联名撰写《给留美同学的一封公开信》，呼吁海外中国留学生回国投入祖国建设。之后参与组织中国原子弹、氢弹的研制及历次核试验，为中国核武事业的发展做出重大贡献。1991年，他担任中国科学技术协会主席，并于2012年被评为"感动中国2011年度人物"。

周光召生于1928年，籍贯湖南。1942年，他考入重庆南开中学，后分别进入清华、北大攻读物理学。1957年春，他赴苏联莫斯科杜布纳联合原子核研究所从事高能物理、粒子物理等方面的基础研究工作，尚未步入"而立"之年却已成果累累，两次获得联合原子核研究所的科研奖金。1958年，他在国际上首先提出粒子的螺旋态振幅，并建立了相应的数学计算方法，是世界公认的赝矢量流部分守恒定理的奠基人之一，也是"两弹一星功勋奖章"获得者。1996年和2001年，他分别两次当选第五届、第六届中国科协主席。1996年3月，由中国科学院紫金山天文台观测发现的、国际编号为3462号小行星，被命名为"周光召星"。

张存浩，1928年生于天津，籍贯山东。1938年，他就读于重庆南开中学。1947年，考入南开大学化工系攻读研究生。1948年，赴美留学。1950年，获美国密歇根大学硕士学位，于同年10月回国。张存浩是中国高能化学激光奠基人、分子反应动力学奠基人之一。2013年获国家最高科学技术奖。2016年1月4日，国家天文台将国际编号为19282号的小行星命名为"张存浩星"。

同样值得关注的是，共和国第六任总理温家宝也是从南开中学走出来的。温家宝出生于1942年，天津市北辰区宜兴埠人。温氏家族为天津有名的教育世家。1954年，温家宝考入天津市第十五中学。1960年，临近高中毕业时，学校恢复了南开中学的校名。温家宝一生难以忘怀少年时代："南开六年的学习生活，对我人生观的形成有着重要影响，也给我留下了终生难忘的印象。"他特别强调："南开校训是'允公允能，日新月异'。这八个字就是南开的灵魂，它提倡的是为公、进步、创新和改革。"①

---

① 南开校史研究中心编撰：《南开史话》（内刊），2015年，第353页。

尾章

家园永在

1934 年，主张"私立不私有"的张伯苓校长制定了"允公允能，日新月异"的校训，由此影响了近一个世纪的无数南开学子。

"允公允能"是对《诗经·鲁颂·泮水》中"允文允武"的妙用。"允"是文言的语首助词，字义相当于"既""又"，具体在校训中，有"要求""承诺"之意。张伯苓解释："允公是大公，不是小公，小公不过是本位主义而已。算不得什么公了。惟其允公，能高瞻远瞩，正己教人，发扬集体的爱国思想，消灭自私的本位主义。"而"允能"者，是要做到"最能"。"所谓日新月异，不但每人能接受新事物，而且能成为新事物的创建者；不但要能赶上新时代，而且要能走在新时代的前列。"[1]

"公"的另一面是"私"。

1934 年冬，张伯苓在《南开中学生》第一卷谈到，"私是五魔之首"，私可以使人穷，使人乱，使人愚，使人弱，进而，"私能破坏一切，它能使你忘了民族，忘了国家；它能使你灭掉良心，抛弃人格；它能使你甘心为恶而可以悍然不顾一切；它能使你只知有个人不知有团体"。[2]在中国传统文化中，独善其身的人生观占有极大市场，境界价值不容忽视，但也正如一币双面，积极性与消极性同时存在。在非常时代，一味地独善其身，其人生取向无法形成社会的内在凝聚力，也难以产生冲破私心一致为公的作用，而成为社会道德的榜样。

1944 年，张伯苓发表了《四十年南开学校之回顾》一文，更进一步谈到"公"与"私"的问题，认为"私"乃"中华民族之最大病根"，"国人私心太重，公德心太弱，所见所谋，短小浅

① 龙飞、孔延庚：《张伯苓与张彭春》，百花文艺出版社，1997 年，第 105 页。
② 华银投资工作室：《思想者的产业》，海南出版社，1999 年，第 109 页。

近。只顾眼前，忽视将来，知有个人，不知团体。其流弊所及，遂至民族思想缺乏，国家观念薄弱"，而"允公允能，足以治民族之大病。造建国之人才"。①

张元龙是张伯苓最小的孙子，也最得祖父的思想精髓，如今虽已是古稀老人，看问题却总能触及根本。他认为，私立南开的"公能"宗旨，应是张伯苓留下的最宝贵的教育思想遗产，其中有一条重要的经验，就是"私立非私有"，进而"有私产而有公心"。经此，南开不断做大做强，某种意义上讲，南开称得上是中国教育史上最成功的公益项目。

张元龙列举，据不完全统计，自1904年至1950年，南开曾获得80余位独立捐款人、14家机构、4个校友会、5个政府部门的捐赠，总量达150多笔，捐赠人从严修、王奎章到鲁迅、胡适，从袁世凯、徐世昌到黎元洪、李纯，从张学良、傅作义到卢木斋、卢作孚，捐赠种类遍及金、银、美元、法币、现大洋、公债、金圆券，以及土地、房屋、设备，而来自校友的捐赠更是难以计数。②

90年后的21世纪之初，北大中文系原主任陈平原通过对近现代中国高等教育史的悉心研究，得出一个结论，"如果说二十世纪中国高等教育有什么'奇迹'的话，很可能不是国立大学北大、清华的'得天独厚'，也不是教会大学燕大、辅仁的'养尊处优'，而是私立学校南开的迅速崛起"③。此观点出自一位非南开出身的著名学者之口，实在是意味深长。

---

① 梁吉生撰著：《张伯苓年谱长编·下卷》，人民教育出版社，2009年，第356页。
② 侯杰、秦芳：《张伯苓家族》，新星出版社，2018年，第460~461页。
③ 杜玮：《阅读南开：百年教育史的中国样本》，《张伯苓研究》（内刊），2019年第三期，第10页。

南开是一代代有为学子蓬勃健康成长的良田沃土。

齐邦媛回顾当年的读书生涯，怀念之情溢于笔端："每天早上升旗典礼，老师们总会说些鼓励的话，南开给我们的这种'敲打的教育'，深深影响我们。在战火延烧的岁月，师长们联手守护这一方学习的净土，坚毅、勤勉，把我们从稚气孩童拉拔成懂事少年，在恶劣的环境里端正的成长，就像张伯苓校长说的：'你不戴校徽出去，也要让人看出你是南开的。'"[1]

抗战初期的某天，一架飞机在兰州机场降落时陷入泥泞，几位工程师模样的乘客一下舷梯，仿佛提前说好了，二话不说，就与众人合力把飞机推出来。当即有人认定，他们是南开出来的，一问果然如此。

18世纪法国启蒙思想家、哲学家艾尔维修斯坚持一个观点，"忍受了什么样的教育，就成为什么样的人"。[2]此言因有"教育万能论"之嫌，并没有得到国际思想界的广泛认同，却在无数南开学子身上得到应验。百年来，南开人所特有的整体精神风貌，可谓有目共睹。据此，在张元龙看来，"评价一个学校的水平，重要的是它为社会和世界培养了多少杰出的校友，不管大学、中学都是一样。因此，校友就是最重要的财富"[3]，显然，这有着充分的事实依据。

在南开，杰出校友与所谓的普通校友，衡量的标准不完全取决于其成就与声望，还包含其阳光的身心状态和"允公"的精神素质。南开的声誉是所有南开学子共同努力的结果。张彭春曾用

---

[1] 齐邦媛：《巨流河》，生活·读书·新知三联书店，2011年，第76页。
[2] 王彦力：《张伯苓与南开——天津历史名校个案研究》，南开大学出版社，2015年，第143页。
[3] 侯杰、秦芳：《张伯苓家族》，新星出版社，2018年，第460~461页。

"力心同劳"的表述，将其归结成一种团结协作精神，也因此凝铸为具有明显标识度的群体形象。以至于多少年来，"很多南开校友，走在街头，掺杂于人群中，从其举止仪态也会被认出是南开中学的学生"。[①]

一种传统的延续，逐渐结晶为无数校友的一种"生命基因"，也是顺理成章。

1915年，南开学生创办了贫儿义塾，以后又建了多所平民小学，包括义小，有的小老师只有十三四岁。那时便有可贵的公益意识。冯玉祥的女儿冯理达，是1943级南开校友，回国后一直坚守在医疗战线，成为国内外著名的免疫学专家，她曾29次带队赴传染病疫区和地震灾区指导防疫治疗。她的生活并不宽裕，却先后为灾区群众、癌症患者和孤残儿童捐助钱物多达300多万元。她去世后大家发现，她的工资卡仅剩80多元。1946级校友、经济学家茅于轼为农村妇女创办了保姆学校，很早就开始进行小额贷款扶贫实践。1947级校友阎明复，则是中华慈善总会的发起人之一。[②]

1948级校友杨维扬谈到，南开的学生，在人格、文化教养与精神状态方面有很多共同之处。当年，南开女生离校后找对象，若知道对方是南开毕业的，就很容易爱上对方，因为她可以对其品德和能力有个基本评估。

1988年，60岁的杨维扬在国内退休后，移居加拿大到儿子那里养老，但没有闲着，而是把注意力放在了对大麦苗的生长研究上。他的经济条件并不富裕，却搭上毕生积蓄用于推广自己研发

①康岫岩:《生命因教育而精彩》，高等教育出版社，2005年，第68页。
②胡海龙:《口述津沽:南开学子语境下的公能精神》(上)，天津古籍出版社，2020年，第28页。

的无土栽培技术，回到云南老家搞示范，表示要干到100岁，为报效祖国尽力。他称这是自己的最后心愿，"如果南开需要我，我马上回去，我什么都甩了，什么都不搞了，我就可以搞这件事，直到我死了。因为我是最清楚南开是怎么教人，怎么教出来的"。他对采访他的南开年轻校友再三表示，"我觉得我所有的优点，都是南开给的，而我所有的缺点，都与南开无关。我洗碗也可以，卖菜也可以，为了最后的目的，我什么都愿意干，这就是南开学生肯干、能干、会干的优良传统"。[①]

大半个世纪以来，外地的南开校友会活动一直没有停止过。这里通常含有两个属性：一个是"大南开"，包括南开大学、天津南开中学等；再一个是"小南开"，特指重庆南开中学。总体上，南开的教育思想是成体系的，"允公允能"的校训精神，别具特色的校园文化，"知中国 服务中国""土货化"等思想理念也是一致的。南开人的凝聚力如此之强，绝非偶然。

他们越老越恋旧，重庆南开中学从1940年至1954年的各年级，都编了各自的内刊。按班级顺序，有《四四萍踪》《四五形影》《1946通讯》《四七南开人》《南开通讯》等诸多刊物，影响比较大的是《四四萍踪》《四五形影》《南开通讯》等。仅《四四萍踪》，从1983年到2018年就出了132期，共100多集，长达35年，完全就是一个吉尼斯纪录。停刊的原因也只是体力精力实在不行了，到2009年，在世的同学不断减少，最年轻的同学都已年过八旬，只能遵从生命规律，刊物也只能被迫结束"历史使命"，而内心深处的"南开魂"，却是永在的。

1946级的江孝祚、楼雪明遍寻同学下落，精心编了本《百地

① 胡海龙：《口述津沽：南开学子语境下的公能精神》（下），天津古籍出版社，2020年，第108页。

书》。1948级的《南开通讯》，无论稿件质量、数量，还是网络编排和检索技术，在各地校刊中皆首屈一指，其主编则是原在美国的陶恒生。综合各年级的同学内容，还集萃选编了一套《沙坪岁月》共6册的内部文集，在各年级同学中大受欢迎。为满足同学们的需求，2003年，他正式出版了精编集，《沙坪岁月——重庆南开校园回忆录》，为研究重庆地方史和南开校史提供了珍贵的原始资料。

一群古稀老人自己动手编刊物，内心没有满满的南开情很难坚持下来。所有的稿子都是老人手写的，且夹杂着繁体字，年纪大了手会发抖，仅仅辨认字迹就很耗费时间和精力，需要求助儿孙辈帮忙。为防止出现硬伤环节，他们更是严格把关，最后必须亲自上手排版才能放心。刊物印刷、装订好了，还要自己把刊物运回来，再到邮局寄给国内外校友，一切都是亲力亲为，全凭一种激情。

激情的南开人，也是潇洒的南开人。

中国运载火箭及导弹专家张继庆曾在《四五形影》内刊发文，题目就是《南开人的潇洒》，一度在众多校友中争相传阅：

潇洒象征着自然、朴素、和谐、谦逊、轻松、风趣、幽默、大度、勇敢、执着。从另一层意义上讲，潇洒也是一种气质，一种风度，一种情趣，一种心态。但潇洒不是装出来的，装潇洒本身就不潇洒，而潇洒是可以逐渐陶冶出来的。我们南开人就是一群颇为潇洒的人，我随时都能从他们身上感受到潇洒的气息。他们的活动，他们很多人的品德、作风，他们的言谈举止，无一不透着潇洒。①

这段话是一代代南开学子的自我写照。

后辈学者陆镜生将其定性为某种生命共同体，更是意味深长：

> 世界万物都是相容相入。因为相容相入，所以才真正成为一体。不是想象中的一体，而是真实的生命共同体。生命共同体可以比喻为"如众灯照，各遍为一"。房子里点着很多盏灯，你看到的光好像是一，其实每一盏灯各有各的光。每盏灯亮了，跟其他的灯光和合在一起。其实，各呈各的光，光光互照，似一非一，非一似一。南开大学创始人制定校训，是旨在引领我们南开人融合成一个"允公允能，日新月异"的生命共同体。②

南开人视母校为永在的家园。无数学子，无论岁数多大，成就多高，年代多久，距离多远，即使散落于海角天涯，山南地北，一旦生命中经历过在南开的求知岁月，就不会是一时过客，而永远是具有辨识度的南开人，且以此终身为荣。

---

① 胡海龙：《口述津沽：南开学子语境下的公能精神》（下），天津古籍出版社，2020年，第61页。
② 陆镜生：《作为生命共同体的"南开人"》，《南开大学报》，2023年5月1日。